Contemporánea

Mario Vargas Llosa nació en Arequipa, Perú, en 1936. Aunque había estrenado un drama en Piura y publicado un libro de relatos, *Los jefes*, que obtuvo el Premio Leopoldo Alas, su carrera literaria cobró notoriedad con la publicación de *La ciudad y los perros*, Premio Biblioteca Breve (1962) y Premio de la Crítica (1963). En 1965 apareció su segunda novela, *La Casa Verde*, que obtuvo el Premio de la Crítica y el Premio Internacional Rómulo Gallegos. Posteriormente ha publicado piezas teatrales (*La señorita de Tacna*; *Kathie y el hipopótamo*; *La Chunga*; *El loco de los balcones*; *Ojos bonitos, cuadros feos* y *Las mil noches y una noche*), estudios y ensayos (como *García Márquez: historia de un deicidio*, *La orgía perpetua*, *La verdad de las mentiras*, *La tentación de lo imposible*, *El viaje a la ficción*, *La civilización del espectáculo* y *La llamada de la tribu*), memorias (*El pez en el agua*), relatos (*Los cachorros*) y, sobre todo, novelas: *Conversación en La Catedral*, *Pantaleón y las visitadoras*, *La tía Julia y el escribidor*, *La guerra del fin del mundo*, *Historia de Mayta*, *¿Quién mató a Palomino Molero?*, *El hablador*, *Elogio de la madrastra*, *Lituma en los Andes*, *Los cuadernos de don Rigoberto*, *La Fiesta del Chivo*, *El Paraíso en la otra esquina*, *Travesuras de la niña mala*, *El sueño del celta*, *El héroe discreto*, *Cinco Esquinas* y *Tiempos recios*. Ha obtenido los más importantes galardones literarios, desde los ya mencionados hasta el Premio Cervantes, el Príncipe de Asturias, el PEN/Nabokov, el Grinzane Cavour, el Premio Nobel de Literatura 2010 y el Premio Internacional Carlos Fuentes a la Creación Literaria.

Mario Vargas Llosa

Cinco Esquinas

DEBOLS!LLO

Primera edición con esta presentación: marzo de 2018
Cuarta reimpresión: julio de 2021

Travessera de Gràcia, 47-49. 08021 Barcelona
Diseño de la cubierta: Sánchez / Lacasta a partir del diseño original de
Penguin Random House Grupo Editorial
Fotografía de la cubierta: © Vanja Milicevic, fotografía de *Cinco esquinas*:
Morgana Vargas Llosa
Fotografía del autor: © Morgana Vargas Llosa

Impreso en Colombia - *Printed in Colombia*

ISBN: 978-84-663-4312-1
Depósito legal: B-262-2018

P 3 4 3 1 2 A

A Alonso Cueto

Cinco Esquinas es una obra de ficción en la que, para la creación de algunos personajes, el autor se ha inspirado en la personalidad de seres auténticos, con los que, además, comparten nombre, aunque a lo largo de toda la novela son tratados como seres de ficción. El autor ha asumido en todo momento libertad absoluta en el relato, sin que los hechos que se narran se correspondan con la realidad.

I. El sueño de Marisa

¿Había despertado o seguía soñando? Aquel calorcito en su empeine derecho estaba siempre allí, una sensación insólita que le erizaba todo el cuerpo y le revelaba que no estaba sola en esa cama. Los recuerdos acudían en tropel a su cabeza pero se iban ordenando como un crucigrama que se llena lentamente. Habían estado divertidas y algo achispadas por el vino después de la comida, pasando del terrorismo a las películas y a los chismes sociales, cuando, de pronto, Chabela miró el reloj y se puso de pie de un salto, pálida: «¡El toque de queda! ¡Dios mío, ya no me da tiempo a llegar a La Rinconada! Cómo se nos ha pasado la hora». Marisa insistió para que se quedara a dormir con ella. No habría problema, Quique había partido a Arequipa por el directorio de mañana temprano en la cervecería, eran dueñas del departamento del Golf. Chabela llamó a su marido. Luciano, siempre tan comprensivo, dijo que no había inconveniente, él se encargaría de que las dos niñas salieran puntualmente a tomar el ómnibus del colegio. Que Chabela se quedara nomás donde Marisa, eso era preferible a ser detenida por una patrulla si infringía el toque de queda. Maldito toque de queda. Pero, claro, el terrorismo era peor.

Chabela se quedó a dormir y, ahora, Marisa sentía la planta de su pie sobre su empeine derecho: una leve presión, una sensación suave, tibia, delicada. ¿Cómo había ocurrido que estuvieran tan cerca una de la otra en esa cama matrimonial tan grande que, al verla, Chabela bromeó: «Pero, vamos a ver, Marisita, me quieres decir cuántas personas duermen en esta cama gigante»? Recordó que ambas se habían acostado en sus respectivas esquinas, separadas lo menos por medio metro de distancia. ¿Cuál de ellas se había deslizado tanto en el sueño para que el pie de Chabela estuviera ahora posado sobre su empeine?

No se atrevía a moverse. Aguantaba la respiración para no despertar a su amiga, no fuera que retirara el pie y desapareciera aquella sensación tan grata que, desde su empeine, se expandía por el resto de su cuerpo y la tenía tensa y concentrada. Poquito a poco fue divisando, en las tinieblas del dormitorio, algunas ranuras de luz en las persianas, la sombra de la cómoda, la puerta del vestidor, la del baño, los rectángulos de los cuadros de las paredes, el desierto con la serpiente-mujer de Tilsa, la cámara con el tótem de Szyszlo, la lámpara de pie, la escultura de Berrocal. Cerró los ojos y escuchó: muy débil pero acompasada, ésa era la respiración de Chabela. Estaba dormida, acaso soñando, y era ella entonces, sin duda, la que se había acercado en el sueño al cuerpo de su amiga.

Sorprendida, avergonzada, preguntándose de nuevo si estaba despierta o soñando, Marisa tomó por fin conciencia de lo que su cuerpo ya sabía: estaba excitada. Aquella delicada planta del pie calentando su empeine le había encendido la piel y los sentidos y, seguro, si deslizaba una de sus manos por su entrepierna la encontraría mojadita. «¿Te has vuelto loca?», se dijo. «¿Excitarte con una mujer? ¿De cuándo acá, Marisita?» Se había excitado a solas muchas veces, por supuesto, y se había masturbado también alguna vez frotándose una almohada entre las piernas, pero siempre pensando en hombres. Que ella recordara, con una mujer ¡jamás de los jamases! Sin embargo, ahora lo estaba, temblando de pies a cabeza y con unas ganas locas de que no sólo sus pies se tocaran sino también sus cuerpos y sintiera, como aquel empeine, por todas partes la cercanía y la tibieza de su amiga.

Moviéndose ligerísimamente, con el corazón muy agitado, simulando una respiración que se pareciera a la del sueño, se ladeó algo, de modo que, aunque no la tocara, advirtió que ahora sí estaba apenas a milímetros de la espalda, las nalgas y las piernas de Chabela. Escuchaba mejor su respiración y creía sentir un vaho recóndito que emanaba de ese cuerpo tan próximo, llegaba hasta ella y la envolvía. A pesar de sí misma, como si no se diera cuenta de lo que hacía, movió lentísimamente la mano derecha y la posó sobre el muslo de su amiga. «Bendito toque de queda», pensó. Sintió que su corazón se aceleraba: Chabela se iba a despertar, iba a retirarle la mano: «Aléjate, no me toques, ¿te has vuelto loca?, qué te pasa». Pero Chabela no se movía y parecía siempre sumida en un profundo sueño. La sintió inhalar, exhalar, tuvo la impresión de que aquel aire venía hacia ella, le entraba por las narices y la boca y le caldeaba las entrañas. Por momentos, en medio de su excitación, qué absurdo, pensaba en el toque de queda, los apagones, los secuestros —sobre todo el de Cachito— y las bombas de los terroristas. ¡Qué país, qué país!

Bajo su mano, la superficie de ese muslo era firme y suave, ligeramente húmeda, acaso por la transpiración o alguna crema. ¿Se había echado Chabela antes de acostarse alguna de las cremas que Marisa tenía en el baño? Ella no la había visto desnudarse; le alcanzó un camisón de los suyos, muy corto, y ella se cambió en el vestidor. Cuando volvió al cuarto, Chabela ya lo llevaba encima; era semitransparente, le dejaba al aire los brazos y las piernas y un asomo de nalga y Marisa recordaba haber pensado: «Qué bonito cuerpo, qué bien conservada está a pesar de sus dos hijas, son sus idas al gimnasio tres veces por semana». Había seguido moviéndose milimétricamente, siempre con el temor creciente de despertar a su amiga; ahora, aterrada y feliz, sentía que, por momentos, al compás de su respectiva respiración, fragmentos de muslo, de nalga, de piernas de ambas se rozaban y, al instante, se apartaban. «Ahorita se va a despertar, Marisa, estás haciendo una locura.» Pero no retrocedía y seguía esperando —¿qué esperaba?—, como en trance, el próximo tocamiento fugaz. Su mano derecha continuaba posada en el muslo de Chabela y Marisa se dio cuenta de que había comenzado a transpirar.

En eso su amiga se movió. Creyó que se le paraba el corazón. Por unos segundos dejó de respirar; cerró los ojos con fuerza, simulando dormir. Chabela, sin moverse del sitio, había levantado el brazo y ahora Marisa sintió que sobre su mano apoyada en el muslo de aquélla se posaba la mano de Chabela. ¿Se la iba a retirar de un tirón? No, al contrario, con suavidad, se diría cariño, Chabela, entreverando sus dedos con los suyos, arrastraba ahora la mano con una leve presión, siempre pegada a su piel, hacia su entrepierna. Marisa no creía lo que estaba ocurriendo. Sentía en los dedos de la mano atrapada por Chabela los vellos de un pubis ligeramente levantado y la oquedad empapada, palpitante, contra la que aquélla la aplastaba. Temblando de pies a cabeza, Marisa se ladeó, juntó los pechos, el vientre, las piernas contra la espalda, las nalgas y las piernas de su amiga, a la vez que con sus cinco dedos le frotaba el sexo, tratando de localizar su pequeño clítoris, escarbando, separando aquellos labios mojados de su sexo abultado por la ansiedad, siempre guiada por la mano de Chabela, a la que sentía también temblando, acoplándose a su cuerpo, ayudándola a enredarse y fundirse con ella.

Marisa hundió su cara en la mata de cabellos que separaba con movimientos de cabeza, hasta encontrar el cuello y las orejas de Chabela, y ahora las besaba, lamía y mordisqueaba con fruición, ya sin pensar en nada, ciega de felicidad y de deseo. Unos segundos o minutos después, Chabela se había dado la vuelta y ella misma le buscaba la boca. Se besaron con avidez y desesperación, primero en los labios y, luego, abriendo las bocas, confundiendo sus lenguas, intercambiando sus salivas, mientras las manos de cada una le quitaban —le arranchaban— a la otra el camisón hasta quedar desnudas y enredadas; giraban a un lado y al otro, acariciándose los pechos, besándoselos, y luego las axilas y los vientres, mientras cada una trajinaba el sexo de la otra y los sentían palpitar en un tiempo sin tiempo, tan infinito y tan intenso.

Cuando Marisa, aturdida, saciada, sintió, sin poder evitarlo, que se hundía en un sueño irresistible, alcanzó a decirse que durante toda aquella extraordinaria experiencia que acababa de ocurrir ni ella ni Chabela —que parecía ahora también arrebatada por el sueño— habían cambiado una sola palabra. Cuando se sumergía en un vacío sin fondo pensó de nuevo en el toque de queda y creyó oír una lejana explosión.

Horas más tarde, cuando despertó, la luz grisácea del día entraba al dormitorio apenas tamizada por las persianas y Marisa estaba sola en la cama. La vergüenza la estremecía de pies a cabeza. ¿De veras había pasado todo aquello? No era posible, no, no. Pero sí, claro que había pasado. Sintió entonces un ruido en el cuarto de baño y, asustada, cerró los ojos, simulando dormir. Los entreabrió y, a través de las pestañas, divisó a Chabela ya vestida y arreglada, a punto de partir.

—Marisita, mil perdones, te he despertado —la oyó decir, con la voz más natural del mundo.

—Qué ocurrencia —balbuceó, convencida de que apenas se le oía la voz—. ¿Ya te vas? ¿No quieres tomar antes desayuno?

—No, corazón —repuso su amiga: a ella sí que no le temblaba la voz ni parecía incómoda; estaba igual que siempre, sin el menor rubor en las mejillas y una mirada absolutamente normal, sin pizca de malicia ni picardía en sus grandes ojos oscuros y con el cabello negro algo alborotado—. Me voy volando para alcanzar a las chiquitas antes de que salgan al colegio. Mil gracias por la hospitalidad. Nos llamamos, un besito.

Le lanzó un beso volado desde la puerta del dormitorio y partió. Marisa se encogió, se desperezó, estuvo a punto de levantarse pero volvió a encogerse y cubrirse con las sábanas. Claro que aquello había ocurrido, y la mejor prueba de ello es que estaba desnuda y su camisón arrugado y medio salido de la cama. Alzó las sábanas y se rio viendo que el camisón que le había prestado a Chabela estaba también allí, un bultito junto a sus pies. Le vino una risa que se le cortó de golpe. Dios mío, Dios mío. ¿Se sentía arrepentida? En absoluto. Qué presencia de ánimo la de Chabela. ¿Habría ella hecho cosas así, antes? Imposible. Se conocían hacía tanto tiempo, siempre se habían contado todo, si Chabela hubiera tenido alguna vez una aventura de esta índole se la habría confesado. ¿O tal vez no? ¿Cambiaría por esto su amistad? Claro que no. Chabelita era su mejor amiga, más que una hermana. ¿Cómo sería en adelante la relación entre las dos? ¿La misma que antes? Ahora tenían un tremendo secreto que compartir. Dios mío, Dios mío, no podía creer que aquello hubiera ocurrido. Toda la mañana, mientras se bañaba, vestía, tomaba el desayuno, daba instrucciones a la cocinera, al mayordomo y a la empleada, en la cabeza le revoloteaban las mismas preguntas: «¿Hiciste lo que hiciste, Marisita?». ¿Y qué pasaría si Quique se enteraba de que ella y Chabela habían hecho lo que hicieron? ¿Se enojaría? ¿Le haría una escena de celos como si lo hubiera traicionado con un hombre? ¿Se lo contaría? No, nunca en la vida, eso no debía saberlo nadie más, qué vergüenza. Y todavía a eso del mediodía, cuando llegó Quique de Arequipa y le trajo las consabidas pastitas de La Ibérica y la bolsa de rocotos, mientras lo besaba y le preguntaba cómo le había ido en el directorio de la cervecería —«Bien, bien, gringuita, hemos decidido dejar de mandar cervezas a Ayacucho, no sale a cuenta, los cupos que nos piden los terroristas y los seudoterroristas nos están arruinando»—, ella seguía preguntándose: «¿Y por qué Chabela no me hizo la menor alusión y se fue como si no hubiera pasado nada? Por qué iba a ser, pues, tonta. Porque también ella se moría de vergüenza, no quería darse por entendida y prefería disimular, como si nada hubiera ocurrido. Pero sí que había ocurrido, Marisita. ¿Volvería a suceder otra vez o nunca más?».

Estuvo toda la semana sin atreverse a telefonear a Chabela, esperando ansiosa que ella la llamara. ¡Qué raro! Nunca habían pasado tantos días sin que se vieran o se hablaran. O, tal vez, pensándolo bien, no era tan raro: se sentiría tan incómoda como ella y seguro aguardaba que Marisa tomara la iniciativa. ¿Se habría enojado? Pero, por qué. ¿No había sido Chabela la que dio el primer paso? Ella sólo le había puesto una mano en la pierna, podía ser algo casual, involuntario, sin mala intención. Era Chabela la que le había cogido la mano y hecho que la tocara allí y la masturbara. ¡Qué audacia! Cuando llegaba a ese pensamiento le venían unas ganas locas de reírse y un ardor en las mejillas que se le deberían haber puesto coloradísimas.

Estuvo así el resto de la semana, medio ida, concentrada en aquel recuerdo, sin darse cuenta casi de que cumplía con la rutina fijada por su agenda, las clases de italiano donde Diana, el té de tías a la sobrina de Margot que por fin se casaba, dos comidas de trabajo con socios de Quique que eran invitaciones con esposas, la obligada visita a sus papás a tomar el té, al cine con su prima Matilde, una película a la que no prestó la menor atención porque aquello no se le quitaba un instante de la cabeza y a ratos todavía se preguntaba si no habría sido un sueño. Y aquel almuerzo con las compañeras de colegio y la conversación inevitable, que ella seguía sólo a medias, sobre el pobre Cachito, secuestrado hacía cerca de dos meses. Decían que había venido desde Nueva York un experto de la compañía de seguros a negociar el rescate con los terroristas y que la pobre Nina, su mujer, estaba haciendo terapia para no volverse loca. Cómo estaría de distraída que, una de esas noches, Enrique le hizo el amor y de pronto advirtió que su marido se desentusiasmaba y le decía: «No sé qué te pasa, gringuita, creo que en diez años de matrimonio nunca te he visto tan aguada. ¿Será por el terrorismo? Mejor durmamos».

El jueves, exactamente una semana después de aquello que había o no había pasado, Enrique volvió de la oficina más temprano que de costumbre. Estaban tomando un whisky sentados en la terraza, viendo el mar de lucecitas de Lima a sus pies y hablando, por supuesto, del tema que obsesionaba a todos los hogares en aquellos días, los atentados y secuestros de Sendero Luminoso y del Movimiento Revolucionario Túpac Amaru, los apagones de casi todas las noches por las voladuras de las torres eléctricas que dejaban en tinieblas a barrios enteros de la ciudad, y las explosiones con que los terroristas despertaban a medianoche y al amanecer a los limeños. Estaban recordando haber visto desde esta misma terraza, hacía algunos meses, encenderse en medio de la noche en uno de los cerros del contorno las antorchas que formaban una hoz y un martillo, como una profecía de lo que ocurriría si los senderistas ganaban esta guerra. Enrique decía que la situación se estaba volviendo insostenible para las empresas, las medidas de seguridad aumentaban los costos de una manera enloquecida, las compañías de seguros querían seguir subiendo las primas y, si los bandidos se salían con su gusto, pronto llegaría el Perú a la situación de Colombia donde los empresarios, ahuyentados por los terroristas, por lo visto se estaban trasladando en masa a Panamá y a Miami, para dirigir sus negocios desde allá. Con todo lo que eso significaría de complicaciones, de gastos extras y de pérdidas. Y estaba precisamente diciéndole «Tal vez tengamos que irnos también nosotros a Panamá o a Miami, amor», cuando Quintanilla, el mayordomo, apareció en la terraza: «La señora Chabela, señora». «Pásame la llamada al dormitorio», dijo ella y, al levantarse, oyó que Quique le decía: «Dile a Chabela que llamaré uno de estos días a Luciano para vernos los cuatro, gringuita».

Cuando se sentó en la cama y cogió el auricular, le temblaban las piernas. «¿Aló Marisita?», oyó y dijo: «Qué bueno que llamaras, he estado loca con tanto que hacer y pensaba llamarte mañana tempranito».

—Estuve en cama con una gripe fuertísima —dijo Chabela—, pero ya se me está yendo. Y extrañándote muchísimo, corazón.

—Y yo también —le contestó Marisa—. Creo que nunca hemos pasado una semana sin vernos ¿no?

—Te llamo para hacerte una invitación —dijo Chabela—. Te advierto que no acepto que me digas que no. Tengo que ir a Miami por dos o tres días, hay unos líos en el departamento de Brickell Avenue y sólo se arreglarán si voy en persona. Acompáñame, te invito. Tengo ya los pasajes para las dos, los he conseguido gratis con el millaje acumulado. Nos vamos el jueves a medianoche, estamos allá viernes y sábado, y regresamos el domingo. No me digas que no porque me enojo a muerte contigo, amor.

—Por supuesto que te acompaño, yo feliz —dijo Marisa; le parecía que el corazón se le saldría en cualquier momento por la boca—. Ahorita mismo se lo voy a decir a Quique y si me pone cualquier pero, me divorcio. Muchas gracias, corazón. Regio, regio, me encanta la idea.

Colgó el teléfono y permaneció sentada en la cama todavía un momento, hasta calmarse. La invadió una sensación de bienestar, una incertidumbre feliz. Aquello había pasado y ahora ella y Chabela se irían el jueves próximo a Miami y por tres días se olvidarían de los secuestros, el toque de queda, los apagones y toda esa pesadilla. Cuando volvió a reaparecer en la terraza, Enrique le hizo una broma: «Quien a sus solas se ríe, de sus maldades se acuerda. ¿Se puede saber por qué te brillan así los ojos?». «No te lo voy a decir, Quique», coqueteó ella con su marido, echándole los brazos al cuello. «Ni aunque me mates te lo digo. Chabela me ha invitado a Miami por tres días y le he dicho que si no me das permiso para acompañarla, me divorcio de ti.»

II. Una visita inesperada

Apenas lo vio entrar en su despacho, el ingeniero Enrique Cárdenas —Quique para su mujer y sus amigos— sintió una extraña incomodidad. ¿Qué le molestaba en el periodista que se acercaba a él con la mano extendida? ¿Sus andares tarzanescos, braceando y contoneándose como rey de la selva? ¿La sonrisita ratonil que le encogía la frente bajo esos pelos engominados y aplastados sobre su cráneo como un casco metálico? ¿El apretado pantalón de corduroy morado que le ceñía como un guante el angosto cuerpecito? ¿O esos zapatos amarillos con gruesas plataformas para hacer crecer su figura? Todo en él le pareció feo y huachafo.

—Mucho gusto, ingeniero Cárdenas —le alcanzó una mano blandita y pequeña que humedeció la suya con su sudor—. Al fin me permite usted estrechar esos cinco, luego de tanto insistir.

Tenía una vocecita chillona y parecía burlándose, unos ojos pequeñitos y movedizos, un cuerpecillo raquítico y Enrique advirtió, incluso, que apestaba a sobacos o pies. ¿Era por su olor que de entrada le caía tan mal este sujeto?

—Lo siento, ya sé que ha llamado muchas veces —se disculpó, sin mucha convicción—. No puedo recibir a toda la gente que me llama, no se imagina usted lo recargada que es mi agenda. Asiento, por favor.

—Me lo imagino muy bien, ingeniero —dijo el hombrecillo; sus zapatones de tacones altos chirriaban y llevaba un saquito azul muy entallado y una corbata tornasolada que parecía acogotarlo. Todo en él era diminuto, incluida su voz. ¿Qué edad podía tener? ¿Cuarenta, cincuenta años?

—¡Qué vista fantástica tiene desde aquí, ingeniero! ¿Aquello del fondo es el cerro San Cristóbal, no? ¿Estamos en el piso veinte o veintiuno?

—El veintiuno —precisó él—. Ha tenido usted suerte, hoy hay sol y se puede gozar de la vista. Lo normal en esta época es que la neblina desaparezca toda la ciudad.

—Debe darle una sensación de poder enorme tener Lima a sus pies —bromeó el visitante; sus ojitos pardos se movían, azogados, y todo lo que decía, le pareció a Quique, delataba una profunda insinceridad—. Y qué elegante oficina, ingeniero. Permítame echarles un vistazo a esos cuadritos.

Ahora, el visitante se paseaba examinando con toda calma los dibujos mecánicos de tuberías, poleas, pistones, tanques de agua y surtidores con que la decoradora Leonorcita Artigas había adornado las paredes del escritorio con el argumento: «¿No parecen grabados abstractos, Quique?». La gracia de Leonorcita, que al menos había alternado esos dibujos impersonales y jeroglíficos con bonitas fotografías de paisajes peruanos, le había costado una fortuna.

—Me presento —dijo por fin el personajillo—. Rolando Garro, periodista de toda la vida. Dirijo el semanario *Destapes.*

Le alcanzó una tarjeta, siempre con esa sonrisa a medias y esa vocecita chillona y aflautada que parecía tener púas. Eso era lo que más le molestaba en el visitante, decidió Enrique: no el mal olor sino su voz.

—Lo conozco, señor Garro —trató el empresario de ser amable—. Alguna vez vi su programa de televisión. ¿Se lo cerraron por razones políticas, no es cierto?

—Me lo cerraron por decir la verdad, algo que no se aguanta mucho en el Perú de hoy y de siempre —afirmó el periodista con amargura pero sin dejar de sonreír—. Me han cerrado ya varios programas de radio y de televisión. A la corta o a la larga me cerrarán también *Destapes* por la misma razón. Pero, no me importa. Son los gajes del oficio, en este país.

Sus ojitos encogidos lo miraban como desafiándolo y Enrique lamentó haber recibido a este sujeto. ¿Por qué lo había hecho? Porque su secretaria, harta de tantas llamadas, le había preguntado: «¿Le digo entonces que nunca lo recibirá, ingeniero? Ya no lo soporto más, perdone usted. Nos está volviendo locos a todos en la oficina. Llama cinco o seis veces cada día, desde hace semanas». Él había pensado que, después de todo, un periodista puede ser a veces útil. «Y también peligroso», concluyó. Tuvo el presentimiento de que nada bueno saldría de esta visita.

—Usted me dirá en qué puedo servirlo, señor Garro —advirtió que el periodista dejaba de sonreír y le clavaba los ojos con una mirada entre obsecuente y sarcástica—. Si se trata de avisos publicitarios, le adelanto que nosotros no nos ocupamos de eso. Tenemos una subcontrata con una compañía que administra toda la publicidad del grupo.

Pero, evidentemente, la visita no quería anuncios para el semanario. El hombrecillo estaba ahora muy serio. No decía nada; lo observaba en silencio, como buscando las palabras que usaría a continuación o manteniendo el suspenso para ponerlo nervioso. Y, en efecto, mientras esperaba que Rolando Garro abriera la boca, Enrique comenzó, además de irritado, a sentirse inquieto. ¿Qué se traía entre manos este huachafito?

—¿Por qué no tiene usted guardaespaldas, ingeniero? —le preguntó Garro de pronto—. Por lo menos, no están a la vista.

Enrique se encogió de hombros, sorprendido.

—Soy fatalista y aprecio mucho mi libertad —le respondió—. Que ocurra lo que tenga que ocurrir. No podría vivir rodeado de guardaespaldas, me sentiría prisionero.

¿Había venido a hacerle una entrevista este sujeto? No se la daría y lo pondría de patitas en la calle cuanto antes.

—Es un asunto muy delicado, ingeniero Cárdenas —el periodista había bajado la voz como si las paredes pudieran oírlos; hablaba con estudiada lentitud, mientras, de manera algo teatral, abría una desteñida carpeta de cuero que llevaba consigo y sacaba un cartapacio asegurado con dos gruesas liguitas amarillas. No se lo entregó de inmediato; lo colocó sobre sus rodillas y volvió a incrustarle los ojillos de roedor, en los que a Enrique le pareció advertir ahora algo difuso, tal vez amenazante. ¿En qué mala hora se le ocurrió darle esta cita? Lo lógico hubiera sido que lo recibiera uno de sus asistentes, lo escuchara y se deshiciera de él. Ahora ya era tarde y acaso lo iba a lamentar.

—Le voy a dejar este *dossier* para que lo examine con cuidado, ingeniero —dijo Garro, alcanzándoselo con una solemnidad exagerada—. Cuando le eche una ojeada entenderá por qué quería traérselo en persona y no dejarlo en manos de sus secretarias. Tenga usted la seguridad de que *Destapes* jamás publicaría una vileza semejante.

Hizo una larga pausa, sin quitarle la vista, y prosiguió con su voz de falsete, cada vez más baja:

—No me pregunte cómo llegó esto a mis manos, porque no se lo diré. Es una cuestión de deontología periodística, supongo que sabe lo que es eso. Ética profesional. Yo respeto siempre mis fuentes, aunque haya periodistas que las vendan al mejor postor. Lo que sí me permito decirle de nuevo es que a eso se debía mi insistencia en verlo personalmente. Hay en esta ciudad, usted lo sabrá de sobra, gente que quiere hacerle daño. Por su prestigio, su poder y su fortuna. Esas cosas no se perdonan en el Perú. La envidia y el resentimiento florecen aquí con más fuerza que en cualquier otro país. Sólo quiero asegurarle que quienes quieren manchar su reputación y perjudicarlo no lo harán jamás a través de mí ni de *Destapes.* Puede usted estar seguro de eso. Yo no me presto a canalladas ni bajezas. Simplemente, conviene que sepa a qué atenerse. Sus enemigos se valdrán de estas y peores inmundicias para intimidarlo y exigirle sabe Dios qué.

Hizo una pausa, para tomar aliento, y luego de unos segundos prosiguió, solemne, encogiendo los hombros:

—Naturalmente, si yo me hubiera prestado a este juego sucio y usado este material habríamos triplicado o cuadruplicado nuestras ediciones. Pero todavía quedamos algunos periodistas de principios en el Perú, ingeniero, felizmente para usted. ¿Sabe por qué hago esto? Porque yo lo creo un patriota, señor Cárdenas. Un hombre que, a través de sus empresas, hace patria. Que, mientras muchos huyen asustados por el terrorismo y se llevan su plata al extranjero, usted se queda aquí, trabajando y creando empleo, resistiendo el terror, levantando este país. Le advierto algo más. No quiero ninguna recompensa. Si me la ofreciera, tampoco la aceptaría. He venido a entregárselo para que usted mismo eche a la basura esta basura y pueda dormir tranquilo. Ninguna recompensa, ingeniero, salvo la de mi conciencia limpia. Ahora lo dejo. Ya sé que es un hombre muy ocupado y no quiero quitarle su precioso tiempo.

Se puso de pie, le extendió la mano y Enrique, desconcertado, volvió a sentir en la suya la humedad que le dejaba el contacto con esos dedos y esa palma blanditos y mojados por el sudor. Vio al hombrecillo alejándose hacia la puerta con esos trancos audaces y seguros, abrirla, salir y, sin volver la cabeza, cerrarla tras él.

Estaba tan confuso y desagradado que se sirvió un vaso de agua y se lo bebió de golpe, antes de mirar el cartapacio. Lo tenía en el escritorio, bajo sus ojos, y le pareció que su mano temblaba mientras le quitaba las liguillas que lo sujetaban. Lo abrió. ¿Qué podía ser esto? Nada bueno, a juzgar por el discursito del sujeto. Advirtió que eran fotos, envueltas en un papel de seda transparente. ¿Fotos? ¿Qué fotos podían ser? Empezó a retirar el papel de seda con cuidado, pero a los pocos segundos se impacientó, rasgó el papel y lo echó en la papelera. La sorpresa que le produjo la primera imagen fue tan grande que soltó el alto de fotografías y éstas rodaron del escritorio al suelo, desparramándose. Se deslizó de su sillón y a cuatro patas las iba recogiendo. A medida que lo hacía las miraba, ocultando rápidamente cada cual con la siguiente, atontado, horrorizado, regresando a la anterior, saltando a la de más adelante, el corazón golpeándole el pecho, sintiendo que le faltaba el aire. Seguía en el suelo, sentado, con la veintena de fotos en las manos, repasándolas una y otra vez, sin creer lo que veía. No era posible, no lo era. No, no. Y, sin embargo, las fotos estaban ahí, lo decían todo, parecían decir todavía mucho más de lo que había ocurrido aquella noche en Chosica y que ahora resucitaba cuando él creía haberse olvidado del yugoeslavo y de aquello hacía tiempo.

Se sentía tan descompuesto, tan perturbado que, apenas se incorporó, puso el alto de fotografías en el escritorio, se quitó el saco, se aflojó la corbata y se dejó caer en su sillón con los ojos cerrados. Sudaba copiosamente. Trató de tranquilizarse, de pensar claro, de examinar la situación con ecuanimidad. No lo consiguió. Pensó que le podía dar un ataque al corazón si no lograba serenarse. Estuvo un buen rato así, con los ojos cerrados, pensando en su pobre madre, en Marisa, en sus parientes, en sus socios, en sus amistades, en la opinión pública. «En este país me conocen hasta las piedras, maldita sea.» Trataba de respirar normalmente, recibiendo el aire por la nariz y echándolo por la boca.

Un chantaje, por supuesto. Había sido estúpidamente víctima de una emboscada. Pero aquello había ocurrido hacía un par de años, tal vez un poquito más, allá en Chosica, cómo no lo iba a recordar. ¿Se llamaba Kosut el yugoeslavo ese? ¿Por qué sólo ahora resucitaban estas fotos? ¿Y por qué a través de este tipejo repelente? Había dicho que nunca las publicaría y que no quería recompensa alguna y, por supuesto, era una manera de hacerle saber que planeaba todo lo contrario. Insistió en que era un hombre de principios para informarle que se trataba de un delincuente inescrupuloso, decidido a sacarle el alma, a desplumarlo, aterrándolo con el espantajo del escándalo. Pensó en su madre, esa cara tan digna y noble descompuesta por la sorpresa y el horror. Pensó en la reacción de sus hermanos si veían estas fotos. Y se le encogió el corazón imaginando la cara de Marisa todavía más blanca de lo que era, lívida, con la boca abierta y los ojos color cielo hinchados de tanto llorar. Sentía ganas de desaparecer. Tenía que hablar con Luciano de inmediato. Dios mío, qué vergüenza. ¿Y si mejor consultaba a otro abogado? No, qué imbécil, jamás pondría semejantes fotos en manos de nadie más, sólo en las de Luciano, su compañero de colegio, su mejor amigo.

El telecomunicador sonó y Enrique dio un respingo en su sillón. La secretaria le recordó que pronto serían las once y que tenía reunión de directorio en la Sociedad de Minería. «Sí, sí, que el chofer me espere con el carro en la puerta, ya bajo.»

Fue al baño a lavarse la cara y, mientras lo hacía, pensaba, torturándose: ¿qué ocurriría si estas fotos llegaban a todo Lima a través de un periódico o una revista de esas que vivían del amarillismo, de sacar a la luz pública las inmundicias de las vidas privadas? Dios mío, tenía que ver cuanto antes a Luciano; además de ser su mejor amigo, su estudio era uno de los más prestigiosos de Lima. Qué sorpresa y qué decepción se iba a llevar de él alguien que siempre había creído que Quique Cárdenas era un dechado de perfección.

III. Fin de semana en Miami

Como habían quedado, Marisa y Chabela se encontraron en el aeropuerto Jorge Chávez hora y media antes de la salida del vuelo nocturno de LAN a Miami. Fueron al salón VIP a tomar un agua mineral mientras esperaban la partida. Casi todos los asientos estaban ocupados pero descubrieron una mesita aislada, cerca del bar. Marisa tenía el pelo suelto, sujeto apenas por una cinta, y estaba sin maquillar, los rubios cabellos bailoteando, la expresión fresca, con un pantalón color canela y unos mocasines y un gran bolso del mismo color. Chabela, en cambio, maquillada con esmero, vestía una falda verde pálido, una blusa escotada, una casaquita de cuero y sandalias. Llevaba los negros cabellos enredados en la larga trenza de costumbre, que descendía por su espalda hasta la cintura.

—Qué bueno que Quique te diera permiso, qué maravilla que puedas hacer este viaje conmigo —dijo Chabela, risueña, apenas se sentaron—. Y qué guapa te veo esta noche. ¿Por qué será?

—Creí que me iba a costar sacarle el permiso y me había inventado toda clase de cuentos —se rio Marisa, ruborizándose—. Por gusto. Ahí mismo me dijo que sí, anda nomás. La verdad es que estos últimos días está un poco raro mi marido. Como ido, medio en las nubes. Oye, hablando de guapa, tú estás regia, también, con esa trenza tan exótica.

—Sé muy bien lo que le pasa a Quique —dijo Chabela, poniéndose muy seria de repente—. Lo mismo que a Luciano, a ti, a mí y a todo el mundo, hijita. Con estos apagones, bombas, secuestros y asesinatos todos los días, quién puede vivir tranquilo en esta ciudad. En este país. Menos mal que siquiera este fin de semana nos libraremos de todo eso. ¿No se sabe nada de Cachito todavía?

—Parece que los secuestradores han pedido seis millones de dólares a la familia —dijo Marisa—. Ha venido un gringo de la compañía de seguros desde Nueva York a negociar. El pobre lleva ya más de dos meses desaparecido ¿no?

—Yo conozco a Nina, su mujer —asintió Chabela—. La pobre no levanta cabeza. La está viendo un psicólogo. ¿Sabes lo que más me aterra, Marisa? No es por Luciano ni por mí. Por mis dos hijas. Tengo pesadillas pensando que las podrían secuestrar.

Y le contó a Marisa que ella y Luciano estaban dándole vueltas a la idea de contratar los servicios de Prosegur, una compañía de seguridad, para que cuidara la casa y a la familia, sobre todo a las dos niñas. ¡Pero costaba una fortuna!

—Quique tuvo también esa idea, después que secuestraron a Cachito —dijo Marisa—. Pero desistimos, nos han dicho que es peligrosísimo. Contratas guardaespaldas y, después, ellos mismos te roban o secuestran. ¡En qué país se nos ocurrió nacer, Chabelita!

—Parece que en Colombia es todavía peor, Marisa. Allá no sólo te secuestran, te cortan los dedos o las orejas para ablandar a la familia y no sé qué horrores más.

—Qué suerte pasar tres días en Miami, libres de todo esto —dijo Marisa, quitándose los anteojos y mirando a su amiga con los ojos azules llenos de malicia. Vio que Chabela se ruborizaba un poquito y, riendo para disimular, le cogía el brazo y se lo apretaba. Entonces ella estiró la mano, se la pasó por los cabellos a su amiga y añadió—: ¿Sabes que esa trenza te queda fantástica, no, amor?

—Me moría de miedo de que no aceptaras la invitación —murmuró Chabela, bajando un poco la voz y apretándole el brazo de nuevo.

—Ni loca que fuera —exclamó Marisa y se atrevió a hacer una broma—: ¡Con lo que a mí me encanta Miami!

Lanzó una carcajada y Chabela la imitó. Estuvieron un rato riéndose, ambas ruborizadas, mirándose a los ojos con complicidad y un asomo de descaro, disimulando la turbación que sentían.

Como de costumbre, la clase Business en el vuelo de LAN estaba repleta. A ellas les habían reservado la primera fila, de modo que quedaron algo aisladas del resto de los pasajeros. Ninguna de las dos quiso cenar, pero se tomaron una copa de vino. Durante las cinco horas de vuelo hablaron de muchas cosas, salvo de lo ocurrido aquella noche, aunque, de pronto, alguna alusión parecía recordárselo y entonces, con una risita nerviosa, desviaban la charla hacia otro tema. «¿Qué irá a pasar en Miami?», se preguntaba Marisa, con los ojos cerrados, sintiendo a ratos que la vencía el sueño. «¿Vamos a seguir eludiendo el asunto?» Sabía muy bien que no, pero había algo insinuante, turbador, algo deliciosamente atrevido en tratar de imaginar lo que iba a ocurrir y cómo ocurriría. Marisa pensó de pronto que, cuando llegaran al departamento de Chabela, le gustaría ir deshaciendo despacito la larga trenza de su amiga, sintiendo correr sus cabellos lacios y tan negros entre los dedos, inclinándose de tanto en tanto a besarlos.

Llegaron a Miami con las primeras luces del amanecer. En el aeropuerto, Chabela recogió el auto que había alquilado desde Lima y, como había poco tráfico a estas horas, llegaron pronto al departamento de Luciano en uno de los edificios de Brickell Avenue que miraban al mar y a Key Biscayne. El portero uniformado y con gorra que hablaba como cubano les bajó las maletas y las llevó hasta el piso, un penthouse moderno con vista panorámica sobre la playa. Marisa había estado aquí una vez, de paso a Nueva York, pero hacía de esto ya un par de años. Le pareció que había nuevos cuadros en las paredes —entre ellos el Lam que antes tenían en su casa de Lima, al que se había añadido otro de Soto, y un dibujo de Morales— y que habían cambiado la decoración.

—Te ha quedado precioso, Chabelita —dijo—. Qué lindo se ve el mar desde aquí. Salgamos a la terraza.

El portero había dejado las maletas en la entrada. Desde la terraza la visión, a estas horas del amanecer, con la luz incierta, las matas de árboles, la larga hilera de edificios de Key Biscayne y la espuma blanca de las olas rompiendo simétricamente la superficie verde azulada del océano, era soberbia.

—Si quieres, primero descansamos un poco y después bajamos a la playa a darnos un bañito —dijo Chabela y Marisa, con un vuelco en el corazón, sintió que su amiga le hablaba al oído, echándole un vaho tibio con sus palabras. La había cogido por las caderas y la tenía ceñida contra su cuerpo.

Ella no dijo nada, pero, cerrando los ojos, se ladeó y buscó esa boca que había comenzado a besarla y morderle despacito el cuello, las orejas y los cabellos. Levantó las manos y cogió la trenza y metió los dedos entre los cabellos de su amiga, murmurando: «¿Me dejarás soltarte la trenza? Quiero verte con los cabellos sueltos y besártelos, amor». Enlazadas, ahora serias, salieron de la terraza y, atravesando la sala, el comedor y un pasillo, llegaron al dormitorio de Chabela.

Las cortinas estaban cerradas y reinaba una penumbra discreta en la amplia habitación alfombrada, con cuadros en las paredes —Marisa alcanzó a reconocer un Szyszlo, un Chávez, el pequeño Botero y dos grabados de Vasarely— y coquetos veladores a ambos lados de la cama, que parecía recién tendida. Mientras se desnudaban la una a la otra en silencio, se acariciaban y besaban. Aturdida por la excitación y el placer, a Marisa le pareció, durante aquel tiempo congelado e intenso, que una delicada melodía llegaba hasta ellas desde alguna parte, como expresamente elegida para servir de fondo a la atmósfera de abandono y felicidad en que estaba sumida. Se amaron y gozaron y, mientras lo hacían, fuera del cuarto, lejanas, iban surgiendo voces, motores, bocinas, la luz del exterior recrudecía y a Marisa le pareció incluso que las olas reventaban cada vez más fuerte y más cerca. Poquito a poco, exhausta, se fue deslizando en el sueño. La trenza de Chabela estaba ya deshecha y sus cabellos se esparcían por la cara, el cuello y los pechos de Marisa.

Cuando despertó era ya de día. Sentía el cuerpo de Chabela pegado al suyo; su cabeza no reposaba sobre la almohada sino sobre el hombro de su amiga y su mano derecha estaba apoyada en el vientre liso y terso pegado al suyo.

—Buenos días, dormilona —la oyó decir y sintió que le rozaba la frente con sus labios—. ¿Estabas soñando con los angelitos? Dormías sin dejar de sonreír.

Marisa se estrechó contra Chabela, desperezándose, besándola en el cuello, acariciándole el vientre y las piernas con la mano libre. «Creo que nunca en toda mi vida me he sentido tan feliz, te lo juro», murmuró. Era cierto, así se sentía. Su amiga se ladeó, abrazándola también, y le habló con la boca pegada a la suya, como si quisiera incrustarle las palabras dentro del cuerpo:

—Yo también, amor. Todos estos días he estado soñando con que durmiéramos juntas y que nos despertáramos así, como estamos ahorita. Y me he masturbado cada noche, pensando en ti.

Se besaron con la boca abierta, enredando sus lenguas, tragando sus salivas y frotando sus piernas, pero ambas estaban demasiado extenuadas para hacer de nuevo el amor. Se pusieron a conversar, siempre abrazadas, la cabeza de Marisa reposando sobre el hombro de Chabela, una mano de ésta enredando los dedos, como jugando, en los ralos vellos del pubis de su amiga.

—Era verdad, hay música —dijo Marisa, escuchando—. La oí, pero creí que estaba soñando. ¿De dónde sale?

—La pondría la muchacha cuando vino a limpiar el departamento —le dijo Chabela al oído—. Bertola, una salvadoreña simpatiquísima, ya la conocerás. Me lo tiene impecable, paga las cuentas, me deja llena la nevera y es de toda confianza. ¿Tienes hambre? ¿Quieres que te prepare el desayuno?

—No, todavía no, así está riquísimo, no te vayas —dijo Marisa, sujetando a Chabela de las caderas—. Me gusta sentir tu cuerpo. No sabes qué feliz me siento, corazón.

—Te voy a confesar un secreto, Marisita —y ella sintió que su amiga, a la vez que le susurraba en el oído, le mordía el lóbulo de la oreja, despacito—. Es la primera vez en la vida que yo he hecho el amor con una mujer.

Marisa apartó la cabeza del hombro para mirar a Chabela a los ojos. Estaba muy seria y como avergonzada. Tenía unos ojos profundos, oscuros, y unas facciones muy marcadas, un cutis liso y sin manchas, una boca de labios gruesos.

—Yo también, Chabela —murmuró—. La primera vez. Aunque no me lo creas.

—¿De veras? —repuso su amiga, con una expresión incrédula.

—Te lo juro —Marisa volvió a hundir la cabeza en el cuello de Chabela—. Más todavía. ¿Te cuento una cosa? Yo tenía prejuicios, cuando me decían que a fulanita le gustaban las mujeres, que era una invertida, sentía un poco de asco. Qué estúpida ¿no?

—Yo asco no, más bien curiosidad —dijo Chabela—. Pero, es verdad, una no se conoce a sí misma hasta que le ocurren las cosas. Porque, la otra noche, cuando me desperté sintiendo tu mano en mi pierna y tu cuerpo pegadito a mi espalda, tuve una excitación que no había sentido nunca. Cosquillas entre las piernas, el corazón se me salía por la boca, me mojé todita. No sé cómo me atreví a cogerte la mano y...

—... ponérmela aquí —murmuró Marisa, buscándole, abriéndole la entrepierna, tocándole el pubis, frotándole suavecito los labios del sexo—. ¿Te puedo decir que te amo? ¿No te importa?

—Yo te amo también —Chabela le apartó la mano con cariño, besándosela—. Pero no me hagas venirme otra vez, no me levantaría más de esta cama. ¿Quieres que abra las cortinas? Verás qué bonito se ve el mar.

Marisa la vio saltar de la cama desnuda —comprobó una vez más que su amiga tenía un cuerpo joven y tenso, sin pizca de grasa, una cintura estrecha, unos pechos firmes—, y la vio correr la cortina apretando un botón en la pared. Ahora entraba por la ventana una luz vivísima que iluminó toda la habitación. Era elegante, sin exceso ni afectación, como su casa de Lima, como eran Chabela y Luciano en su manera de vestirse y de hablar.

—¿No es linda la vista? —Chabela volvió de prisa a la cama, cubriéndose con la sábana.

—Sí, pero tú eres todavía más linda, amor —dijo Marisa, abrazándola—. Gracias por la noche más feliz de mi vida, Chabela.

—Me has excitado otra vez, bandida —dijo Chabela, buscándole la boca, tocándola—. Y ahora sí que me las vas a pagar.

Se levantaron a media mañana y se prepararon el desayuno en bata, descalzas, conversando. Marisa llamó por teléfono a la oficina y Enrique la tranquilizó, se encontraba muy bien, pero ella lo halló raro y tristón. Chabela no pudo hablar con Luciano, pero sí con su mamá —se quedaba en casa siempre que ella viajaba— y le dijo que las dos chiquitas habían partido al colegio a la hora y que la llamarían apenas volvieran.

—No te preocupes por Quique, Marisa —le aseguró su amiga—. Te aseguro que no le ocurre nada especial, sólo lo que nos está pasando a todos los peruanos con los malditos terroristas. A veces Luciano tiene también esas depresiones, como la de Quique ahora. La semana pasada, por ejemplo, me dijo que si seguían así las cosas, sería más sensato salir del Perú. Él podría ir a trabajar a Nueva York, en el estudio donde hizo sus prácticas luego de graduarse en Columbia University. Pero a mí no me convence mucho. Me da pena por mi mamá, que ya va a cumplir setenta años. Y no sé si me gustaría que mis hijas se educaran como dos gringuitas.

Tomaron un buen desayuno, con jugos de frutas, yogurts, huevos pasados, English muffins y café, y decidieron no almorzar para ir a cenar a la noche en un buen restaurante a Miami Beach.

Cuando Marisa le preguntó a Chabela qué arreglos tenía que hacer en el departamento, ésta lanzó una carcajada:

—Ninguno. Era un pretexto, me lo inventé para hacer este viaje y traerte a Miami.

Marisa le cogió la mano y se la besó. Se pusieron ropas de baño y armadas de toallas, cremas, anteojos de sol, sombreros de paja, fueron a la playa a asolearse. Había poca gente y, aunque hacía mucho calor, una brisa fresca lo suavizaba.

—¿Qué pasaría si Luciano supiera esto? —le preguntó Marisa a su amiga.

—Se moriría —respondió Chabela—. Mi marido es el hombre más conservador y puritano del mundo. Imagínate que hasta ahora se empeña en que hagamos el amor con la luz apagada. ¿Y Quique qué diría?

—No se me ocurre —dijo ella—. Pero no creo que se espantara tanto. Ahí donde lo ves, tan seriecito, se le pasan muchas cochinaditas por la cabeza. ¿Te cuento un secreto? A veces me dice que la fantasía que más lo excita sería verme hacer el amor con una mujer y después con él.

—Ah, caramba, tal vez podríamos darle gusto —se rio Chabela—. Quién lo hubiera dicho, con la carita de mosca muerta que se gasta tu maridito.

Después, las dos se confesaron que ambas habían tenido mucha suerte con sus maridos, que los querían mucho, que eran felices con ellos. Esto que les estaba pasando tenía que mantenerse en el mayor secreto para que no fuera a dañar en nada sus matrimonios; serviría, más bien, para aderezarlos y mantenerlos siempre activos.

En la tarde saldrían de compras, tal vez a un cine, y a cenar en el mejor restaurante de Miami Beach o de Key Biscayne, con champagne francés. Sería un fin de semana verdaderamente inolvidable.

IV. El empresario y el abogado

El Estudio Luciano Casasbellas, Abogados estaba también en San Isidro, a pocas cuadras de las oficinas de Enrique y, en el pasado, éste solía hacerlas andando, pero ahora, debido al temor a los secuestros del MRTA y los atentados de Sendero Luminoso, se desplazaba siempre en auto. El chofer lo dejó en la puerta del estudio, que ocupaba todo el edificio, y Quique le ordenó que esperara. Subió directamente al quinto piso, donde estaba el despacho de Luciano. La secretaria le dijo que el doctor lo estaba esperando, podía pasar sin llamar.

Luciano se levantó a recibirlo y tomándolo del brazo lo llevó hasta los cómodos sillones desplegados al pie de una biblioteca con vidrios, llena de libros encuadernados en piel y simétricos. La alfombra persa, los retratos y cuadros de las paredes del despacho eran, como el mismo Luciano, elegantes, sobrios, conservadores, vagamente británicos. Había fotos de Chabela y de sus dos hijas en una vidriera y del propio Luciano, joven, con túnica y birrete, el día de su graduación en la Universidad Católica de Lima, y otra, más ostentosa, de la ceremonia de su doctorado en Columbia University. Quique recordó que en el Colegio de la Inmaculada su amigo sacaba todos los años el codiciado Premio de Excelencia.

—Hace semanas que no nos vemos, Quique —dijo el abogado, dándole un golpecito afectuoso en la rodilla. Tenía los anteojos en las manos y estaba en mangas de una camisa a rayas impecablemente planchada y, como siempre, con corbata y tirantes; los zapatos brillaban como recién lustrados. Era delgado, alto, de ojos claros y algo achinados, cabellos grises y unas entradas en la frente, anuncio de una prematura calvicie—. ¿Cómo está la bella Marisa?

—Bien, bien —le devolvió la sonrisa Enrique, pensando: «Es mi mejor amigo desde que llevábamos pantalón corto, ¿lo seguirá siendo después de esto?». Sentía desazón y vergüenza y su voz sonaba insegura—. El que no está nada bien soy yo, Luciano. Por eso he venido.

Temblaba al hablar y Luciano lo notó, pues se había puesto muy serio. Lo observaba con detenimiento.

—Todo tiene solución en esta vida menos la muerte, Quique —lo animó—. Anda, cuéntamelo todo, como dice Luciana, la menor de mis chiquitas.

—Hace unos días recibí una visita inesperada —balbuceó él, sintiendo que se le mojaban las manos—. Un tal Rolando Garro.

—¿El periodista? —se sorprendió Luciano—. No sería para nada bueno. Ese sujeto tiene una fama pésima.

Enrique le contó la visita con lujo de pormenores. A veces se callaba, buscando la palabra menos comprometedora, y Luciano esperaba, callado, paciente, sin apresurarlo. Al final, Enrique extrajo de su cartera de mano el cartapacio sujetado por las dos liguitas color amarillo. Después de entregárselo a Luciano, sacó su pañuelo y se secó las manos y la frente. Estaba empapado de sudor y respiraba con dificultad.

—No sabes cuánto he dudado en venir, Luciano —se disculpó, cabizbajo—. Me da vergüenza, tengo asco de mí mismo. Pero, esto es tan personal, tan delicado que, la verdad, no sabía qué hacer. ¿A quién puedo confiarme sino a ti, que eres como mi hermano?

Se le cortó la voz y pensó, asombrado, que estaba a punto de echarse a llorar. Luciano, inclinado sobre la mesa, le sirvió un vaso de agua de una jarrita de cristal.

—Por lo pronto, cálmate, Quique —le dijo, afectuoso, palmeándolo—. Claro que has hecho muy bien en venir a verme. Por malo que sea el asunto, le encontraremos solución. Ya verás.

—Espero que no me desprecies después de esto, Luciano —murmuró Quique. Y, señalándole el cartapacio—: Te vas a llevar una gran sorpresa, te advierto. Ábrelo de una vez.

—El abogado es como el confesor, mi viejo —dijo Luciano, calzándose los anteojos—. No te preocupes. Mi profesión me ha preparado para todo lo bueno, lo malo y lo peor.

Enrique lo vio abrir cuidadosamente el cartapacio, retirar los jebes amarillos y, luego, el papel que envolvía las fotografías. Vio cómo la cara de Luciano se contraía un poco de sorpresa y que, de golpe, palidecía. No apartaba la vista de las imágenes para volverse a mirarlo ni hacía comentario alguno mientras repasaba muy despacio, una por una, las escandalosas cartulinas. Quique sentía que su corazón tronaba dentro de su pecho. El tiempo se había detenido. Recordaba, cuando de niños estudiaban juntos para los exámenes, que Luciano se concentraba en los libros como ahora, volcando cuerpo y alma en aquello que veía. Mudo y metódico, repasaba de nuevo las fotos, de atrás para adelante. Por fin, levantó la cabeza y, mirándolo con sus ojos inquietos, le preguntó con voz neutra:

—¿No hay la menor duda de que eres tú, Quique?

—Soy yo, Luciano. Lo siento, pero sí, yo mismo.

El abogado estaba muy serio; asentía y parecía reflexionar. Se quitó los anteojos y volvió a darle un golpecito afectuoso en la rodilla.

—Se trata de un chantaje, está muy claro —afirmó, por fin, mientras con gran cuidado, ganando tiempo, envolvía de nuevo las fotos en el papel de seda, las metía en el cartapacio y aseguraba éste con las liguitas amarillas—. Quieren sacarte plata. Pero, han querido ablandarte primero, asustándote con la amenaza de un gran escándalo. ¿Me quieres dejar esto? Es mejor que lo guarde aquí, en la caja fuerte. No conviene que caiga en manos de nadie, sobre todo de Marisa.

Enrique asintió. Volvió a tomar un sorbo de agua. De pronto, se sentía aliviado, como si, desprendiéndose de esas imágenes, sabiendo que estarían bien custodiadas en la caja fuerte del estudio de Luciano, hubiera disminuido la amenaza potencial que contenían.

—Fueron tomadas hace un par de años, Luciano —precisó—. Más o menos, no me acuerdo muy bien de la fecha, quizá un poquito más. En Chosica. Todo eso fue organizado por el yugoeslavo, creo que te hablé de él. Serbio o croata, algo así. Un tal Kosut. ¿Te acuerdas?

—¿El yugoeslavo? ¿Kosut? —Luciano negaba con la cabeza—. Para nada. ¿Yo lo conocí?

—Creo que te lo presenté, no estoy muy seguro —añadió Quique—. Serbio o croata, era lo que él decía por lo menos. Quería invertir en minas, traía cartas de recomendación del Chase Manhattan y del Lombard Bank. Ahora me voy acordando. Kosak, Kusak, Kosut, algo así. Por alguna parte debo tener sus tarjetas. Un tipo raro, misterioso, que de repente desapareció. Nunca más volví a saber de él. ¿Seguro que no te acuerdas?

—Seguro que no —afirmó Luciano. Y lo encaró, hablándole con severidad—: ¿Él organizó esta orgía? ¿Él tomó estas fotos?

—No lo sé —dijo Quique—. No sé quién las tomó. Yo no me di cuenta de nada, como imaginarás. Nunca lo hubiera permitido. Pero, sí, supongo que fue él. Estaba ahí, también. Kosak, Kusak, Kosut, uno de esos nombrecitos centroeuropeos, algo así.

—Te tendió una emboscada y caíste como un angelito, para no decir un cacaseno —encogió los hombros Luciano—. ¿Hace dos años, estás seguro? ¿Y sólo ahora se manifiesta?

—Es lo que más me llama la atención —dijo Enrique—. Después de dos años o dos años y medio por lo menos. Estuvo varios meses en Lima, viviendo en el Hotel Sheraton. Le presenté a alguna gente. Luego, un día, me dejó una nota diciendo que debía partir de urgencia a Nueva York y que volvería pronto a Lima. Nunca volví a saber de él. Tenía millones de dólares para invertir, decía. Yo lo estuve ayudando, lo llevé a la Sociedad de Minería, nos dio una pequeña charla. Hablaba un buen español. No parecía un gánster ni mucho menos. En fin, Luciano, no sé qué decirte. Fui un imbécil, claro que sí. Además, aunque no me lo creas, fue la primera y la última vez que yo...

Se le cortó la voz y no supo cómo terminar la frase. Le ardía la cara, pestañaba sin cesar y sentía una vergüenza tan grande que quería salir de allí corriendo y no volver a ver más a su mejor amigo.

—Cálmate, Quique —le sonrió Luciano—. En estos casos, lo más importante es tener la cabeza fría. ¿Quieres otro vaso de agua?

—Me ha tomado tan de sorpresa —dijo Enrique—. Apenas vi a ese periodista, sentí asco. Hay en él algo repelente, sus maneritas adulonas, sus ojitos de rata. Sólo puede tratarse de un chantaje. Claro, eso es lo que pensé.

—Te ha llevado las fotos para asustarte con el escándalo —asintió Luciano—. Veo que lo ha conseguido. Por lo pronto, te adelanto que lo peor sería ponerte a negociar con gente así. Te seguirían sacando plata una y otra vez, jamás te entregarían todos los negativos de esas fotos. Sería la de nunca acabar. Lo primero que se me ocurre es meterle un buen susto al periodista. Pero el zamarro ese debe ser sólo un intermediario, un instrumento. ¿Yugoeslavo, me dijiste?

—Kosuk, Kosok o Kosut —repitió Quique—. Debo tener sus tarjetas, copias de las cartas de recomendación que trajo. Quería invertir en minas, buscaba socios peruanos. Daba almuerzos, derrochaba como si fuese riquísimo, un manirroto. De repente, esa nota diciendo que debía partir de urgencia a Nueva York. Y desapareció. Ahora resucita con estas fotos. Dos años o dos años y medio después. No tiene pies ni cabeza ¿no es cierto?

Luciano se había quedado pensativo y Enrique calló.

—¿En qué estás pensando, Luciano?

—¿Había alguien más, fuera de él y las niñas, en esa fiestecita? —preguntó—. Quiero decir, alguien conocido.

—Sólo él y yo —afirmó Quique—. Y ellas, claro.

—Y el fotógrafo —lo corrigió Luciano—. ¿No te diste cuenta que te fotografiaban?

—Nunca lo hubiera permitido —protestó Quique de nuevo—. No me di cuenta de nada. Lo había preparado todo muy bien. No se me pasó por la cabeza que pudiera ser una trampa. ¿Te imaginas lo que ocurriría si esas fotos aparecieran en *Destapes*? Estoy seguro que jamás has hojeado ese pasquín. Un charco de inmundicias, de chismes, de canalladas. Una hoja de una vulgaridad pestilencial.

—Sí, alguna vez ha caído en mis manos, debo haberle echado un vistazo —dijo Luciano—. Mira, aquí en el estudio tenemos dos magníficos penalistas. Déjame hablar con ellos, guardando todas las reservas del caso, por supuesto. Les presentaré el asunto, a ver qué opinan. Esta misma tarde. Y te llamo. Entretanto, procura tranquilizarte. No se te ocurra abrir la boca sobre el tema, con nadie. Si es necesario llegaremos hasta Fujimori. O al mismo Doctor. Y, naturalmente, no vuelvas a recibir a Garro. Ni siquiera hables con él por teléfono.

Se puso de pie y lo acompañó hasta la puerta de salida. Allí, cambiaron frases convencionales sobre Marisa y Chabela, que, por lo visto, parecían muy contentas con su viajecito de fin de semana a Miami. Tenían que verse y salir juntos un día de éstos, insistió Luciano, como si nada hubiera cambiado entre ellos. Por supuesto, por supuesto.

Enrique salió de la oficina de Luciano más abatido de lo que entró. Sentía tristeza y estaba convencido de que las cosas no volverían a ser jamás en su vida como las de antes de aquella espantosa visita.

V. La cueva de los chismes

—Te pedí tetas deformes, una barriga y un poto monstruosos —se enojó Rolando Garro, sacudiendo las fotografías como si fuera a lanzarlas a la cara del fotógrafo, quien, intimidado, dio un pasito atrás—. Y me traes a una señorita de buena presencia. No me entendiste, Ceferino. ¿Hablé tan difícil que tu cabecita de braquicéfalo no pudo captarlo?

—Lo siento, señor —balbuceó Ceferino Argüello. El fotógrafo de *Destapes* era un cholito sin edad, escuálido, con unos pelos lacios que le chorreaban hasta los hombros, de espesas cejas, embutido en un viejo blue jeans y sayonaras. Miraba al director de la revista con sus ojos saltones muerto de susto—. Puedo volver al show esta noche y tomarle otras, señor.

Garro no pareció haberlo escuchado. Lo fulminaba con su mirada y la furia de su voz.

—Te lo voy a explicar de nuevo, a ver si esta vez el tema entra en tu tutuma de brontosaurio —dijo, con sorda cólera. Desde su escritorio dominaba todo el cuartito que era la redacción de la revista, una vieja casona de dos pisos en la calle Dante, de Surquillo, y podía observar que la media docena de redactores e informantes tenían todos las cabezas hundidas en sus computadoras o papeles; ninguno, ni siquiera Estrellita Santibáñez, que era la más curiosa, se atrevía siquiera a volver los ojos para espiar el mal rato que estaba haciendo pasar al fotógrafo. A estas horas de la mañana ya había ruido de camiones, vocerío de vendedores y un intenso ir y venir de transeúntes por el barrio, en los alrededores del vecino mercado.

—Claro que le entiendo muy bien, señor —murmuró el fotógrafo—. Mi palabra que sí.

—¡No! No entendiste nada —gritó Rolando Garro y Ceferino Argüello retrocedió otro pasito—. No se trata de hacerle publicidad ni de subirle los bonos a la tuerta. Se trata de hundirla y encharcarla, de desacreditarla para siempre. Se trata de que la echen del show por fea, por vieja y por no saber mover el poto. Estas fotos van a ilustrar un artículo donde decimos que la tuerta está convirtiendo el espectáculo del Monumental en un bodrio que no hay quien lo aguante. Que, además de no saber bailar ni cantar, se ha convertido en un monstruo de fealdad, que su sitio no son los escenarios sino las películas de terror. ¿Lo entiendes o todavía no te entra?

—Claro que lo he entendido, señor —repitió el fotógrafo. Estaba lívido, hablaba con dificultad y era obvio que quería irse de allí cuanto antes—. Por mi madre que sí.

—Está bien —el director arrojó al suelo las fotos que tenía en la mano. Se las señaló a Ceferino Argüello—. Echa esta basura a la basura, por favor.

Vio que el fotógrafo se agachaba a recogerlas y se alejaba, encogido. Reinaba un silencio total en el apretado local, que debía haber sido la sala comedor de la casa antes de convertirse en la redacción de un semanario. Las rústicas mesitas se tocaban unas a otras por falta de espacio y las descascaradas paredes hervían de carátulas descoloridas de viejos números de *Destapes,* con aparatosos desnudos y titulares chillones. Rolando Garro volvió a sentarse en su escritorio, instalado sobre una tarima, lo que le daba una visión íntegra de todo el personal. Trató de calmarse. ¿Por qué lo irritaron tanto las malas fotos de la tuerta que le trajo el fotógrafo? ¿Fue demasiado severo con ese pobre Ceferino Argüello, que, sin saberlo ni quererlo, le había prestado tan gran servicio al traerle aquellas fotos de Chosica? Tal vez. Lo había humillado delante de toda la redacción. Cualquiera con un poco de dignidad, renunciaría. Pero era demasiado pobre para darse el lujo de tener dignidad, y, además, probablemente casado y con hijos, así que se tragaría la humillación y seguiría en *Destapes* pues el sueldito que ganaba aquí era lo que le permitía sobrevivir. Eso sí, lo odiaría un poco más. Por otra parte, el asunto de las fotos de Chosica mantenía a Ceferino atado a él. Bah, se dijo, divertido; si las cosas salían bien, le haría un buen regalo. Que la gente lo odiara no era algo que le quitara el sueño a Rolando Garro. Hasta le daba cierta satisfacción: ser odiado era ser temido, un reconocimiento. Algo que los peruanos hacían muy bien: lamer los zapatos que los pateaban. ¿La prueba? Fujimori y el Doctor. Bueno, a olvidarse del descuajeringado Ceferino y a trabajar.

En realidad, no estaba enojado con él sino con la tuerta. ¿Por qué? Porque la había visto y oído en la televisión, hacía de esto un par de meses, nada menos que en un programa tan popular como el de Magaly, diciendo que era una vergüenza que existieran revistas como *Destapes,* donde los artistas estaban expuestos a campañas de descrédito y calumnias sobre su vida privada. Y todo esto lo decía la tuerta abriendo los ojazos desorbitados y negando vigorosamente que la policía la hubiera encontrado haciendo el amor con un tipo en un taxi, como había asegurado la revista amarillista del señor Rolando Garro. Se imaginó a la tuerta calata haciendo el amor en una carcocha, con un desecho humano como ella. ¡Qué asco! Quién sería ese pobre diablo al que se le paraba el pájaro con semejante bagre adiposo. Desde ese día se le metió entre ceja y ceja reventarle la vida y dejarla sin chamba. Pero hacía falta una buena investigación para acabar con ella. Era cosa hecha. La Retaquita había realizado una excelente pesquisa, como siempre. Se le caería el mundo encima, la echarían y tendría que meterse de puta para no morirse de hambre. Garro se lo había advertido con todas sus letras al administrador del Monumental: «Mientras tengas a la tuerta bailando en el show te haré sentir el frío, compadre». Era una fórmula que hacía temblar a los guionistas de radio y televisión, a los productores y bailarines de espectáculos de music hall o de la pantalla chica y, por supuesto, a toda esa fauna que la tuerta llamaba «los artistas».

Se puso de pie y llamó a Julieta Leguizamón. La Retaquita era tan pequeña que, vista de espaldas, cualquiera la tomaría por una niña. Morena, de cabellos crespos, vestida siempre con un pantalón de buzo y una blusa arrugada, zapatillas de básquet, delgadita y enclenque, había en ella sin embargo algo impresionante: sus grandes ojos incisivos e inteligentes, poseídos siempre de una extraña inmovilidad e impavidez que Rolando Garro sólo creía haber visto en ciertos animales. Parecían taladrar a la gente, hacían sentirse incómodas y como con sus vergüenzas al aire a las personas que miraba.

—¿Cómo va el artículo, Retaquita?

—Saliendo, ya me falta poco —dijo ella, clavándole esos ojos que nunca parpadeaban, generalmente fríos con todo el mundo, salvo con él, pues la Retaquita profesaba a Rolando una devoción perruna—. No te preocupes; he averiguado muchas cosas nuevas sobre la tuerta. Le van a arder, te juro. Estuvo en una correccional de joven, por algún delito menor. Es falso que fuera cantante y bailarina profesional en México. No hay una sola prueba. Se ha hecho dos abortos con una comadrona muy popular, una negra de Cinco Esquinas que conozco. Le dicen la Limbómana, figúrate. Y, lo mejor de todo, una hija de la tuerta está en la cárcel de mujeres por tráfico de drogas.

—Formidable, Retaquita —Rolando le dio una palmada en el brazo a su redactora estrella—. Material de sobra para mandarla al infierno.

—Me falta ya poco —le sonrió la Retaquita y volvió a su escritorio.

«Nunca me falla», pensó Rolando, viéndola sentarse en esa sillita a la que había añadido una almohadilla para estar a la altura del tablero. La Retaquita era su gran descubrimiento. Apareció un par de años atrás en la revista con su deshilachado blue jeans, sus zapatillas sin pasadores y unas hojas escritas a mano que, sin preámbulos, le alcanzó a la vez que le decía, con descaro: «Quisiera ser periodista y trabajar en *Destapes,* señor». Rolando le preguntó cuáles eran sus credenciales. Qué estudios y prácticas tenía en la profesión.

—Ninguna —confesó la Retaquita—. Le he traído esto que escribí. Léalo, por favor.

Algo en ella le cayó bien y lo leyó. En esas cuatro paginitas dedicadas a una estrella de la televisión había tanto veneno e inquina, tantas dosis de mala entraña, que Garro quedó impresionado. Comenzó a darle cachuelos, averiguaciones, seguimientos, trabajitos. Julieta nunca lo decepcionó. Era una periodista nata y de su misma estirpe, capaz de matar a su madre por una primicia, sobre todo si era sucia y escabrosa. Su artículo sobre la tuerta sería genial y letal, porque la Retaquita adoptaba siempre como suyas las fobias y filias de su director.

Comenzó a diagramar el siguiente número de *Destapes* con el material que tenía. Contaba todavía con veinticuatro horas para llevar todo aquello a la imprenta, pero mejor dejar el trabajo avanzado para que el último día, el del cierre, no fuera el loquerío de costumbre. Pero lo sería, qué remedio, inevitablemente había cosas de último minuto que añadir o reemplazar en lo ya programado.

¿Qué edad tenía Rolando Garro? No lo sabía él ni probablemente nadie. Ni cuál era su verdadero apelativo. En el hospicio en que su madre lo abandonó le pusieron Lázaro como nombre de pila, porque, al parecer, fue en el día de San Lázaro cuando las monjitas del convento de Las Descalzas lo encontraron en el suelo lloriqueando, a la entrada de la institución que regentaban, en la esquina de los jirones Junín y Huánuco, en los Barrios Altos de Lima. A los señores Albino y Luisa Torres, que lo adoptaron, no les gustó y se lo cambiaron por Rolando. Él recordaba haberse llamado Rolando Torres de niño, pero, en algún momento y por una misteriosa razón, le cambiaron el apellido y pasó a llamarse Rolando Garro. Así figuraba en su carnet de identidad y su pasaporte. No pensaba mucho en esos orígenes misteriosos que eran los suyos, salvo en circunstancias excepcionales; por ejemplo, aquellos días en que en su casita de Chorrillos tenía que tomar las pastillas que lo sedaban y lo hacían dormir diez horas seguidas (se despertaba confuso y aturdido como un zombi). Procuraba no tomarlas sino en días de desquiciamiento o depresión, pero el psiquiatra le había dicho que, dada su endemoniada constitución psicológica, no le convenían aquellos estados de ánimo, pues corría el riesgo de volverse loco de verdad o de quedarse tieso. ¿Qué pasaría si perdía el juicio? Tendría que vivir como mendigo en las calles de Lima. Porque Rolando, desde que se escapó de la casa de sus padres adoptivos cuando éstos le contaron que no era su hijo biológico sino recogido de un asilo, había quedado en este mundo solo como un hongo. Y seguramente seguiría así lo que le quedaba por vivir, pues, aunque había tenido algunas aventuras con mujeres, nunca había podido mantener una relación estable con ninguna: todas lo despachaban por su maldito carácter, cuando no era él quien las largaba.

Sus padres adoptivos le revelaron que era un expósito cuando estaba en el quinto año de secundaria del Colegio Nacional Ricardo Palma, de Surquillo, aquí mismo, no lejos del local de *Destapes.* Esa noche se escapó de la casa, robándose todo el dinero que su padre adoptivo guardaba escondido en su dormitorio, en una carpeta de cuero, disimulada detrás de unos ladrillos flojos. Los seiscientos y pico de soles le permitieron dormir unos cuantos días en pensiones de mala muerte en el centro de Lima. Para sobrevivir hizo todos los trabajos posibles, desde lavar carros en los parkings hasta descargar camiones en La Parada. Un día se dio de cara con su vocación, al mismo tiempo que descubría su talento: la chismografía periodística.

Ocurrió en una pensión del jirón Ocoña donde almorzaba por unos pocos soles un menú fijo: plato de sopa, arroz con frejoles y compota. Un periodista de *Última Hora* con el que solía coincidir en el comedero le dijo que estaba tras los pasos de un posible adulterio de Sandra Montero con su compañero de programa Felipe Cailloma, algo sobre lo que corrían rumores contradictorios en el mundo de la farándula. ¿No quería echarle una mano? El instinto le hizo saber a Rolando que aquello le convenía. Dijo que sí. Se apostó como perro guardián en la puerta del edificio donde vivía la presentadora y animadora de televisión y, antes de veinticuatro horas, había seguido a Sandra y descubierto que se encontraba con Felipe (los dos eran casados, de modo que había doble adulterio de por medio) en una casa de citas de Pueblo Libre, en una esquina de la Plaza Bolívar. Sus datos permitieron que *Última Hora* fotografiara a los adúlteros en paños menores.

Así había comenzado la carrera periodística de Rolando Garro: como datero de escándalos para *Última Hora,* el diario que, con Raúl Villarán en la dirección, introdujo el amarillismo en el Perú. De informante pasó a redactor especializado en la farándula, es decir, en los chismes y escándalos que mantenían en efervescencia ese mundo de bataclanas, cantantes de medio pelo, actrices y actores de radioteatro, dueños de cabarets, empresarios de music hall y salsódromos, una fauna que Rolando Garro, a medida que ascendía y se volvía columnista, director de programas de radio y después de televisión, había llegado a conocer como la palma de su mano. A aprovecharla a su gusto y contribuir a malearla sin piedad. Tenía un público que seguía, encantado, las revelaciones que hacía, acusando de maricas a cantantes y músicos, sus exploraciones morbosas de las intimidades de las personas públicas, sus «primicias» sacando a la luz suciedades y vergüenzas que siempre exageraba y a veces inventaba. En todo lo que emprendió siempre tuvo éxito. Pero nunca duró demasiado en nada, porque los escándalos, el gran secreto de su popularidad —los descubría o los provocaba—, lo metían por lo común en líos judiciales, policiales y personales de los que a veces salía mal parado. Los directores de periódicos, radios y canales terminaban echándolo por las protestas y amenazas que recibían y porque Garro era capaz, en su frenético desempeño, de hacerlos víctimas a veces de los mismos escándalos que promovía y atizaba. Por épocas había ganado mucho dinero, que derrochaba a manos llenas, para luego vivir a tres dobles y un repique de sus escasos ahorros, y quedándose alguna vez en medio de la calle. No tenía amigos sino cómplices transeúntes y, eso sí, enemigos multitudinarios, lo que lo hacía vivir en permanente sobresalto pero no dejaba de halagar su vanidad.

Destapes duraba ya tres años. Le iba bastante bien ahora, se decía que gracias al Doctor quien, según los rumores, se habría convertido en mecenas del semanario, el amo secreto de su existencia más bien marginal. La revista era un relativo éxito de ventas pero casi no tenía publicidad, de modo que apenas pagaba sus gastos. Rolando Garro completaba sus ingresos personales extorsionando a vedettes y productores con amenazas de denunciar sus pecadillos secretos y, a veces, recibiendo dinero de gentes que querían hacer daño a otras personas —competidores y enemigos— desprestigiándolas y ridiculizándolas. Le habían entablado muchos juicios, pero él había sobrevivido a todos esos riesgos que consideraba connaturales al tipo de periodismo que ejercía y en el que, sin duda, había alcanzado una retorcida genialidad.

Pero todo aquello era nada en comparación con lo que, ahora, gracias a la Retaquita y al infeliz de Ceferino Argüello, tenía entre manos. Cerró los ojos y recordó la cara de sorpresa del ingeniero Enrique Cárdenas cuando le entregó el paquete con las fotos. Siempre había pensado que alguna vez una oportunidad lo haría famoso, poderoso, rico y acaso las tres cosas a la vez. Y estaba seguro de que era éste el maravilloso regalo de los dioses caído por fin en sus manos desde el cielo.

—Ya terminé el artículo, jefe, la tuerta cagará fuego —dijo la Retaquita, alcanzándole unas cuartillas impresas y mirándolo fijo con esas pupilas que despedían una risueña maldad fría.

VI. Una ruina de la farándula

Juan Peineta salió del Hotel Mogollón, en la tercera calle del jirón Huallaga, seguido por Serafín. Era temprano todavía y el centro de Lima estaba aún medio desierto. Vio barrenderos, vendedores de emoliente —«reliquias del tiempo ido», fantaseó—, noctámbulos de larga noche y los mendigos y vagos de costumbre dormitando en las esquinas y los zaguanes. Unos gallinazos madrugadores picoteaban unas basuras esparcidas por la pista, graznando. Trató una vez más de recordar cómo se llamaba antes de lucir, muy joven, el sobrenombre de artista con el que lo conocían todos (bueno, cuando era conocido): ¿Roberto Arévalo? No, no era ése ni por asomo. Todavía le quedaba algún papel entre el alto de documentos que guardaba en una caja de cartón en su cuartito del Hotel Mogollón, la partida de nacimiento por ejemplo, con su viejo nombre, pero él no quería leerlo sino recordarlo. Llevaba ya un par de días luchando contra ese olvido. Su memoria fallaba tanto que dedicaba buena parte del tiempo a eso que estaba haciendo ahora: tratar de pescar, en la confusa mazamorra que se había vuelto su cabeza, alguna palabra extraviada, caras, nombres o anécdotas medio borrosas. Lo único que no se le olvidaba nunca era el nombre de Felipe Pinglo, el bardo inmortal, uno de sus ídolos desde niño, y el de Rolando Garro, el hombre que había arruinado su vida; por eso, dos o tres veces por semana, escribía cartitas contra él a los diarios, radios y revistas que pocas veces le publicaban. Pero se había hecho conocido por esas cartitas pertinaces y en el mundo de la farándula se reían de él.

Habían llegado a la esquina de Emancipación y Serafín, como hacía siempre en calles y avenidas con mucha circulación, se paró, esperando a que Juan lo cargara. Lo hizo, cruzó con él la avenida y lo depositó en el suelo de la otra vereda. Sus relaciones con Serafín tenían ya cerca de tres años. «Los de mi decadencia», pensó. No, su decadencia verdadera —cambiar de oficio, traicionar su vocación— venía de más atrás, tenía diez años por lo menos, quizá más. Un día entró a su cuarto del Hotel Mogollón —bueno, eso de cuarto era mucho exagerar, más bien hueco o cuchitril— y vio un gato aposentado sobre su cama. La única ventanita de la habitación estaba abierta. Por ahí se había metido. «¡Fuera, fuera!», lo espantó con las manos y el gato, asustado, saltó al suelo; entonces, Juan advirtió que el animal apenas podía caminar; arrastraba las patas traseras como si las tuviera muertas. Y, medio tendido ahí en el suelo, se había puesto a llorar como lloran los gatos, con unos maullidos bajitos y alargados. Se compadeció de él, lo cargó, lo puso en la cama y hasta compartió con él la botellita de leche que se tomaba en las noches antes de dormir. Al día siguiente lo llevó a la Clínica Veterinaria Municipal, que era gratuita. El veterinario que lo examinó le dijo que el gatito —un bebe— no tenía las patas rotas, sólo resentidas de algún golpe que le habían infligido, tal vez, esos mataperros que se divertían disparando pedradas con sus hondas a los animales callejeros de Lima; se repondría pronto, sin necesidad de remedios ni tablillas. Desde entonces, después de bautizarlo Serafín —por Serafín Álvarez Quintero, uno de sus platos fuertes cuando era recitador profesional—, lo adoptó. El animalito se convirtió en su compañero y amigo. Un compañero muy especial, desde luego, un liberto; a veces desaparecía por varios días y luego retornaba de pronto como si tal cosa. Él le dejaba siempre la ventanita del cuchitril abierta, para que pudiera irse y volver a voluntad.

Raro animalito, Serafín. Juan Peineta nunca había sabido adivinar si el gatito lo quería o le era indiferente. Tal vez lo quería a la manera de los gatos, es decir, sin la menor efusión de sentimientos. A veces se enroscaba en sus brazos, pero no era una demostración de cariño, sucedía que estaba recibiendo su máximo placer: que Juan le rascara el cuello y la barriguita. A veces, le recitaba lo que quedaba en su memoria de los viejos poemas de su repertorio, José Santos Chocano, Amado Nervo, Gustavo Adolfo Bécquer, Juan de Dios Peza, Juana de Ibarbourou, Gabriela Mistral —bueno, los residuos de poemas que no se habían descarrilado de su mente—, y Serafín lo escuchaba con una atención que a él lo conmovía —«una atención equivalente a los aplausos», se dijo—, pero, otras, con una indiferencia que se parecía al desprecio, se daba media vuelta y lo dejaba recitando a los fantasmas mientras él se echaba a atusarse los bigotes y a dormir. «Es un egoísta y un malagradecido», pensó. Sí, sin la menor duda, pero se había encariñado con él. Era, por lo demás, el único ser vivo al que tenía cariño —bueno, con la excepción de Willy el Ruletero y la gorda Crecilda, otra víctima del maldecido Rolando Garro—, porque todos los otros se habían ido muriendo y dejándolo cada día más solo. «Eso es lo que eres, Juan Peineta», se repitió, por centésima vez: «un huérfano».

De lo que sí se acordaba muy bien era de su viejo amor por el genio de la canción criolla, Felipe Pinglo, y de su propia edad: setenta y nueve años. Ahí estaba, resistiendo la avalancha del tiempo. Miserable, tal vez, pero sano, sin más achaques que los connaturales a sus años —algo de sordera, mala vista, sexo muerto, caminar lento e inseguro, algún catarro o gripe en los inviernos—, nada de cuidado desde el punto de vista físico, aunque sí del mental: su memoria estaba cada día peor y no era imposible que terminara convertido en fantasma de sí mismo, sin saber quién era, cómo se llamaba ni dónde estaba. Se rio a solas: «¡Qué fin triste para el famoso Juan Peineta!».

¿Había sido famoso? En cierta forma, sí, sobre todo en la época en que recitaba en los coliseos, entre número y número de los bailes y cantantes folclóricos. Lo aplaudían a rabiar después de escuchar «Volverán las oscuras golondrinas», de Bécquer, «Éste era un inca triste de soñadora frente, / ojos siempre dormidos y sonrisa de hiel», de Chocano,

«Puedo escribir los versos más tristes esta noche» o «Me gustas cuando callas porque estás como ausente», de Neruda, o las letras de los valses de Felipe Pinglo, su plato fuerte. Le pedían autógrafos. «Señor poeta», le decían, pero él los rectificaba de inmediato con la modestia que siempre lo caracterizó: «Poeta, no, señora, sólo recitador». Recitaba también en los programas de radio, aunque nunca en la televisión, mortalmente reñida con la poesía. Algunas veces había recitado en casas particulares, en fiestas o recepciones —primeras comuniones, bodas, cumpleaños, sepelios—, ocasiones en que solían pagarle bien. Pero a Juan eso de ganar plata nunca le había importado tanto; lo que le gustaba era recitar, transmitir la palabra de esos genios sensibles, los poetas, esos sentimientos tan hermosos, acompañados de la música cadenciosa de la buena poesía. Recordó que a veces recitaba con tanta emoción que los ojos se le llenaban de lágrimas.

Su amor y su admiración sin límites por Felipe Pinglo los había heredado de su padre, que lo conoció y hasta fue compañero de parrandas y peñas del bardo que en su corta vida —había nacido en 1899 y murió a los treinta y siete años— con sus composiciones había elevado la música criolla a unas alturas que ni el vals, ni las polcas, ni las marineras o tonderos alcanzarían antes ni después de su fecunda existencia. Juan sólo lo había conocido por las historias y anécdotas de su padre, quien, pese a no ser cantante ni tocar instrumento alguno, había frecuentado la bohemia y las peñas criollas de los Barrios Altos. Allí, en ese vecindario, fraguó Felipe

Pinglo buena parte de las composiciones que lo harían célebre. Su padre le contó a Juan que él estuvo en el Teatro Alfonso XIII del Callao, cuando el cantante Alcides Carreño estrenó en 1930 el más famoso vals de Pinglo, «El Plebeyo». Cuando Juan Peineta y Atanasia se casaron, fueron a depositar el ramito de gardenias de la novia al pie de la estatua que inmortalizaba al bardo criollo frente a la casita donde nació, en la cuadra 14 del jirón Junín, a pocos pasos de las Cinco Esquinas, el ombligo de los Barrios Altos. Felipe Pinglo dejó unos trescientos valses y polcas al morir. Juan Peineta se sabía de memoria buen número de ellos, y muchos otros los tenía copiados en un grueso cuaderno escolar. Uno de sus orgullos artísticos era haber incorporado a su repertorio de recitador algunos textos de los valses de Felipe Pinglo, quien, a su juicio —se lo decía siempre al público antes de recitarlos—, era un poeta tan grande como músico y compositor. La verdad es que Juan tenía mucho éxito recitando, como si fueran poemas, sin la música, las letras de «Hermelinda», «El Plebeyo», «La oración del labriego», «Rosa Luz», «De vuelta al barrio» y «Amelia», la primera canción conocida de Pinglo, compuesta cuando era todavía un chiquillo. Antes de recitar sus letras, entretenía al auditorio contando anécdotas (ciertas o inventadas) del bardo inmortal: su vida triste y enfermiza, su pobreza, la modestia de su existencia cotidiana, la manera como introdujo en la música peruana cadencias que venían del foxtrot y el one-step norteamericanos, entonces muy de moda, y, sobre todo, que el primer instrumento musical que dominó fue un rondín y cómo, al ser zurdo, tenía que tocar la guitarra a la inversa, lo que, decía, le había permitido descubrir nuevas tonalidades y acentos para sus composiciones.

A Atanasia, Juan Peineta la conoció recitando. No le gustaba recordar a Atanasia porque se le descontrolaba el corazón, se ponía triste y se deprimía, y nada de eso era bueno para la salud. Pero, ahora, ya era difícil sacar a Atanasia de su memoria: ahí estaba, en la primera fila del Club Apurímac de Lima, con su faldita gris, su blusa verde y sus zapatitos blancos, escuchándolo con fervor y aplaudiendo a rabiar. Tenía unos ojos que echaban chispas; cuando se reía, se le formaban unos hoyuelos en las mejillas y se le veían los dientes parejitos. Después de su número se había presentado y ella le dijo que era telefonista en el Correo Central de Lima, soltera y sin compromiso. La fiesta apurimeña se prolongó, brindaron, bailaron valses, boleros, unos huaynitos y así comenzó la relación que terminaría en noviazgo y un matrimonio de muchos años. Juan Peineta sintió que los lagrimones habían empezado a correrle por las arrugas de la cara. Solía ocurrirle cuando Atanasia, aprovechando un descuido suyo, se le metía de repente en la cabeza.

Llegó a la iglesia de las Nazarenas y Serafín, que sabía que los gatos estaban prohibidos en la iglesia —las beatas le habían hecho pasar muy malos ratos ahí—, se trepó de inmediato al arbolito de la entrada, a esperarlo. La misa no había empezado y Juan se sentó en la primera fila —había poca gente todavía— y, entristecido con el recuerdo de Atanasia, se quedó dormido. Lo despertó una campanilla. Estaban leyendo el evangelio del día y él se preguntó si asistiendo al oficio de manera tardía le valdría ante Dios o tendría un efecto nulo en el balance de las buenas y malas acciones que decidirían su futuro en el más allá. Había sido muy católico desde niño, pero su religiosidad se había incrementado mucho con la vejez y la desmemoria. Siempre había ido a misa los domingos; ahora, además, iba a procesiones, rosarios, rogativas y a los sermones sagrados de los viernes en la parroquia de la Buena Muerte.

Al salir de la iglesia, Serafín apareció enredándose en sus pies. Todo el regreso al Hotel Mogollón —unos tres cuartos de hora con su andar prudente y lentísimo— estuvo pensando en el episodio de *Los tres chistosos,* hecho fronterizo en su carrera artística. El programa lo conocía, como todo el mundo en Lima. Atanasia y él solían verlo los sábados en la noche, en la pequeña casa de Mendocita donde habían vivido desde que se casaron. Con lo que ganaba él gracias a sus presentaciones y ella como telefonista habían podido alquilar esta casa que Atanasia arregló y amuebló con el buen gusto que tenía. No le iba mal a Juan con los contratos; siempre le salían recitales en los coliseos, en los clubs departamentales, en algunas peñas criollas y a veces hasta en alguna boite. Además, conservaba su programita semanal, *Hora de poesía,* en Radio Libertad. Le gustaba su trabajo y, desde su matrimonio con Atanasia, se sentía contento. En las noches, cuando rezaba, le agradecía a Dios que hubiera sido tan generoso con él.

Se llevó una gran sorpresa cuando el director de Radio Libertad le dijo que habían llamado de América Televisión preguntando por él. Y dejado mensaje de que llamara urgente al productor, nada menos que don Celonio Ferrero, mago y señor de las pantallas chicas. Lo hizo y éste lo invitó a tomar un refresco en una cafetería en las vecindades del canal. El señor Celonio Ferrero era alto, bien vestido, con chaleco y corbata, anillos, las uñas lustradas, un reloj que echaba chispas y tan seguro de sí mismo que Juan Peineta se sintió cohibido y enanizado junto a ese semidiós.

—No tengo mucho tiempo, amigo Juan Peineta, así que voy al grano de una vez —le dijo, nada más sentarse y pedir dos cafés—. Tiburcio, uno de Los Tres Chistosos, se me está muriendo. Un tumor canceroso en el hígado. Mala suerte, pobre hombre. O mucho trago, quizás. Tan joven. Sólo podrá trabajar hasta fin de mes. Una vaina, porque me deja un hueco en el programa más popular de la televisión peruana. ¿Quiere usted reemplazarlo?

La sorpresa hizo que la boca se le abriera a Juan Peineta de par en par. ¿Le estaba ofreciendo a él, un artista del verso, que reemplazara a un payaso vulgarote y chabacano a más no poder?

—Cierre la boca que se le va a meter una mosca —se rio el señor Celonio Ferrero, dándole una palmadita—. Sí, ya sé, mi oferta es como sacarse el gordo de la lotería para cualquiera. Pero se me ha metido entre ceja y ceja que usted es la persona ideal para reemplazar al cholo Tiburcio. Esas intuiciones a mí nunca me han fallado. Lo oí recitar a usted hace algún tiempito en el Club Arequipa y me reí a carcajadas. Ahí mismo me dije: «Este pata podría ser uno de mis Tres Chistosos».

Juan Peineta se sentía tan ofendido que tenía ganas de ponerse de pie y decirle a ese señor prepotente que él era un artista y que su propuesta lo lastimaba en su honor profesional, así que ahí nomás se terminaba la conversación. Pero don Celonio Ferrero le ganó por puesta de mano:

—Lo siento, mi amigo, pero no tengo mucho tiempo —repitió, consultando su aerodinámico reloj—. Le ofrezco diez mil soles al mes para comenzar. Si sirve, podemos hablar de un aumento; si no sirve, nuestro acuerdo concluye la cuarta semana. Le doy un par de días para que lo piense. Ha sido un placer conocerlo y estrechar su mano, señor Juan Peineta.

Pagó la cuenta y Juan lo vio alejarse a grandes trancos hacia el canal. ¿Diez mil soles al mes? ¿Había oído bien? Sí, eso había dicho. Juan nunca había visto tanta plata. ¿Diez mil al mes? Regresó a su casa con la cabeza aturdida, sabiendo, en el fondo, que le sería imposible no aceptar un trabajo que le podía hacer ganar una fortuna semejante.

«Ahí fue donde jodiste tu carrera de artista», pensó una vez más, como venía haciéndolo desde hacía muchos años. «Te vendiste por la codicia, renunciaste a la poesía por la payasada, de puro angurriento le clavaste una puñalada al arte. Ahí comenzó tu decadencia.»

Habían llegado al Hotel Mogollón a tiempo para sentarse en la pequeña salita de la entrada, junto a Sóceles, el guardián del hotel, y escuchar en Radio Popular las maldades y venenos de Rolando Garro en su programita *Al rojo vivo: verdades y mentiras de la farándula.*

Antes de dormir, con su letra temblorosa y torcida, Juan Peineta escribió una carta a Radio Popular protestando en nombre de él y de muchos radioescuchas por la «pestilente vulgaridad que vomita en su programa el señor llamado Rolando Garro, que más bien debería llamarse el Chismoso Calumniador. ¡Qué desvergüenza y desprestigio para la emisora!». Firmó con su nombre y la metió en un sobre. Mañana la despacharía.

VII. La agonía de Quique

—A ti te pasa algo, amor, algo muy serio —le dijo Marisa—. Lo siento mucho, pero tienes que contármelo.

—No me pasa nada, gringuita —trató de tranquilizarla él, intentando una sonrisa—. Estoy preocupado con la pesadilla que estamos viviendo en este país, como todo el mundo, nada más.

—Hace mucho que hay terrorismo en el Perú —insistió ella—. Seré tonta, pero no tanto como tú crees, Quique. No comes, no duermes, te estás deshaciendo. Ayer mismo me lo dijo tu mamá: «Enrique está enflaqueciendo mucho, ¿ha ido donde el médico?». ¿Qué te pasa? ¿Soy tu mujer, no? Puedo ayudarte. Sea lo que sea, tienes que contármelo.

Estaban tomando el desayuno en la terraza techada del penthouse, en San Isidro, ella en bata y zapatillas, y Enrique ya bañado, afeitado y vestido, listo para partir a la oficina. Había neblina y no se divisaba el mar allá a lo lejos, ni siquiera los jardines del Club de Golf al pie de su edificio. El jugo de naranja, el huevo pasado, las tostadas con mantequilla y mermelada que Quintanilla, el mayordomo, había puesto en el sitio de Quique estaban intactos; sólo había tomado la taza de café. Vio la cara de Marisa deformada por la preocupación; vio que le brillaban los ojos azules como si fuera a llorar y sintió pena por su mujer. Se acercó a ella y la besó en la mejilla. Marisa le echó los brazos al cuello.

—Dímelo, Quique —le rogó—. Sea lo que sea, cuéntamelo, corazón. Déjame compartirlo contigo, ayudarte. Yo te quiero.

—Yo también a ti, Marisa, amor mío —la abrazó él—. No me gusta alarmarte. Pero, bueno, ya que insistes tanto te lo voy a contar.

Marisa se apartó de él y Enrique vio que su mujer había palidecido; le temblaban los labios. Se arreglaba maquinalmente los rubios cabellos y lo miraba con los ojos muy abiertos, esperando. En su confusión, él alcanzó a decirse: «Está tan bella como siempre, más que siempre. Debe ser la primera vez desde que nos casamos que en diez días no hemos hecho el amor».

—Todavía no ha pasado nada, pero podría pasar —mientras hablaba, muy despacio, buscaba afanosamente qué inventar—. He recibido amenazas, gringuita. Anónimos, claro.

—¿De los terroristas? —balbuceó ella—. ¿De Sendero Luminoso? ¿Del MRTA?

—No sé de quiénes todavía. Tal vez de los terroristas, podría ser. O de delincuentes comunes. Quieren sacarme plata, por supuesto. Pero, no te asustes. Lo he consultado con Luciano, estamos moviéndonos a ver de qué se trata. Por lo que más quieras, no digas una palabra a nadie de esto, amor. Podría ser mucho peor si el asunto trasciende.

—¿Cuánta plata te han pedido? —preguntó ella.

—No me han dicho cuánta, no todavía —dijo él—. Por el momento, sólo amenazas. Te juro que a partir de ahora te tendré al corriente de todo. Además, podría ser una broma de mal gusto, de algún canalla que quisiera amargarnos la vida.

—¿Has ido a la policía? —Marisa le había cogido una mano y se la apretaba—. ¿Los has denunciado? Que nos pongan protección, sobre todo a ti. No puede ser que te expongas así, Quique. Dios mío, yo sabía que tarde o temprano nos pasaría lo mismo que a Cachito.

—Ahora eres tú la que está asustada —dijo él, haciéndole un cariño en la mejilla—. ¿Ves por qué no quería decirte nada todavía, gringuita?

Miró su reloj: las ocho y cuarto de la mañana. Se puso de pie.

—Tengo cita con Luciano, precisamente para hablar de esto —dijo, besándola en los cabellos—. Te ruego que no te preocupes, Marisa. No va a pasar nada, te lo juro. Te tendré al tanto de todo, te lo prometo.

Bajó al garaje, el chofer estaba esperándolo, subió a su auto y cuando salieron a la calle se encontró con uno de esos días grises, color panza de burro, del invierno limeño; la humedad empañaba los vidrios del Mercedes-Benz, mojaba su ropa, y Enrique tenía la impresión de que se le metía por todos los poros del cuerpo. En el Zanjón, el tráfico era ya muy intenso. ¿Había hecho bien contándole esas mentiras a Marisa? Bueno, quizás no era una mentira. Tal vez ese periodista zamarro estaba conchabado con Sendero Luminoso o el MRTA. Todo era posible. Agustín, el chofer, manejaba con la prudencia de siempre, y él tenía la cabeza ida, concentrado hipnóticamente en su problema. Estaba así desde la visita a su oficina de Rolando Garro. Lo peor era la incertidumbre. Seguir esperando. ¿Qué esperaba? Que ese hijo de puta se manifestara de una vez: cuánto pedían. Él o sus cómplices. Porque esto no podía ser sólo cosa de ese pobre diablo. ¿Quién demonios estaría detrás de él? ¿Aquel yugoeslavo? ¿Era posible? Él había organizado la emboscada de Chosica. ¿Pero, por qué saltaba la liebre dos años después? No saber lo que querían, lo que podía caerle encima, lo tenía con los nervios destrozados desde aquella maldita visita. Diez días ya. Diez días sin tocar a Marisa. No le había pasado nunca, desde que se casaron. «¿Cómo pude ser tan imbécil, teniendo a una mujer tan bella, tan susceptible?», pensó, por centésima vez. «Marisa no me lo perdonará nunca.» Cada vez que recordaba aquella orgía, sentía los mismos vómitos de entonces, entre esas putas gordas y pintarrajeadas como papagayos. «Hay que ser estúpido, Quique, estúpido al cuadrado para hacer lo que hiciste.»

Agustín conducía con seguridad y ahora Quique echaba miradas nerviosas a su alrededor, asustado de que algo le ocurriera, pensando que, en efecto, por qué no, podían secuestrarlo como a Cachito. Su secuestro había espantado a toda la sociedad limeña. ¿Sería cierto que pedían seis millones de dólares por el rescate? Por lo visto, el hombre del seguro que vino desde Nueva York a negociar con los secuestradores era durísimo y no cedía a sus demandas. El resultado podía ser que Cachito terminara cadáver. Le hubiera podido ocurrir a cualquier empresario, incluido él. Desde que comenzó el terrorismo era una idea que de tanto en tanto rondaba por su cabeza, y, desde la visita de Garro con aquellas fotos, mucho más.

Luciano estaba esperándolo y en su despacho había dos tazas de café recién servidas.

—Calma, Quique —lo saludó su amigo—. Estás hecho una ruina, hombre. Lo peor es dejarte derrotar así, antes de librar batalla.

—Estoy con los nervios rotos, Luciano —asintió él, dejándose caer en un sillón—. No es por mí, ni por Marisa, ni por lo que esto pueda costarme. Es que si esas fotos se publicaran, mi madre se moriría. Tú sabes lo conservadora, lo católica que es mi viejita. Te juro que si ve esas fotos, le vendría un paro cardíaco, enloquecería, qué sé yo. Bueno, vamos al asunto. ¿Qué dicen tus dos penalistas?

—Ante todo, calma, Quique. Vamos a hacer lo posible y lo imposible para impedir que se publiquen —lo alentó el abogado—. Los dos están de acuerdo en que es preferible esperar a que venga el tiro. ¿Qué quieren? ¿Cuánto piden? Habrá que negociar, en último caso. Lo más importante son las garantías de recobrar los negativos. Y, mientras tanto, por supuesto, negar categóricamente que tú seas el hombre de las fotos.

—¿Conocen a este Garro? ¿Qué saben de él?

—Lo conocen muy bien —asintió Luciano—. Un periodista amarillo, especializado en la farándula. Un mermelero, al parecer, de baja monta al principio, por lo visto, pero que ha hecho carrera. Saca propinitas haciendo chantajes u ofreciendo publicidad a artistas, guionistas, locutores, presentadoras de programas. Vive de los escándalos. Ha tenido varios juicios por libelo y calumnia, pero las asociaciones de periodistas lo protegen y, en nombre de la libertad de prensa, los jueces casi siempre archivan los juicios o lo absuelven. Corren muchas leyendas sobre él, incluso que podría ser uno de los periodistas esbirros del Doctor para enfangar a los críticos del gobierno, destruyendo su reputación, inventándoles escándalos. Los dos penalistas del estudio no creen que Garro sea la cabeza de esta operación. Sólo un cómplice menor, un mensajero, un instrumento de los verdaderos capos. Están sorprendidos de que haya ido en persona a chantajear a un empresario tan conocido como tú. Le hemos pedido una cita al Doctor. Iremos con los presidentes de la Confederación de Empresarios y de la Sociedad de Minería para impresionarlo. Que sepa que no sólo tú sino todo el sector empresarial se siente amenazado con este chantaje. ¿Estás de acuerdo, Quique?

—Sí, por supuesto —asintió él—. Detesto la idea de que tanta gente se entere del asunto, pero, es verdad, mejor ir a la cabeza. El Doctor puede parar esto, asustando a Garro y obligándolo a delatar a sus cómplices.

—Según los penalistas, ésta es una operación de alto vuelo. Tal vez, una mafia internacional.

Le sonrió afectuosamente, pero Enrique no le devolvió la sonrisa. ¿Era esta tontería lo único que podían decirle los penalistas del estudio? Que había alguien detrás de Garro lo supo él desde el primer momento.

—¿Qué es lo peor que podría pasarme, Luciano?

Luciano se puso muy serio antes de contestar.

—Lo peor de lo peor, hermano, sería que quien esté detrás de esta operación sea quien ya te imaginas.

—No me imagino a nadie, Luciano. Háblame más claro, por favor.

—El siniestro Doctor, él mismo —dijo Luciano, bajando la voz—. Es muy capaz de tramar una cosa así, tan turbia. Sobre todo, si cree que hay mucho dinero de por medio.

—¿El propio asesor de Fujimori? —se sorprendió Quique.

—El hombre fuerte de este gobierno, el que hace y deshace, el verdadero patrón del Perú —le recordó Luciano—. Los abogados tienen la absoluta seguridad de que el sujeto hace cosas de este tipo. Es un ávido, con una sed de dinero desmedida. Hay indicios de chantajes a muchos empresarios menores que parecen provenir de él. A ellos les sorprendería que pueda armar una cosa así contra alguien tan importante como tú. Por eso conviene que nos acompañen a verlo los dirigentes de la CONFIEP y de la Sociedad de Minería. Su presencia lo puede asustar un poco, si es que está metido en esto. Por otra parte, ya te dije, corren rumores de que uno de los gacetilleros que utiliza el Doctor para arruinar la reputación de sus enemigos políticos es el tal Garro. Tú sabes que él financia buena parte de esas hojas inmundas llenas de palabrotas y calatas que bañan en caca a los críticos del gobierno. ¿Me estás oyendo, Quique?

Porque Enrique se había puesto a pensar que si era el jefe del Servicio de Inteligencia del régimen quien estaba detrás de estas fotos, no tenía escapatoria. Estaba perdido. ¿Cómo podría enfrentarse a un hombre tan poderoso, al maquiavélico asesor del presidente? Recordó la única vez que lo había visto, en una cena de empresarios a la que el famoso Doctor se presentó de golpe, sin estar invitado. Muy amable, un poco untuoso y servil con todos ellos, con un ternito azul muy entallado y una barriguita que pugnaba por hacerse notar, les dijo que la empresa privada estaría segura en el país mientras el ingeniero Fujimori siguiera en el gobierno. Y que el régimen necesitaba al menos unos veinte años para completar el programa de reformas que estaba sacando al Perú del subdesarrollo y ascenderlo a país del primer mundo. Sobre el terrorismo, se extendió justificando su política de «mano dura» con un ejemplo que puso los pelos de punta a algunos de los presentes: «No importa que mueran veinte mil, entre ellos quince mil inocentes, si matamos a cinco mil terroristas». Cuando partió, los empresarios habían bromeado sobre las ínfulas que se daba el personajillo, huachafito adulón y matonesco que se ponía zapatos amarillos con un terno azul.

—Si fuera él la cabeza de esto, simplemente estoy jodido, Luciano —murmuró.

—Nadie dice que sea él, tranquilízate —lo calmó su amigo—. Es una simple conjetura, entre muchas otras. No te asustes antes de tiempo. Y no pienses que el Doctor tiene tanto poder como él se cree.

—¿Qué debo hacer, entonces?

—Que hayan esperado dos años desde que te tomaron estas fotos significa algo —dijo Luciano—. Trata de recordar todos los detalles posibles de tu relación con el yugoeslavo que organizó lo de Chosica. Busca todas las cartas y mensajes de él que queden en tu archivo. De un modo u otro, ese sujeto es el origen de todo esto. Haz eso mientras tanto. Y esperemos. Los penalistas aconsejan no tomar ninguna iniciativa por el momento, hasta que se quiten las caretas. Sobre todo, no dar parte a la policía por ahora. Vamos a ver qué resulta de la gestión con el Doctor. Y, por favor, no des tantas muestras de nerviosismo. Garro te ha traído esas fotos para asustarte. Para ablandarte. Muy pronto saltará la liebre. Cuando salte y sepamos cuál es el chantaje, sabremos a qué atenernos. En función de eso decidiremos un plan de acción.

Conversaron todavía un momento y Luciano le sugirió que hiciera un viajecito con Marisa, por unos cuantos días. Quique lo descartó a rajatabla. Tenía mil asuntos encima, un trabajo fuera de lo común con la situación tan difícil del país. Alejarse de Lima, en vez de calmarlo, lo alteraría más de lo que estaba. Quedaron en que esta semana de todas maneras las dos parejas almorzarían juntas —¿el domingo, por ejemplo, en La Granja Azul?— y Luciano lo acompañó hasta la puerta de salida.

Cuando Quique llegó a su oficina lo esperaban ya el jefe de seguridad de la mina de Huancavelica y un alto de mensajes, cartas y e-mails. El señor Urriola —arrugas como surcos, grandes bigotes, unas manazas de luchador y una sonrisa estereotipada que no se movía de su cara— no le dio buenas noticias. Había habido nuevos robos de explosivos en el último mes gracias a complicidades de los ladrones con empleados y trabajadores, y, tal vez, con ayuda de los mismos guardias puestos por la policía. Sin tiroteos ni víctimas, felizmente. Los vigilantes no notaron nada, por supuesto.

—Le pareceré un disco rayado —concluyó su informe el señor Urriola—. Pero, debe usted conseguir que la Guardia Civil retire a su gente de las minas. Le aseguro que la mía cortará en seco estos robos. Los guardias civiles ganan miserias y ahora, con el terrorismo, tienen la coartada perfecta para saquearnos y echar la culpa a Sendero y al MRTA.

Después de Urriola pasaron hasta tres personas más y una larga llamada de Nueva York. A Quique le costaba concentrarse, escucharlos, contestarles. No podía apartar de su cabeza las imágenes siniestras que lo acosaban desde la visita de Garro. Ni siquiera conseguía recordar con precisión aquella fiesta maldita de Chosica. ¿Le había dado a tomar alguna droga el yugoeslavo? Recordaba el malestar, lo aturdido que se sintió, las náuseas y vómitos. Por fin, a eso de las doce, cuando partió la última visita, dijo a la secretaria que no le pasara más llamadas porque tenía cosas urgentes que hacer y necesitaba aislarse por completo.

En realidad quería quedarse solo, no seguir haciendo por un rato esos agotadores esfuerzos de desdoblarse, intentando ocuparse de los asuntos de la oficina cuando sólo tenía cabeza para su problema personal. Estuvo cerca de una hora sentado en uno de los sillones en que recibía a las visitas, mirando sin ver la vasta explanada de Lima a sus pies. ¿Qué podía hacer? ¿Hasta cuándo continuaría la incertidumbre? En un momento, sintió que lo invadía el sueño y, a pesar de tratar de resistirlo, se quedó dormido. «Es la angustia», pensó, yéndose. Tal vez sería bueno que hiciera lo que nunca había querido hacer: aprender a jugar al golf, ese deporte de japoneses y de ociosos. Tal vez sería un buen relajante para los nervios. Despertó sobresaltado: a la una y cuarto tenía cita para almorzar en el Club de la Banca. Se lavó la cara, se peinó y llamó a la secretaria.

Ésta le dio una larga lista de mensajes, que él apenas escuchó.

—Y también llamó el periodista ese que usted recibió el otro día —añadió—. ¿Garro, no? Sí, Rolando Garro. Insistió mucho, que era urgentísimo. Me dejó un teléfono. ¿Qué hago? ¿Una cita o le doy largas?

VIII. La Retaquita

Apenas sintió que el individuo que iba detrás de ella en el ómnibus de Surquillo a Cinco Esquinas se le pegaba con malas intenciones, la Retaquita sacó la gran aguja que llevaba prendida en el cinturón. La retuvo en la mano, esperando el próximo bache del vehículo, pues era en los baches cuando el vivazo aprovechaba para acercarle la bragueta al trasero. Lo hizo, en efecto, y ella, entonces, se volvió a mirarlo con sus enormes ojos fijos —era un hombrecillo insignificante, ya mayor, que en el acto le apartó la vista— y, metiéndole la gran aguja por la cara, le advirtió:

—La próxima vez que te me arrimes te clavo esto en esa pichula inmunda que debes tener. Te juro que está envenenada.

Hubo algunas risas en el ómnibus y el hombrecillo, confundido, disimuló, haciéndose el sorprendido:

—¿Me habla usted a mí, señora? Qué le pasa, pues.

—Estás prevenido, concha de tu madre —remató ella, secamente, volviéndole la espalda.

El sujeto encajó la lección y, seguramente incómodo y avergonzado con las miradas burlonas de los pasajeros, se bajó en el siguiente paradero. La

Retaquita recordó que esas advertencias no siempre servían, pese a que ella, en dos ocasiones, había cumplido con sus amenazas. La primera, en un ómnibus de esta misma línea, a la altura del cuartel Barbones; el muchacho, que recibió el agujazo en plena bragueta, dio un chillido que sobresaltó a todos los pasajeros y llevó al chofer a frenar en seco.

—¡Así aprenderás a frotarte sólo con tu madre, maricón! —gritó la Retaquita, aprovechando que el vehículo se había detenido para saltar a la calle y echar a correr hacia el jirón Junín.

La segunda vez que clavó la aguja en una bragueta a un sujeto que se le frotaba, fue más complicado. Era un mulato grandulón, lleno de granos en toda la cara, que la samaqueó, frenético, y la hubiera maltratado si otros pasajeros no lo atajaban. Pero el asunto terminó en la comisaría; sólo la soltaron cuando descubrieron que llevaba carnet de periodista. Ella sabía que, por lo general, los policías tenían más miedo al periodismo que a los forajidos y atracadores.

Hasta que el ómnibus llegó a Cinco Esquinas, volvió a pensar en lo que estaba pensando antes de notar que se le pegaba este sujeto por la espalda: ¿habían desaparecido los emolienteros? Siempre que veía en la calle a un tipo jalando un carrito se acercaba a espiar y era por lo común un heladero o un vendedor de refrescos y chocolatines. Rara, muy rara vez, un emolientero. Se estarían acabando, pues, otra muestra de los supuestos progresos de Lima. Pronto no quedaría ni uno y los limeños del futuro ya ni siquiera sabrían qué era un emoliente.

Su niñez era inseparable de esa bebida criolla tradicional, hecha con cebada, linaza, boldo y cola de caballo, que había visto preparar a lo largo de su infancia a su padre y un ayudante, un cojito medio tuerto al que apodaban Cojinova. En esa época los carritos de los emolienteros estaban por doquier en el centro de la ciudad, sobre todo a la entrada de las fábricas, en los alrededores de la Plaza Dos de Mayo y a lo largo de la avenida Argentina. «Los mejores clientes que tengo son los jaranistas y los obreros», solía decir su progenitor. Ella lo había acompañado mil veces de niña y adolescente en sus recorridos jalando el carrito con los grandes tarros de emoliente preparados por él mismo y Cojinova en la pequeña quinta donde vivían entonces, en Breña, al final de la avenida Arica, allí donde terminaba la parte antigua de la ciudad y empezaban los descampados que se alargaban hasta La Perla, Bellavista y el Callao. La Retaquita recordaba muy bien que, en efecto, los clientes más fieles de su padre eran los trasnochadores que se habían pasado horas bebiendo en los barcitos del centro y los trabajadores que entraban al alba a las fábricas de las avenidas Argentina y Colonial y los alrededores del Puente del Ejército. Ella ayudaba sirviendo las tacitas de vidrio a los clientes con un papelito recortado que hacía de servilleta. Cuando su padre la dejaba en la escuelita del barrio y comenzaba la vida de la ciudad con la aparición de los barrenderos y los policías del tráfico, el emolientero llevaba ya por lo menos cuatro horas trabajando. Oficio duro; un trabajo matador y peligroso. A su padre lo habían asaltado y despojado de todas sus ganancias del día varias veces, y, lo peor de todo, arriesgar tanto para ganar miserias. No era raro, pues, pensándolo bien, que los emolienteros estuvieran desapareciendo de las calles de Lima.

Nunca le había preguntado a su padre por su madre. ¿Lo había abandonado? ¿Se había muerto o vivía todavía? Él jamás le dijo palabra sobre ella y Julieta respetó su silencio, sin preguntarle ni una sola vez por aquélla. Era un hombre parco, podía estar días enteros sin decir palabra, pero, aunque nunca fue muy efusivo con ella, lo recordaba con cariño. Había sido bueno con su única hija; por lo menos, se había preocupado de que terminara el colegio, para que en el futuro, le decía, no tuviera una vida tan fregada como la que había tenido él por ser un analfabeto. No saber leer ni escribir lo enfurecía. El día más feliz de su vida fue aquella tarde en que su única hija le mostró el carnet de periodista que Rolando Garro le consiguió luego de contratarla como reportera de su revista.

Estaban ya en Cinco Esquinas y la Retaquita se bajó del ómnibus. Caminó las siete cuadras que separaban el paradero de su casa, en el jirón Teniente Arancibia, pasando por todos los lugares que conocía de memoria y respondiendo con movimientos de cabeza o con la mano los saludos de los conocidos: el espiritista piurano que sólo atendía a los clientes de noche, la hora propicia para dialogar con las almas; el boticario que ocupaba la casita donde, se decía, nació Felipe Pinglo, el gran compositor de valses; la Quinta Heeren que, al parecer, había sido un reducto con las mansiones más elegantes de Lima durante el siglo XIX y era ahora una colección de ruinas que se disputaban los gallinazos, los murciélagos, los drogadictos y los forajidos; la casa de la Limbómana, la abortera; la iglesia del Carmen y el pequeño convento de las Hermanas Franciscanas de la Inmaculada Concepción. Era temprano todavía pero, como los robos y asaltos habían aumentado mucho en el barrio, todas las bodegas habían puesto ya las rejas y atendían sólo por un agujero que apenas dejaba pasar pequeños paquetes. Casitas a medio hacer y cochambrosos callejones con un solo caño de agua, vagos y mendigos en las esquinas que, en las noches, se llenaban de traficantes de drogas y prostitutas transeúntes con sus cafiches acechando en la oscuridad. Su casa estaba al fondo de una quinta ruinosa, cuyas construcciones, todas de un solo piso, eran pequeñas y como encajadas las unas en las otras, salvo la suya que, por ser la última, se encontraba algo separada de las demás. La vivienda tenía un dormitorio, una salita-comedor, una cocinita y un baño; estaba amoblada con lo indispensable, pero, eso sí, llena de altos de periódicos y revistas en todos los cuartos. La Retaquita los coleccionaba desde niña. Había sido, desde la primaria, una lectora compulsiva de diarios y revistas y había empezado a guardarlos mucho antes de que supiera que un día sería periodista y podría sacar provecho de esa enorme colección. Aunque en sus cosas personales no era muy ordenada, su montaña de periódicos y revistas estaba rigurosamente clasificada. Unos papelitos escritos con su letra diminuta señalaban los años y los temas que había destacado. A ponerlos en orden dedicaba su tiempo libre, así como otros lo dedican a los deportes, al ajedrez, a tejer y bordar o a ver la televisión. Ella tenía un pequeño y viejo aparato, que sólo encendía —cuando no estaba cortada la luz— para ver los programas dedicados a los chismes y escándalos, es decir, a los temas relacionados con su oficio.

Llegó a su casa y, en la cocinita, se preparó una sopa de sobre y recalentó un plato de arroz con mondongo que había dejado en el horno. Era de poco comer y no bebía alcohol ni fumaba. Se alimentaba sobre todo de su trabajo, que era también su vocación: averiguar las vergüenzas secretas de las personas. Sacarlas a la luz le producía una satisfacción profesional e íntima. Le apasionaba hacerlo e intuía, de manera un tanto confusa, que haciendo lo que hacía se vengaba de un mundo que había sido siempre tan hostil con ella y con su padre. Pese a ser tan joven sus logros eran ya envidiables.

Su maestro había sido Rolando Garro y por eso le tenía una lealtad a toda prueba. ¿Estaba enamorada de él? En la redacción de *Destapes* le hacían a veces bromas al respecto, y ella lo negaba con tanto énfasis que todos sus compañeros de trabajo estaban seguros de que sí.

Hasta donde recordaba, la idea de ser algún día periodista la había perseguido siempre; pero su idea del periodismo tenía poco o nada que ver con el periodismo llamado serio, de informaciones objetivas y análisis políticos, culturales o sociales. A ella la idea del periodismo le venía fundamentalmente de los pequeños pasquines y hojas amarillas que se exhibían en los quioscos del centro y que la gente se paraba a leer —o más bien a mirar, porque en ellos no había casi nada que leer fuera de los grandes y aparatosos titulares— y a contemplar a las mujeres calatas que se exhibían mostrando sus tetas y sus nalgas con una fantástica vulgaridad y los recuadros en letras rojas restallantes denunciando las cosas sucias, los secretos más pestilentes y las reales o supuestas vilezas, robos, perversiones y tráficos que destruían las credenciales de las gentes más aparentemente dignas y prestigiosas del país.

La Retaquita —el apodo se lo habían puesto en el colegio, donde a veces las chicas de su clase la llamaban también Tachuela— recordaba con orgullo qué éxito había coronado sus primeras armas de periodista, cuando era todavía alumna de secundaria en el María Parado de Bellido. Al director se le había ocurrido que las alumnas sacaran un periódico mural. Julieta, sin imaginar el efecto que tendría, empezó a mandar artículos escritos a mano con su letra pareja y diminuta. Pronto se convirtió en la columnista estrella del periódico mural. Porque, a diferencia de otras colaboradoras, que hablaban de la patria, de los héroes nacionales como Grau y Bolognesi, de la religión, del Papa o el problema de la tierra en el Perú, ella se limitó a contar los chismes y rumores más escabrosos que corrían sobre alumnas y profesores, disimulando sus nombres cuando se trataba de cosas realmente subidas de color, como poner en duda la hombría de un varón o la feminidad de una mujer. Con el éxito le vino una sanción. Fue llamada a la dirección, amonestada —ya lo había sido antes por decir palabrotas— y amenazada con la expulsión si proseguía por ese camino.

Lo hizo, pero ya fuera del colegio. Con una audacia tan grande e inversamente proporcional a su tamaño comenzó a investigar, haciéndose pasar por reportera de *Última Hora, La Crónica, Caretas, Expreso* y hasta *El Comercio,* por teatros, radios, boites, estaciones televisivas, centros de grabaciones o por casas particulares de personajes de la farándula, extrayéndoles con su vocecita de niña ingenua y sus ojazos inmóviles toda una información marcada naturalmente por una suspicacia mendaz y una intuición sin fallas para lo morboso, pecaminoso y mal habido que le eran congénitas. Así llegó a *Destapes,* así había conocido a Rolando Garro y así se había convertido en la reportera estrella del semanario y discípula dilecta del periodista más afamado del país en materia de infidencia y escándalo.

«¿Cómo terminará la bendita historia de las fotos?», se preguntó, antes de dormirse. «¿Bien o mal?» Desde el principio, es decir desde que Ceferino le confesó que las tenía, ella había olido que el asunto les podía traer más perjuicios que beneficios, y sobre todo cuando Rolando Garro se las llevó a Enrique Cárdenas, ese minero copetudo. Pero lo que su jefe decía y hacía ella lo acataba sin chistar.

IX. Un negocio singular

Cuando Enrique vio entrar a su oficina a Rolando Garro sintió el mismo disgusto que la primera vez. Estaba vestido con la ropa de dos semanas atrás y caminaba braceando y taconeando con sus zapatones de altas plataformas como queriendo crecer. Llegó hasta su escritorio —él no se había puesto de pie para recibirlo— y le extendió la manito fláccida y húmeda que Enrique recordaba con asco. Eran las diez de la mañana: había llegado a la cita puntualísimo.

—Como me imagino que esta conversación va a ser grabada, le propongo que no hablemos del asunto que usted sabe —le dijo Garro, de entrada, con la vocecita atiplada y sobradora de la otra vez—. Sino de lo que me trae aquí. Y, como sé que es usted un hombre tan ocupado y no quiero quitarle su precioso tiempo, se lo planteo sin preámbulos. Vengo a proponerle un negocio.

—¿Un negocio? —se sorprendió el ingeniero—. ¿Usted y yo?

—Sí, usted y yo —repitió el periodista, riéndose desafiante—. Yo, el enano inexistente, y usted, el dios del Olimpo empresarial peruano.

Se rio de nuevo con la anómala risita que le encogía los ojitos burlones y añadió, con mucha convicción, luego de una pausa estratégica:

—*Destapes* es un pequeño semanario de escasa circulación sólo por falta de medios, señor Cárdenas. Pero esto podría cambiar de manera radical. Si un empresario con su prestigio y su fuerza se decidiera a invertir en ella, la revista llegaría a todo el Perú. Sería imbatible y la leerían hasta las piedras. Yo me encargo de eso, ingeniero.

¿Era por ahí el chantaje, pues? ¿Pedirle que invirtiera en su inmundo pasquín amarillo? Veía a este sujeto vestido de esa manera tan estrafalaria y chillona y pensaba qué contraste hacía con su oficina tan moderna y elegante, de muebles escandinavos funcionales y discretos, y esos grabados en las paredes con los dibujos mecánicos y los surtidores, poleas y tuberías que la decoradora Leonorcita Artigas había mezclado con bellas vistas de los desiertos y las olas espumosas de la costa y los imponentes nevados andinos.

—Explíqueme un poco mejor de qué me habla, señor Garro —dijo, disimulando su desagrado. Pero, a pesar de sus esfuerzos, estuvo seguro de que en su voz se traslucía la repugnancia que sentía por el pobre diablo que tenía delante.

—Cien mil dólares, para comenzar —dijo el periodista, encogiendo los hombros, como si se tratara de una suma risible—. Una bicoca para usted. Después, cuando compruebe lo bien que le va con esa inversión, el excelente negocio que está haciendo, habría que aumentar el capital. Por lo pronto, me permitiría doblar el tiraje y duplicar la redacción. Mejorar el papel y la impresión. Yo ni siquiera vería el dinero. Usted pondría al gerente, administrador, espía o como quiera llamarle. Alguien de su absoluta confianza. El asunto es muy sencillo. Más que su plata, me interesa su nombre, su prestigio. Si usted se asocia conmigo, la tirria que me tienen los publicistas y sus agencias desaparecerá en el acto. El semanario se volverá respetable y, por lo tanto, se llenará de avisos. Le aseguro que hará usted una excelente inversión, ingeniero.

Le brillaban los ojitos mientras hablaba y Enrique vio que tenía los dientes manchados de nicotina. Además, masticaba algo, tal vez un chicle. ¿O sería un tic?

—Antes que siga, quiero prevenirlo de una cosa, señor Garro —dijo él, endureciendo la voz y clavando la mirada en los ojitos movedizos del visitante—. No sé por qué me trajo usted ese regalo en su visita anterior. La persona que aparece en esas fotos no soy yo.

—Tanto mejor, ingeniero —aplaudió teatralmente el periodista, encantado con la noticia—. Me alegro muchísimo. Ya me lo imaginaba, por lo demás. Pero, ya le dije que no quería que habláramos de eso ahora. No sólo porque usted me está seguramente grabando esta conversación, sino porque no hay ninguna relación entre la visita mía de ahora y la anterior. He venido a proponerle un negocio y nada más. No le busque tres pies al gato sabiendo que tiene cuatro.

—Mi ramo no es el periodismo y no me gusta invertir en cosas que no conozco —dijo Enrique—. En todo caso, si usted tiene un proyecto, con estudios de mercado y de factibilidad, déjemelo y el departamento técnico de la empresa lo estudiará con la seriedad debida. ¿Eso era todo, señor Garro?

—Claro que le he traído el proyecto por escrito —dijo Garro, palpando el maletín de cuero descolorido que tenía sobre las rodillas—. Pero me gustaría explicarle un poco más, de viva voz, lo que podríamos hacer con la ampliación de *Destapes.* No me tomará más de diez minutos, le prometo.

Enrique, resistiendo las ganas que tenía de despachar a este tipejo de la oficina de una vez y no volver a verlo nunca más, asintió, sin decir palabra. Había accedido a darle esta nueva cita porque ésas eran las instrucciones de los dos penalistas del estudio de Luciano, en contra de su propio criterio. Una sorda cólera se iba apoderando de él.

—El morbo es el vicio más universal que existe —pontificó el hombrecito, con su voz chillona y suficiente, sin apartar los ojos de Enrique, moviendo suavemente las mandíbulas—. En todos los pueblos y en todas las culturas. Pero, sobre todo, en el Perú. Supongo que usted lo sabe de sobra: somos un país de chismosos. Queremos conocer los secretos de la gente y, de preferencia, los de cama. En otras palabras, y perdón por la lisura, quién cacha con quién y de qué maneras lo hacen. Meter la cabeza en la intimidad de las personas conocidas. De los poderosos, de los famosos, de los importantes. Políticos, empresarios, deportistas, cantantes, etcétera. Y, si hay alguien que sabe hacer eso, se lo digo con toda la modestia del mundo, soy yo. Sí, ingeniero, Rolando Garro, su amigo y, si usted quiere, desde ahora también su socio.

Habló no diez, sino quince minutos más y con tanto cinismo y elocuencia que el empresario, que lo escuchaba boquiabierto, no pudo interrumpirlo. Estaba espantado pero quería saber hasta dónde podía llegar su descaro y lo dejó hablar y hablar.

Estuvo varias veces a punto de callarlo, pero se contuvo, fascinado por lo que escuchaba, como esos pajaritos a los que la mirada de la serpiente paraliza en el aire antes de tragárselos. No le cabía en la cabeza que alguien pudiera desnudarse de esa manera, que exhibiera las intenciones que su cerebro maquinaba con esa total falta de escrúpulos. Le decía que *Destapes* se había concentrado hasta ahora en el mundo de la farándula porque era el que Rolando Garro y su equipo conocían mejor, pero también por falta de medios. Y que, con la ampliación del capital, su radio de acción se extendería como las ondas concéntricas e iría incorporando a su temática —«sus destapes, hablando a calzón quitado, ingeniero»— a políticos, a empresarios también, por supuesto, pero, eso sí, el ingeniero Cárdenas tendría siempre derecho de veto. Sus prohibiciones y consejos serían sagrados para el semanario. Así, pues, a escala nacional, *Destapes* revelaría —«sacaría a la luz»— todo ese mundo de sombras, de adulterios, de homosexualismo, de lesbianismo, de sadomasoquismo, de animalismo y pedofilia, de corrupción y latrocinios, que anidaba en los sótanos de la sociedad. El Perú entero podría satisfacer su curiosidad morbosa, su apetito chismográfico, ese placer inmenso que produce a los mediocres, la mayoría de la humanidad, saber que los famosos, los respetables, las celebridades, los decentes, están hechos también del mismo barro mugriento que los demás. Luego de una pequeña pausa, el periodista le dio ejemplos, en Estados Unidos y en Europa, de publicaciones semejantes a aquella en que pretendía convertir *Destapes*.

¿Había terminado? Rolando Garro le sonreía, con aire de estar muy satisfecho de sí mismo. Esperaba su respuesta con expresión beatífica.

—Así que viene usted a proponerme que yo invierta en un periódico que se dedicaría a extender el amarillismo y el escándalo por todo el país —dijo por fin Enrique Cárdenas, hablando muy despacio para disimular la cólera que iba creciendo en él como una lava.

—Ése es el periodismo que más vende y el más moderno del mundo de hoy, ingeniero —le explicó, con ademanes pedagógicos, Rolando Garro—. *Destapes* le hará ganar mucha plata, le aseguro. ¿No es eso lo que importa a un capitalista? Ganar dividendos, solcitos contantes y sonantes. Pero, además, y eso es quizás lo más importante, lo hará a usted un hombre muy temido, don Enrique. Sus competidores tendrán pánico de que usted, gracias a *Destapes,* los hunda en la ignominia bajando el dedo meñique. Piense, nomás, lo que esto significa, el arma que pondré yo en sus manos.

—Las armas de la mafia, del chantaje y la extorsión —dijo Enrique; temblaba de indignación y tenía que hablar deletreando las palabras—. ¿Sabe que lo oigo hablar y me parece mentira que alguien pueda decir las cosas que usted me está diciendo, señor Garro?

Vio que el periodista abandonaba un momento su sonrisita prepotente, se ponía muy serio y, abriendo los brazos, exclamaba asombrado, como si se dirigiera a una platea repleta de espectadores:

—¿Estamos hablando de moral, ingeniero? ¿De ética? ¿De escrúpulos?

—Sí, señor Garro —estalló él—. De moral y de escrúpulos. Cosas que, a juzgar por lo que le he oído decir, usted ni siquiera sabe que existen.

—Nadie que viera las fotografías que le regalé el otro día diría que es usted tan escrupuloso moralista, ingeniero —ahora, la voz de Rolando Garro era fría, punzante y agresiva, una voz que Enrique no le conocía. Había dejado de masticar. Sus ojitos lo taladraban.

—No pienso invertir un solo centavo en su inmundo pasquín, señor Garro —dijo el empresario, poniéndose de pie—. Le ruego que se vaya y no vuelva a poner los pies en mi oficina. Y, respecto a esas fotos falsificadas con las que usted pretende asustarme, le aseguro que se equivoca. Y que se arrepentirá si insiste en este chantaje.

El periodista no se levantó. Siguió sentado, desafiándolo con la mirada, como rumiando lo que iría a decirle.

—En efecto, esta conversación está siendo grabada, señor Garro —añadió el ingeniero—. Así, la policía y los jueces sabrán la clase de negocio que ha venido a proponerme. El tipo de bicho asqueroso que es usted. Salga de aquí inmediatamente o lo echaré yo mismo a puntapiés.

Esta vez, el periodista, que había cambiado de color con los insultos del ingeniero, se puso de pie. Asintió un par de veces y, luego, con sus andares tarzanescos habituales, se dirigió sin prisa a la puerta de salida. Pero, antes de partir, se volvió a mirar a Enrique y le dijo con su sonrisita burlona recobrada y su voz chillona:

—Le recomiendo el próximo número de *Destapes,* ingeniero. Le juro que le interesará mucho, de principio a fin.

Apenas el hombrecillo salió de la oficina, Enrique llamó a Luciano a su estudio.

—He hecho una barbaridad, viejo —le soltó, olvidándose incluso de saludarlo—. ¿Sabes a qué vino el Garro ese de porquería? A proponerme que invirtiera cien mil dólares en su pasquín. Para de este modo poder añadir políticos, empresarios y gente de sociedad, además de las cabareteras de las que se ocupa ahora, y sacar a la luz todas sus suciedades secretas. No pude contenerme. Me dio vómitos. Lo eché de la oficina amenazándolo con una paliza si volvía por aquí. ¿Hice una estupidez, no, Luciano?

—La estupidez peor la estás haciendo ahora, Quique —repuso su amigo. Conservaba su calma de costumbre—. ¿Y si esta conversación estuviera siendo grabada? Es mejor que hablemos de esto en persona. Nunca más por teléfono, ya te lo he dicho. Parece que no sabes en qué país estamos, viejo.

—Me ha amenazado con que me dedicará el próximo número de su revista —añadió Enrique. Notó que estaba sudando copiosamente.

—Hablaremos de esto luego, en persona, no por teléfono —lo interrumpió Luciano, muy enérgico—. Lo siento, pero tengo que cortarte.

Y, en efecto, Enrique sintió un clic y silencio. Luciano le había colgado el teléfono.

Se quedó sentado un buen rato en su escritorio, sin ánimos para ocuparse de las mil cosas pendientes en la agenda del día. Luciano temía que les estuvieran grabando la conversación. ¿Quién? ¿Y para qué? ¿El famoso Doctor? No era imposible, por supuesto. Luciano le había contado la entrevista que tuvieron él, los dos penalistas y los presidentes de la CONFIEP y la Sociedad de Minería con el jefe del Servicio de Inteligencia. El Doctor pareció indignado con el intento de chantaje. Les aseguró que él pondría en vereda al chantajista; conocía de sobra a ese periodista y le haría revelar a sus cómplices si los tenía. ¿Cumpliría su palabra? Enrique ya no se fiaba de nadie. Desde hacía algún tiempo, todo era posible en el Perú. Un país que, le parecía, sólo ahora estaba empezando a conocer en sus entrañas, pese a que ya se acercaba a los cuarenta años. Que, salvo los cuatro de carrera, en el MIT de Cambridge, Massachusetts, los había pasado aquí. Desde que llegaron a sus manos esas fotografías se le habían abierto los ojos, se le había revelado un infierno todavía peor que el de las bombas de Sendero Luminoso y los secuestros del MRTA. «¿Dónde habías vivido hasta ahora, Quique?», se preguntó. ¿No llevaba ya tantos meses secuestrado el pobre Cachito? Él lo conocía apenas, pero siempre le había parecido una buena persona. Alguna vez habían jugado tenis, en Villa. Sebastián Zaldívar, Cachito para sus amigos, llevaba su empresa de manufacturas con eficiencia, aunque sin mucha imaginación. No tenía grandes ambiciones. Se contentaba con lo que tenía, sus partidos de tenis, sus caballos de paso, el viajecito a Miami de tanto en tanto para hacer compras, tirar una cana al aire y dormir tranquilo, sin apagones. ¡Pobre! ¿Qué torturas le estarían infligiendo? ¿Sería cierta la amenaza de este canallita? ¿Se atrevería a publicar las fotos? Imaginó a su madre inclinada sobre la portada de *Destapes* y sintió un escalofrío. Quizás se había apresurado amenazando e insultando de ese modo a semejante gusano. ¿Tendría que dar marcha atrás? ¿Pedirle disculpas y decirle que invertiría esos cien mil en la repulsiva hoja que publicaba?

X. Los Tres Chistosos

Cuando abrió los ojos lo primero que vio fue la silueta de Serafín dibujada en la oquedad de la única ventanita de su cuarto del Hotel Mogollón, que dejaba siempre junta por si el gato quería irse o volver. «Ah, regresaste, sinvergüenza», le dijo, abriendo los brazos; el gato saltó de inmediato de la ventana a la cama y vino a acurrucarse junto a él. Juan Peineta le rascó el cogote y la barriguita, sintiendo cómo el animalito se desperezaba, feliz. «Estuviste fuera tres días, descastado», lo riñó. «¿O fueron cuatro, o cinco? Qué barrabasadas habrás hecho por ahí.» El gato lo miraba como arrepentido y se encogía ¿pidiéndole perdón? «Tomaremos desayuno más tarde, Serafín. Tengo flojera, voy a quedarme un poquito más en la cama.»

Su experiencia con Los Tres Chistosos había sido, según por donde se mirara, un gran éxito o la peor equivocación de su vida. Un éxito porque había ganado más plata que nunca antes. Él y Atanasia pudieron darse muchos gustos, entre ellos unas vacaciones en el Cusco, incluido un viaje a Machu Picchu, y él se había hecho más conocido que en todos sus años de recitador. ¡En todo el Perú! Sacaban su foto en el periódico, la gente lo reconocía y se le acercaba en la calle a pedirle autógrafos.

Nunca imaginó que pudiera pasarle algo así. Pero fue una catástrofe porque nunca se sintió contento haciendo de payaso, más bien desgraciado, y arrastraba siempre ese pesado sentimiento de culpa: haber traicionado a la poesía, al arte, a su vocación de declamador.

Lo peor era que en el programa de *Los tres chistosos* hasta lo hacían recitar. Mejor dicho, que empezara a recitar con cualquier pretexto, sólo para que los otros dos chistosos lo callaran con sendas bofetadas que lo tiraban al suelo y hacían revolcarse de risas al público que asistía a la grabación del programa y, por lo visto, a la miríada de televidentes que tenían en todo el Perú. Eran los momentos en que Juan Peineta se sentía peor en cada programa: haciendo irrisión de la divina poesía. «Volverán las oscuras golondrinas», y, paf, «Cállate, huevón», cachetada, al suelo y risas. «Verde que te quiero verde, verde viento», y, paf, «Ahí está otra vez con sus versitos el pelópidas», cachetada, al suelo despatarrado y risas estentóreas.

Le habían enseñado todos los trucos para las payasadas y los había aprendido sin dificultad. Dar una palmada cuando lo abofeteaban para que pareciera que lo golpeaban mucho más fuerte de lo que lo hacían y caer al suelo doblando las piernas y los brazos como parachoques para atenuar el impacto. Lanzar estruendosas carcajadas con la boca abierta de par en par o gemir como una criatura y hasta llorar de verdad cuando era necesario según las exigencias del guion. A todo se conformaba y lo hacía lo mejor que podía, como un buen profesional. Pero nunca se acostumbró a ese momento, en todos los programas de *Los tres chistosos,* en que él, con cualquier pretexto, se lanzaba a recitar a voz en cuello un poema —«Puedo escribir los versos más tristes esta noche...»— y sus compañeros, hartos, lo mandaban al suelo con un soplamocos. Le parecía indigno, estar cometiendo un crimen contra la poesía, asestando una puñalada trapera a lo mejor que había en él.

No consiguió hacerse amigo de sus otros dos compañeros del grupo de Los Tres Chistosos. Ellos jamás lo aceptaron como un igual, todo el tiempo estaban recordando a Tiburcio, el desaparecido, lanzándole indirectas, refregándole que no era ni sería tan buen cómico, ni tan buena persona, ni tan buen compinche de ellos como aquél. Pero, tal vez, Juan lo reconocía a veces, él no había hecho muchos méritos para ganarse la simpatía y amistad de los otros dos. La verdad es que les tenía desprecio por incultos y chuscos, por no saber siquiera lo que era el arte ni sentir el menor respeto por el oficio con el que se ganaban la vida. Eloy Cabra había sido payaso en circos de provincias antes de incorporarse al programa de *Los tres chistosos* y vivía y trabajaba para emborracharse e irse a los bulines, en los que, se jactaba, las polillas le hacían descuentos por salir en la televisión y ser famoso. El otro «chistoso», Julito Ceres, había sido guitarrista de música criolla y ganador del Concurso de Imitadores de América Televisión, en el que se embolsilló dos mil soles imitando al presidente de la República, a Chabuca Granda y a dos artistas de Hollywood. No era tan basto y primitivo como Eloy Cabra, pero, a pesar de tener mejor educación que éste, alentaba el más grande desprecio por la profesión de Juan Peineta; la recitación le parecía cosa de afeminados y maricones y se lo hacía saber a Juan todo el tiempo, con morcillas hirientes que añadía al guion a la hora de grabar el programa.

Tampoco con el guionista se llevó bien Juan Peineta. Era un señor que se apellidaba Corrochano pero en el canal todos le decían el Maestro, acaso porque andaba siempre con chalina y corbata. Escribía guiones para varios programas, con distintos seudónimos, y tenía una oficinita a la que llamaban El Santuario, porque a nadie se le permitía la entrada allí sin permiso del todopoderoso guionista. ¿Cómo podía un señor como éste, abogado, que se vestía tan bien y era tan amable y bien hablado con todo el mundo, escribir esos guiones tan vulgares y ridículos, tan disforzados, chabacanos y estúpidos? La explicación era que eso le gustaba a la gente: los *ratings* del programa batían récords y encabezaban las encuestas desde su creación.

¿Por qué no renunció a actuar de cómico en *Los tres chistosos* pese a vivir disgustado consigo mismo por hacer lo que hacía? Por razones prácticas. Con los diez mil soles mensuales, que le aumentaron a doce mil y luego a catorce mil, él y Atanasia pudieron comprarse ropa, salir al cine y a restaurantes, hasta ahorrar para el viaje a Miami, el gran sueño de su mujer, incluso más que su otro sueño: tener un hijo. Pero este último no se realizó; los médicos les dijeron que era imposible. Atanasia padecía una conformación de su aparato reproductivo que desintegraba los óvulos apenas se constituían. Pese a ese diagnóstico, ella se empeñó en hacerse un tratamiento. Costó carísimo y no sirvió de nada.

Juan había llegado a llorar de impotencia y frustración luego de grabar alguno de los programas de *Los tres chistosos* particularmente humillantes para él. Y nunca perdió la nostalgia de sus buenas épocas de declamador. A veces, recitaba uno de esos versos que se sabía de memoria —eran muchísimos— ante un espejo («—Escribidme una carta, señor cura / —Ya sé para quién es»), de Campoamor, o ante su mujer, y se le encogía el corazón de tristeza pensando cuánto se había rebajado como artista pasando de declamador a cómico.

Con estos antecedentes tendría que haberse sentido contento con la campaña que, sin saber cómo ni por qué, se desató contra él en *Última Hora,* una campaña que, después de unos meses de mucha angustia, terminaría con su carrera de payaso televisivo. La historia de esta campaña era increíble. A pesar de haber corrido tanto tiempo desde entonces, todavía seguía desvelándolo. Pero, con la pérdida de la memoria, la recordaba mal y a veces tenía la sensación de que su cabeza tergiversaba las cosas.

El refrán decía «Bien vengas, mal, si vienes solo» y Juan Peineta podía asegurar que en su caso se había cumplido al pie de la letra. Porque los ataques en *Última Hora* contra él coincidieron con los dolores de cabeza de Atanasia. Al principio, los combatían con Mejorales, pero como al final las pastillas no le hacían nada, fueron al Hospital del Seguro. Después de esperar cerca de dos horas, el médico que la atendió dijo que era un problema de la vista y la transfirió a un oculista. Y, en efecto, éste le diagnosticó presbicia y le prescribió unos anteojos que, por un tiempo, le aliviaron las migrañas.

¿Cómo comenzaron los ataques en *Última Hora*? Juan Peineta lo recordaba de manera confusa. Alguien le contó que en la columna de Rolando Garro, que leía religiosamente toda la gente de la radio y la televisión, habían dicho que el programa de *Los tres chistosos* en América Televisión había decaído mucho desde que murió Tiburcio y lo reemplazó Juan Peineta, un recitador de coliseos que era una cataplasma haciendo chistes y ni siquiera servía para recibir las bofetadas que sus dos compañeros le desataban («merecidamente») cada vez que en el programa amenazaba con recitar.

Él no vio esa columna, ni las otras en que, por lo visto, ese periodista siguió criticándolo, hasta que un día Eloy Cabra le advirtió, al terminar una grabación: «Esos ataques no nos convienen tampoco a nosotros, nos pueden joder el *rating*. Tienes que hacer algo para que paren». ¿Y qué podía hacer Juan Peineta para que ese tipo dejara de atacarlo?

—Una visita simpática y un regalito al señor Garro —le susurró Eloy Cabra, guiñándole un ojo.

—Ah, caramba —se asombró él—. ¿Así funcionan las cosas?

—Así funcionan las cosas con los periodistas mermeleros —matizó Eloy Cabra—. Mejor hazlo pronto. Ese señor Garro es muy influyente y nos puede hacer caer el *rating.* Y eso no lo vamos a permitir ni nosotros, ni el productor del programa, ni el canal. Toma nota, compañero.

La amenaza de Eloy Cabra lo irritó tanto que, en lugar de hacerle el regalito que le había aconsejado su compañero de *Los tres chistosos,* Juan Peineta escribió una carta al director de *Última Hora* quejándose de «los ataques tan injustos e injustificados» de que era víctima por parte del columnista de espectáculos. Le advertía que, si esa campaña no cesaba, acudiría a los tribunales.

Más tarde reconocería que había sido un imprudente, él solito se zambulló en esas arenas movedizas que se tragarían su carrera de cómico. Porque, en vez de cesar, a partir de entonces los ataques del periodista contra él se multiplicaron, y no sólo en su columna de *Última Hora,* también en un programita que tenía en Radio Colonial, donde a diario lo llamaba el «seudoactor» más inepto de la televisión peruana que estaba mandando a la ruina —es decir, a quedarse sin televidentes— a *Los tres chistosos,* el más popular de los programas cómicos cuando «el deleznable Juan Peineta reemplazó al malogrado y admirado Tiburcio Lanza».

En esa misma época se descubrió que Atanasia tenía un tumor cerebral, la verdadera causa de sus periódicos dolores de cabeza. Porque, de buenas a primeras, se quedó muda. Abría la boca, movía los labios —los ojos llenos de desesperación— y emitía ruidos guturales en vez de palabras. Al fin, el médico que la examinaba, y que era de medicina general, la transfirió a un neurocirujano. Éste señaló que todo indicaba la presencia de un tumor cerebral, pero había que verificarlo con una resonancia magnética. Como la espera para este examen en el Seguro Social era de varias semanas —o acaso meses—, Juan llevó a Atanasia a una clínica privada a que le hicieran la resonancia. Sí, era un tumor y el neurocirujano dijo que era preciso operarla. Pero, antes, había que aplicarle quimioterapia para reducirlo. Juan recordaba como una lenta pesadilla ese período del tratamiento quimioterapéutico. Luego de cada aplicación Atanasia quedaba en un estado de debilidad que apenas le permitía moverse. Nunca llegó a recobrar la voz y pronto no pudo levantarse de la cama. El neurocirujano del Seguro dijo entonces que en el estado en que estaba la señora no se arriesgaba a meterle cuchillo. Había que esperar a que se repusiera un poco.

En ésas estaban cuando otra vez Juan Peineta fue convocado por el señor Ferrero y sus anillos de oro y su reloj fluorescente a tomar un cafecito en los alrededores de América Televisión. Allí le anunció que tenía que dejar el programa. Se lo dijo con su brutalidad característica: el *rating* estaba cayendo, los anunciadores se quejaban, los *surveys* eran categóricos: Juan había perdido los favores del público y se había vuelto un lastre para sus compañeros. Trató de protestar, diciendo que todo eso era el resultado de la campaña del señor Rolando Garro contra él, pero el señor Ferrero estaba muy ocupado, no podía perder tiempo con habladurías de baja estofa; que pasara hoy día mismo por caja para que le hicieran su liquidación. El canal, añadió para levantarle el ánimo, le iba a dar una paga más de la que le correspondía, como gratificación extraordinaria.

Seis meses después murió Atanasia sin haber sido operada y Juan Peineta no volvió a encontrar trabajo ni como recitador ni como cómico. Nunca más consiguió un empleo regular, sólo cachuelitos miserables que le pagaban a veces con propinas. Desde entonces solía decir a los escasos amigos que le quedaban —los iría perdiendo al mismo tiempo que la memoria a todos menos a un par: el Ruletero y Crecilda— que las desgracias de su vida se debían a un hijo de puta llamado Rolando Garro, ese periodista al que ni una sola vez siquiera le había visto la jeta en persona.

Se dedicó desde entonces a vengarse. Es decir, a hacerle la vida difícil al causante de todos sus males. Llegó a convertirse en algo parecido a un vicio inerradicable. Escuchaba todos sus programas en la radio y en la televisión y leía todas las publicaciones que sacaba, para poder criticarlo con conocimiento de causa. Mandaba cartas —firmadas con su nombre— a los dueños y directores de los canales, radios, revistas y periódicos, acusándolo de todo, desde las meteduras de pata hasta las calumnias e infamias que divulgaba, y de mil maldades ciertas o imaginadas por él, amenazándolo a veces con acciones legales que no estaba siquiera en condiciones de iniciar. ¿Tenían algún efecto negativo en la vida profesional de Rolando Garro estas misivas? Probablemente no, a juzgar por la popularidad que iría alcanzando con sus destapes, chismografías e infidencias, entre ese público de medio pelo al que se dirigía sobre todo con sus columnas y programas. Alguna vez Juan Peineta llegó al extremo de manifestarse él solo con una pancarta, acusando a Garro de dejarlo sin trabajo y de la muerte de su mujer, ante América Televisión. Los guardias del canal lo retiraron a empujones. En el medio de la farándula, donde ya nadie se acordaba de sus buenas épocas, Juan Peineta comenzó a ser conocido, con humor, como «el loquito de las cartas, el enemigo consuetudinario de Rolando Garro».

XI. El escándalo

Como todos los días, de lunes a viernes, Chabela fue la primera en sentir el despertador. Entre bostezos, se levantó a lavarse los dientes y la cara y fue luego al dormitorio a despertar a sus dos hijas y alistarlas para el colegio. Las dos se habían quedado despiertas hasta tarde haciendo tareas y le costó a su madre más trabajo que otras veces obligarlas a levantarse. Cuando bajó con ellas a la primera planta, la cocinera y Nicasia, la empleada, tenían preparado el desayuno. Luciano apareció poco después, bañado, afeitado, vestido y con los zapatos relucientes, listo para partir a la oficina. Pero, antes, sacó a las dos niñas a esperar el ómnibus del Colegio Franklin Delano Roosevelt, que paraba ante la puerta de la gran casa de La Rinconada, rodeada de un jardín lleno de altos árboles —ficus de la India, secuoyas de Norteamérica y hasta un par de molles andinos— donde espejeaban ya los azulejos de la piscina. Chabela observó, desde la sala, siempre en bata, que las niñas subieran al ómnibus; puntualísimo como siempre, frenó ante el gran portón a las siete y media de la mañana. Luciano volvió a la casa a recoger su maletín y a despedirse de su mujer. Igual que de costumbre, estaba acicalado como un figurín.

—¿Por qué no vamos al cine esta tarde? —le dijo ella, acercándole la mejilla—. Hace siglos que no vemos una película en pantalla grande, Luciano. No es lo mismo verlas siempre en la tele. Vamos a Larcomar, que es tan simpático.

—Tengo que construir de una vez ese cinemita al fondo del jardín —dijo Luciano—. Para que tengamos nuestra cinemateca y veamos películas aquí, en casita.

—Me lo has prometido tanto que ya no me lo creo —bostezó Chabela.

—Te juro que este verano lo construyo —le contestó su marido, avanzando hacia la puerta de calle—. Trataré de salir más temprano del estudio, aunque no te lo aseguro. Busca una buena película, por si acaso. Te llamo, de todas maneras. Chaucito, amor.

Lo vio sacar el auto del garaje y partir, haciéndole adiós, y ella le hizo también adiós desde detrás de la cortina. Era un día gris y húmedo, de cielo encapotado de nubes plomizas, tan feo que parecía presagiar algo siniestro. Chabela pensó apenada que faltaban todavía tantos meses para que volviera el verano. Extrañó su casita de playa en La Quipa, los baños en el mar, las largas caminatas en la arena. No había dormido muy bien anoche, se sentía algo cansada. ¿Nadaría un poco en la piscina de agua temperada? No, más bien se echaría otro rato en la cama. Subió a su dormitorio, se quitó la bata y volvió a meterse entre las sábanas. Las cortinas seguían corridas y había penumbra y un silencio profundo en toda la casa. Tenía pilates y yoga a las diez de la mañana en el gimnasio, de manera que le quedaba tiempo; cerró los ojos para dormitar un ratito más.

Dos días atrás, ella y Marisa habían almorzado juntas y, al volver de El Central, de Miraflores, después de comer riquísimo, se habían encerrado en el dormitorio de Marisa, en su penthouse de San Isidro, y hecho el amor. «También riquísimo», pensó. Y esa misma noche ella y Luciano habían hecho el amor. «Qué excesos, Chabelita», se rio, medio dormida. La verdad, las cosas funcionaban bastante bien en su vida; no había complicación ninguna con esas nuevas relaciones que tenía con su mejor amiga. Si no hubiera sido por el terrorismo y los secuestros, lo cierto era que se vivía muy bien en Lima. Ella y Marisa seguían viéndose, como antaño, pero ahora, además, compartían ese secretito: gozaban juntas. Lástima nomás que Marisa estuviera tan tensa con las neurastenias de Quique, cuál sería esa preocupación que se lo estaba comiendo vivo, sin que abriera la boca y le contara a su mujer qué le pasaba. Marisa lo había arrastrado donde el doctor Saldaña, de la Clínica San Felipe, pero éste, después de examinarlo, lo encontró de lo más bien y sólo le recetó unas pastillas suavecitas para el sueño. ¿No tendría Quique una amante? Imposible, cualquiera menos él; como decía Marisa, «mi maridito nació santo, así que no tiene mérito que me sea fiel». «Y Luciano, no se diga», pensó Chabela. «Los dos se irán al cielo derechitos.»

Se quedó dormida y cuando despertó eran ya las nueve y quince de la mañana. Tenía justo el tiempo para llegar al gimnasio, alcanzar la clase de pilates y luego la de yoga. Estaba poniéndose el buzo y las zapatillas de deporte cuando Nicasia, la empleada, vino a decirle que la llamaba la señora Ketty, urgentísimo. «Esa pesada», pensó Chabela. Pero lo de «urgentísimo» le picó la curiosidad y, en vez de hacerse negar, levantó el auricular.

—Hola, Ketty, amor —le dijo, atolondrada—. ¿Qué pasa? Te advierto que estoy apuradísima, no quiero perder mis clases de pilates y de yoga.

—¿Has visto *Destapes,* Chabelita? —la saludó Ketty, con voz de ultratumba.

—*¿Destapes?* —preguntó Chabela—. ¿Qué es eso?

—Una revista —dijo Ketty, ahora espantada—. No te lo vas a creer, Chabelita. Mándala comprar ahora mismo. Te vas a desmayar de la impresión, te juro.

—¿Quieres dejarte de tanto misterio, Ketty? —protestó Chabela, algo alarmada—. ¿Qué es lo que pasa? ¿Qué hay en esa revista?

—Me da vergüenza decírtelo, Chabela. Se trata de Enrique. De Quique, sí. ¡No te lo vas a creer, te juro! Ya sé que eres muy amiga de su mujer. Cómo estará la pobre Marisa, la compadezco. Qué vergüenza, Chabela. Nunca he sentido tanto bochorno como viendo esta revista, te digo. ¡Una inmundicia increíble, ya verás!

—¿Me quieres decir qué mierda has visto? —la interrumpió Chabela, furiosa—. Déjate ya de tantos rodeos, Ketty, por favor.

—No puedo decírtelo, tienes que verlo con tus propios ojos. Y no digas lisuras, te ruego, que me truenan los oídos —se quejó Ketty—. Me da vergüenza, me da horror. Es espantoso, Chabela. No se habla de otra cosa en todo Lima. Ya me han llamado dos amigas, despavoridas. Mándala comprar ahorita mismo. *Destapes,* sí, así se llama. Yo tampoco sabía que existía, hasta ahora.

Le cortó el teléfono y Chabela se quedó con el auricular en la mano. Sentía mucha ansiedad y comenzó a marcar el celular de Marisa, pero se contuvo. Mejor enterarse primero. Por el intercomunicador llamó al chofer y le dijo que fuera a comprar una revista que se llamaba *Destapes.* Terminó de alistarse para ir al gimnasio, pero como el chofer tardaba tanto en volver, decidió renunciar al pilates y al yoga y, armándose de valor, llamó a Marisa. Comunicaba. Llamó diez veces seguidas y siempre ocupado. Por fin llegó el chofer con la revista en las manos y una expresión de asombro y burla que no trataba de disimular. Había una gran foto en la portada en la que Chabela reconoció al instante la cara de Quique. ¡Dios mío! ¡No podía ser! Quique —claro que era él— ¡calato! ¡Calato de pies a cabeza! Y qué estaba haciendo, no podía ser que viera lo que estaba viendo. Le ardía la cara y le temblaban las manos.

En eso sonó el teléfono. Chabela seguía mirando la portada como en trance, sin conseguir leer la leyenda que acompañaba la foto. Vio que entraba Nicasia a su cuarto y le decía que la llamaba la señora Marisa. Su amiga casi no podía hablar.

—¿Has visto lo que pasa, Chabela? —la oyó tartamudear. Un sollozo le cortó la voz.

—Cálmate, amor —la consoló, balbuceando ella también—. ¿Quieres que vaya a verte? Tienes que salir de tu casa, los periodistas te van a volver loca. Paso a buscarte ahora mismo, ¿de acuerdo?

—Sí, sí, por favor, ven volando —lloriqueó Marisa en el teléfono—. No puedo creerlo, Chabela. Tengo que salir de aquí, sí. Me están enloqueciendo las llamadas de la gente.

—Parto en este instante. No contestes el teléfono, no abras la puerta a nadie. Ya debe estar esa gentuza horrible en la entrada del edificio.

Cortó y aunque quería darse una ducha rapidito, no pudo moverse. Atónita, desconcertada, pasaba las páginas de la revista y no creía, no aceptaba, no se convencía de estar viendo lo que veía. ¿Podían haber amañado esas fotos? Sí, seguramente lo habían hecho. Por eso estaría tan atormentado el pobre Quique este último tiempo. ¿Pobre? Vaya zamarro, si esas fotos eran ciertas. Qué escándalo, qué habladurías, la que se le vendría encima a la pobre Marisa. Tenía que sacarla de su casa cuanto antes. Tiró al suelo *Destapes,* corrió al baño, se duchó velozmente, se vistió a la carrera con lo primero que encontró, se puso un pañuelo a manera de turbante, trepó al auto y salió volando a casa de Marisa. Tardó más de media hora en llegar a San Isidro porque el tráfico era ya muy intenso a esa hora en la avenida Javier Prado y en el Zanjón. Pobre Marisa. Increíble, Dios mío. Eso era lo que lo tenía en ese estado desde hacía tantos días, por supuesto. Pobre Quique, también. O, si no, vaya desgraciadito, vaya canallita que resultó ese mosquita muerta. Por supuesto, claro que sí. ¡Hacerle semejante porquería a la pobre Marisa!

Al llegar frente al edificio donde vivían Marisa y Enrique, en los alrededores del Club de Golf, vio agolpado en la entrada un pequeño gentío, con flashes y cámaras. Ya estaban aquí, por supuesto. No frenó, siguió y se cuadró a la vuelta de la esquina. Regresó andando, pidió permiso a los fotógrafos y camarógrafos y uno de ellos le preguntó: «¿Viene usted a la casa de la familia Cárdenas, señora?». Ella, sin detenerse, respondió que no con la cabeza. El portero, que atajaba a la gente en la puerta cerrándole el paso con su cuerpo, la reconoció en seguida y se apartó, para dejarla entrar. El ascensor estaba libre y subió sola hasta el penthouse. Quintanilla, que le abrió la puerta, tenía cara de duelo y, sin decirle una palabra, le señaló el dormitorio.

Chabela entró y vio a Marisa de pie ante la ventana, mirando a la calle. Al sentirla, se volvió y fue hacia ella, lívida. Se echó en sus brazos, sollozando. Chabela sintió que todo el cuerpo de su amiga se estremecía y que el llanto no la dejaba hablar. «Cálmate, amor», le susurró en el oído. «Yo te voy a ayudar, a acompañar», «Tienes que ser fuerte, Marisita», «Cuéntame qué ha ocurrido, cómo ha podido pasar esto».

Por fin, Marisa se fue calmando. Cogiéndola de la mano, Chabela la llevó hasta un sofá, la hizo sentar junto a la escultura de Berrocal y se sentó junto a ella. Su amiga estaba en bata, con los cabellos revueltos y debía llevar un buen rato llorando porque tenía los ojos hinchados y los labios amoratados, como si se los hubiera mordido.

—¿Cómo ha pasado esto? ¿Has hablado con Quique? —le preguntó Chabela, arreglándole los rubios cabellos, acariñándola, acercándole la cara, besándola en la mejilla, reteniendo sus blancas manos entre las suyas. Estaban heladas. Se las frotó, calentándolas.

—No sé nada, Chabela —la oyó balbucear; nunca la había visto tan pálida, sus ojos azules parecían líquidos—. No puedo hablar con él, no está en la oficina o se hace negar. Esto es horrible. ¿Has visto esas fotos? Todavía no me creo que eso sea cierto, Chabela. No sé qué hacer, quiero que él me lo explique. Cómo va a ser posible, qué vergüenza tengo, nunca me he sentido tan lastimada, tan traicionada, qué horror. Han llamado mis papás, mis hermanos, espantados. Ni siquiera sé qué decirles.

—Pueden ser fotos arregladas, ahora los fotógrafos falsifican cualquier cosa —intentó tranquilizarla ella.

En su media lengua, como si no la oyera, Marisa le contó que su marido se había levantado tempranito igual que de costumbre, habían desayunado juntos y había partido a la oficina antes de las ocho. Y, en ese mismo momento, Marisa recibió la primera llamada. Su prima Alicia, que estaba llevando a su hijito al Colegio San Agustín, se había quedado pasmada cuando, en un semáforo, un canillita le metió al auto esa inmunda revista. Y, por supuesto, la compró al ver que Quique estaba en la carátula. ¡Y calato, como lo oyes, calato! También su prima creía que era un *fake,* que habían amañado esas fotos, era imposible que Quique hiciera semejantes cosas. Marisa mandó comprar la revista y todavía no podía dar crédito a lo que mostraban esas páginas asquerosas. ¡Toda la revista consagrada a la tal orgía de Chosica! Tuvo arcadas, vómitos. Y ya no pararon las llamadas, todas las malditas chismosas de Lima parecían al tanto. Y muy pronto empezaron a llamar también las radios, los periódicos, las televisiones. Una revista que Marisa ni siquiera sabía que existía hasta ahora. Sí, tenía que ser una falsificación ¿no es cierto? Porque, repetía una y otra vez como para convencerse a sí misma, no era posible que Quique hiciera esas cosas. Lo peor era que todavía no podía hablar con él. Había desaparecido de su oficina o se hacía negar; su secretaria se contradecía, aseguraba que no había llegado o que acababa de salir de urgencia. Seguramente los malditos periodistas lo estaban buscando y el pobre se había escondido en alguna parte para librarse de ellos. Pero ¿cómo era posible que no la llamara para tranquilizarla, para darle alguna explicación, para decirle que eso era mentira y que prontito vendrían los desmentidos y todo se aclararía?

—Cálmate, Marisa —la cogió de los hombros Chabela—. Tienes que salir de aquí. Te van a volver loca si no. Vístete, haré que el chofer de Luciano venga a buscarnos. Que entre de frente al garaje, para que los periodistas no te vean salir, porque nos seguirían. Vámonos a mi casa, allí estarás tranquila, podremos hablar con calma y buscar a Quique. Estoy segura que esto es un amaño, un *fake* de ese pasquín asqueroso, él te lo explicará todo. Lo importante ahora es sacarte de aquí, ¿de acuerdo, amor?

Marisa asentía y ahora la abrazaba. Se besaron en los labios, apenas. «Sí, sí, hagamos eso, Chabelita, no sabes cuánto te agradezco que estés aquí, me estaba volviendo loca antes de que llegaras.»

Chabela la besó ahora en la mejilla y la ayudó a levantarse. «Haz una maletita y mete las cosas indispensables, Marisa. Lo mejor será, hasta que pase la tempestad, que te quedes unos días en la casa. De allí llamaremos a Quique. Mientras te alistas, yo llamaré a Luciano.»

Marisa entró al baño y Chabela llamó a Luciano al estudio. Nada más escuchar su voz supo que su marido estaba enterado de todo.

—¿Has visto *Destapes*? —le preguntó, sin embargo.

—No creo que haya una sola persona en este país que no esté viendo ese pasquín putrefacto —dijo Luciano, con voz ácida—. Estoy tratando de localizar a Quique, pero no doy con él.

—Marisa tampoco lo ubica —lo cortó Chabela—. Pero lo más importante ahora es sacar a Marisa de aquí, Luciano. Sí, estoy en su casa, acompañándola. Como te imaginas, hay una mancha de periodistas en la puerta del edificio. Mándame al chofer con el auto. Que entre de frente al garaje, haré que le abran la puerta. Lo estaremos esperando. Nos veremos en la casa. ¿Podrás venir a hablar con ella?

—Sí, sí, iré a almorzar y hablaré allá con ella —dijo Luciano—. Pero lo más importante ahora es encontrar a Quique. Te mando al chofer en el acto. Si Marisa localiza a Quique, que le diga que me contacte de inmediato. Y que no se le ocurra hacer ninguna declaración a nadie antes de hablar conmigo.

Lo hicieron tal como Chabela lo planeó. El chofer de Luciano entró directamente al garaje, ellas subieron al auto y Marisa se encogió en el asiento para que los periodistas no la vieran. El auto pasó delante de ellos y se creyeron que sólo Chabela iba de pasajera. Ninguno las siguió. Media hora después estaban en La Rinconada y Chabela ayudaba a su amiga a instalarse en el cuarto de huéspedes, un ala completamente independiente del resto de la casa. Luego la llevó a la sala e hizo que la cocinera le preparara una infusión de manzanilla calentita. Se sentó junto a ella y con un pañuelo le secó las lágrimas.

—Esto era lo que lo tenía sin dormir y sin comer, lo que lo estaba deshaciendo hacía más de dos semanas —le dijo Marisa, después de tomar unos sorbos de la taza—. Me dijo que le habían hecho unas amenazas por teléfono unos chantajistas. Ahora estoy segura que era por esto, por las fotos que ha publicado esta revista.

—Estas fotos están amañadas, Marisa —Chabela le cogió las manos y se las besó—. No sabes qué pena me da que estés pasando por esto, corazón. Quique aparecerá y te dará una explicación, ya verás.

—¿Crees que no he pensado en que podrían ser fotos amañadas? —Marisa le apretó las manos—. Pero ¿las has revisado bien, Chabela? Ojalá sean falsificadas, retocadas. A veces dudo. Pero, aunque lo fueran, el escándalo ya está allí, ya no lo para nadie, no hay vuelta atrás. ¿Te imaginas lo que va a ser mi vida ahora, después de esto? Y mi suegra se va a morir, te juro. Con lo respingada y cucufata que es, no sobrevivirá a una cosa así.

Como confirmando sus palabras, Nicasia vino a decirles que en la radio y la televisión estaban hablando de las fotos de *Destapes.*

—No nos interesa saberlo —la paró en seco Chabela—. Apaga la radio y la televisión y no nos pases ninguna llamada, a menos que sean Luciano o el señor Enrique.

Pocos minutos después, llamó Luciano.

—Acabo de hablar con Quique —le dijo a su mujer—. Está donde su madre. Ya le habían llevado la revista a la pobre señora, te das cuenta qué canallas. Ha tenido que llamar a su médico. Quique sigue con ella, no puede dejarla hasta saber si lo que tiene es de cuidado. Dile a Marisa que no se le ocurra ir donde su suegra. Los periodistas están rondando esa casa, también. Yo iré allá apenas pueda. Tranquiliza a Marisa; dile que Quique, cuando deje a su madre algo repuesta, irá a verla y explicarle todo.

Chabela y Marisa pasaron el resto de la mañana conversando. No había otro tema que aquellas asquerosas fotografías, por supuesto. «Mi suegra se va a morir», repetía. «¿Te dijo Luciano quiénes le habían llevado la revista? La gente de Lima es la más malvada que existe en el mundo, Chabela. No creo que la pobre resista este escándalo. Ella es la virtud personificada, debe haber tenido un shock terrible la pobre viejita viendo esas fotos. ¿No te pareció increíble ver a Quique ahí, desnudo, en medio de esas rameras, haciendo esas porquerías?»

—A lo mejor no es él, amor, a lo mejor todas esas fotos están trucadas, para hacerle daño. Cálmate, te ruego.

—Estoy calmada, Chabela. ¿Pero, no te das cuenta qué va a pasar ahora con mi vida, con mi matrimonio? ¿Cómo puede sobrevivir un matrimonio a una cosa así?

—No pienses ahora en eso, Marisa. Habla primero con Quique. Estoy segura que todo esto es un montaje para hacerle daño. De algún envidioso, de uno de esos enemigos que uno se hace en este país simplemente porque le van bien los negocios.

Marisa no probó bocado a la hora del almuerzo. Prendieron la televisión para ver las noticias, pero como lo primero que apareció en la pantalla fue la carátula de *Destapes* y la locutora anunció la noticia poco menos que gritando: «¡Escándalo en el alto mundo!», apagaron el aparato. A eso de las cuatro de la tarde llegó Luciano. Abrazó y besó a Marisa y les leyó un comunicado que, les dijo, se había repartido a la prensa con el nombre de Quique. El ingeniero Enrique Cárdenas Sommerville decía ser víctima de una publicación especializada en el amarillismo y el escándalo, que en su último número publicaba fotografías amañadas y falsarias, con las que se pretendía socavar la honorabilidad del empresario. Esta vituperable pretensión tendría su respuesta y sanción de acuerdo a la legislación vigente. Los abogados ya habían presentado un recurso de amparo al Poder Judicial, pidiendo la incautación inmediata de la hoja calumniosa y vejatoria mediante acción policial, así como medidas cautelares para que Rolando Garro, director de *Destapes,* la periodista Julieta Leguizamón, coautora del artículo difamador, y el fotógrafo correspondiente fueran impedidos de huir del país y escapar así al castigo que se merecían por intento de chantaje, libelo, falsificación de documento, afrenta al honor y la privacidad. La acción judicial ya había sido presentada y el ingeniero Enrique Cárdenas Sommerville ofrecería una conferencia de prensa próximamente en relación con este cobarde y sucio intento del periodismo-basura de dañar a su persona y su familia.

Chabela miró a Marisa. Había escuchado la lectura del comunicado que acababa de hacer Luciano blanca como un papel, con la mirada baja e inmóvil en la silla. Al terminar, tampoco hizo ningún comentario. Luciano dobló el texto que había leído y se acercó a Marisa, a la que abrazó y besó de nuevo en la frente.

—Todo esto está en marcha, Marisita —le dijo—. Puede ser tarde para retirar la revista de todos los quioscos. Pero te aseguro que el canallita que ha hecho esto lo va a pagar bien caro.

—¿Dónde está Quique? —preguntó Marisa.

—Ha pasado un momento por su oficina, para ver algunos asuntos urgentes. Me dijo que lo esperara aquí. Vendrá muy pronto. Es mejor que tú y Quique se queden con nosotros unos días, hasta que amaine la tempestad. Tienes que armarte de valor, Marisa. Los escándalos parecen terribles cuando ocurren. Pero pasan pronto y al poco tiempo nadie se acuerda siquiera de ellos.

Chabela pensó que su marido no creía una palabra de lo que estaba diciendo. Luciano era tan correcto que ni siquiera sabía disimular sus mentiras.

XII. Comedor popular

Juan Peineta comenzó la mañana, como casi todos los días, escribiendo con lápiz y su mano temblorosa una cartita contra Rolando Garro. La dirigió al diario *El Comercio.* Protestaba en ella porque el decano de la prensa nacional no le había publicado sus tres misivas anteriores «contra ese forajido, enemigo del arte y de los espectáculos de calidad que es el señor Rolando Garro», quien seguía «haciendo de las suyas en sus pasquines y programas calumniadores, destruyendo prestigios y atentando contra todo lo que es decente, creativo y talentoso en el medio artístico nacional, del que no es más que una pestilente excrecencia». La firmó y guardó en un sobre al que pegó una estampilla y se la metió en el bolsillo para echarla en el primer buzón que encontrara en el camino. Ojalá no se le olvidara. Porque a veces le ocurría y algunas de sus cartas vegetaban muchos días en sus bolsillos sin que se acordara de despacharlas.

Iba tres o cuatro veces por semana a almorzar al comedor popular que las carmelitas descalzas tenían en su monasterio de Nuestra Señora del Carmen, en la cuadra octava del jirón Junín, en Carmen Alto. La comida no era sustanciosa, pero tenía la ventaja de ser gratuita. Había que hacer una larga cola, entre nubes de pobres; mejor llegar temprano pues la entrada era limitada, no más de cincuenta en cada turno, y muchas personas se quedaban sin entrar. Por eso Juan salía con bastante tiempo del Hotel Mogollón. No era una larguísima caminata desde allí hasta los Barrios Altos; subía por toda la avenida Abancay y, contorneando la Plaza de la Inquisición y el Congreso de la República, remontaba el jirón Junín hasta cerca de Cinco Esquinas. Pero sí lo era para él porque, con sus várices y sus distracciones, debía andar muy despacito. Le tomaba cerca de una hora y tenía que hacer por lo menos un par de pascanitas en todo el trayecto.

Serafín no lo acompañaba en esos recorridos. Salía junto a él del Hotel Mogollón, pero, cuando advertía que Juan tomaba el rumbo de los Barrios Altos, se desvanecía silenciosamente. ¿Por qué temía tanto esa zona tan empobrecida del centro de Lima? Tal vez porque, con esa inteligencia natural de los gatos, el amigo de Juan Peineta había llegado a la conclusión de que era un barrio peligroso, donde podía ser secuestrado y convertido en guiso o «seco de gato» y devorado como un manjar por los comedores de felinos en el barrio, que debían ser numerosos. Comerse un animalito tan próximo, tan doméstico, a Juan Peineta le parecía una forma de canibalismo, poco menos que comerse a un ser humano.

Llegó temprano al monasterio de Las Descalzas pero aun así ya había una buena cola de pobres, mendigos y vagos, gente sin trabajo, viejitos y viejitas que parecían recién llegados a Lima de remotas comunidades de la sierra. Se los reconocía porque solían mirarlo todo alelados, como si hubieran perdido el rumbo y temieran no poder recobrarlo nunca más. Luego de estar en la cola una media hora, Juan vio que se abrían los portones del comedor popular y comenzaban a entrar los del primer turno. Desde la entrada, divisó moviéndose entre las mesas la abultada y amorfa silueta de su amiga Crecilda; la saludó con la mano pero ella no lo vio. La conocía desde hacía muchos años, cuando ella tenía una academia de bailes tropicales en el barrio de Magdalena Vieja. Pero se habían hecho amigos sólo aquí, en el comedor popular, donde las hermanas carmelitas daban almuerzos gratuitos desde tiempos inmemoriales.

El menú era casi siempre el mismo, servido en platos de hojalata viejos y abollados: sopita de fideos, guiso de verduras con arroz y, de postre, una compota de manzana o de limón. Los platos estaban ya en las mesas cuando llegaban; les servían la comida con unos grandes cucharones unas empleadas con guardapolvos y pañuelos en la cabeza, pero, al terminar de comer, eran los propios pobres los que tenían que llevar los platos a un lavadero donde las mismas muchachas que les habían servido de las pailas los recibían y los lavaban. Todo eso lo dirigía Crecilda, con mano blanda pero enérgica; por eso estaba siempre moviéndose de un lado a otro, con agilidad, pese a su gordura de enormes pechos, piernas musculosas y nalgas bailoteantes. Esta vez fue ella la que lo descubrió, sentado junto a una pareja de ayacuchanos que hablaban en quechua. Vino a saludarlo y a decirle que no se fuera inmediatamente después de comer, que se quedara a tomar con ella un matecito, así platicarían un poco.

Juan Peineta había llegado a tomarle aprecio a Crecilda —y pensaba que ella también a él—, sobre todo al descubrir que había estado muchos años metida en el mundo de la farándula y que, al igual que él, su carrera de bailarina había terminado por culpa de aquel demonio en pantalones que era el satancito ese de Rolando Garro. Le daba pena la historia de Crecilda porque, como él, estaba sola en el mundo. Había tenido un hijo, pero la había abandonado hacía años y ya no tenía contacto alguno con él; al parecer el muchacho se fue a buscar la vida en la selva, lo que a Crecilda le daba mala espina, pensaba que a lo mejor andaba metido en algo malo, acaso contrabando o algo peor: el tráfico de drogas. Por otro lado, le daba pena también lo deformada que le había quedado la cara después de hacerse esa operación para que le sacaran las arrugas. Ella le había contado la historia y de verdad era tristísima; una amiga se había jalado la cara con ese cirujano, un tal Pichín Rebolledo, y la había rejuvenecido mucho. Crecilda se animó a imitarla; incluso hizo un préstamo en un banco para pagar por adelantado, como él exigía. ¡Y fíjense cómo la dejó! Hinchada y deformada al extremo de que apenas podía cerrar los ojos, pues los párpados se le habían encogido. Todo su rostro, hasta el comienzo del pescuezo, había perdido color y adquirido una tonalidad cerúlea, como la de un tuberculoso o un cadáver. «Ese cirujano y Rolando Garro son la tragedia de mi vida», solía decir, con picardía. «Y a ninguno de ellos me lo tiré.» No era una amargada ni resentida, todo lo contrario, mantenía un espíritu animoso y sabía capear la adversidad sin perder el humor grueso y vulgarote. Era una de las cosas de ella que le gustaban más a Juan Peineta: Crecilda sabía poner buena cara al mal tiempo y desafiar al infortunio con sus sabrosas carcajadas.

Terminado el primer turno del almuerzo, Crecilda vino a buscar a Juan y lo llevó con ella al pequeño locutorio desde el que podía observar todo lo que ocurría en el local. Se sentaron a tomar dos tazas de té que ella ya tenía preparadas y, mientras conversaban, Crecilda iba echando ojeadas al vasto comedor a ver si todo marchaba en regla y nada ni nadie reclamaba su presencia.

—¿Y qué pasaría si las madrecitas descubrieran que fuiste una bailarina de music hall y farandulera, Crecilda?

—No pasaría nada. Las monjitas descalzas son muy buena gente —repuso ella—. Saben que todo eso es ya pasado y pisado. Que ahora llevo mi vejez portándome como una santa. Vengo a misa y comulgo todos los domingos. ¿No ves cómo ando vestida? ¿No parezco una monja yo también?

Lo parecía. Llevaba una túnica de tela basta que la cubría de los hombros hasta los pies embutidos en chancletas.

—En el menú debían poner carne alguna vez, Crecilda —dijo Juan, saboreando su azucarado té—. Ese revuelto de verduras ya me lo tengo aprendido de sobra. Y eso que mi memoria anda fatal, cada día me olvido de más cosas.

—Si supieras que es un milagro seguir produciendo ese almuerzo, Juanito —encogió ella los hombros—. Un verdadero milagro. Los donativos ralean cada día más. Y con el cuento de la crisis hasta las pobres monjitas se quedan medio muertas de hambre con lo poco que comen. No me extrañaría que este comedor lo cerraran en cualquier momento.

—¿Y qué pasaría contigo entonces, Crecilda?

—Tendré que dedicarme a pedir limosna, pues, Juanito. Porque dudo mucho que vuelva a encontrar otro trabajo. Ya pasó el tiempo para poder dedicarme a la mala vida.

—Bueno, una posibilidad es que te cases conmigo y te vengas a vivir al Hotel Mogollón.

—Creo que prefiero la mendicidad a esa propuesta de matrimonio —se rio Crecilda, haciendo contra con su mano—. ¿Tú crees que cabríamos los tres en esa cuevita en la que vives?

—¿Los tres? —se sorprendió Juan.

—Con tu gato —le recordó ella—. No me digas que te has olvidado también de él. ¿Se llama Serafín, no?

—Sí, Serafín. ¿Sabes por qué creo que no me acompaña cuando vengo aquí? Tiene miedo que los vagos del barrio lo secuestren para prepararse con él un «seco de gato».

—Dicen que, bien hecho, es sabroso —reconoció Crecilda—. Pero, digan lo que digan, yo no me comería un gato ni muerta. Oye, Juan, cambiando de tema, ¿has visto el último número de *Destapes*?

—Como te imaginarás, yo no he comprado ni compraré nunca una revista del señor Rolando Garro, Crecilda.

—Yo tampoco, compadre —replicó ella, riéndose y haciendo contra otra vez con su mano derecha—. Pero la leo a veces cuando me la encuentro colgada en los quioscos de revistas. No has visto entonces el último escándalo que ha destapado. Las fotos de ese millonario en esa orgía terrible, en Chosica. Yo nunca creí que llegaran a publicarse semejantes fotos. Hasta se lo ve haciéndose el 69 con una fulana.

—¿El 69? —suspiró Juan Peineta—. ¿Sabes que nunca llegué a hacer eso con mi Atanasia, Crecilda? Al menos, no recuerdo que lo hiciéramos. Éramos un poco puritanos los dos, creo.

—Un poco huevones dirás más bien, Juanito —se rio Crecilda—. No sabes lo que se perdieron.

—Sí, tal vez tengas razón. ¿Y quién es ese millonario de las fotos? ¿Uno de acá, uno criollo?

Ella asintió:

—Sí, sí, se llama Enrique Cárdenas y es un minero ricachón, parece. Unas fotos que echan para atrás, Juanito. Yo creo que esta vez el enano cabrón de Garrito ha ido demasiado lejos. Y puede que ahora le hagan pagar caras todas sus maldades.

—Dios te oiga, Crecilda —suspiró Juan Peineta—. Ojalá ese minero contrate un sicario para que se lo cargue. Dicen que hay sicarios colombianos muy baratos, que se han venido a trabajar al Perú porque allá en Colombia les falta el trabajo. Y parece que se cargan a cualquiera por dos o tres mil soles, nada más.

—Yo preferiría que lo metieran a la cana, Juanito. ¿Qué ganamos con que se muera? Preferible que sufra, que pague con años de cárcel todo el mal que ha hecho. La muerte no es suficiente para tipos como él. En cambio, pudrirse años de años en una celda, sí, ése es un verdadero castigo.

—Sí, sí, que lo torturen —se rio Juan Peineta—. Que le arranquen las uñas, los ojos, que lo pongan a cocinarse a fuego lento, como hacían los inquisidores con los sacrílegos.

Estuvieron riéndose, imaginando maldades para Rolando Garro, el responsable de sus respectivas desgracias, hasta que terminó el segundo turno del almuerzo. Crecilda tuvo que ir a ocuparse del lavado de los cubiertos y la limpieza del local. Juan Peineta se despidió de ella y pensó que en su regreso al Hotel Mogollón buscaría un quiosco donde estuvieran exhibiendo *Destapes,* le provocaba ver calato a ese millonario haciendo el famoso 69, que él y Atanasia, de puro santurrones, nunca practicaron. ¿O sí lo habían hecho? No lo recordaba. Pero sí, en cambio, que Atanasia se negó a esa corneta de la que hablaban tanto los hombres. Él había tímidamente intentado que su esposa se la hiciera. Pero ella, tan púdica, creía recordar, se negaba, alegando que el confesor le había dicho que hacer esas porquerías aunque fuera entre esposos era pecado mortal. ¿Y él, que la quería tanto, se había resignado? No estaba muy seguro. Le vino una risita: «Te morirías sin saber cómo era eso del 69 y la mineta, Juanito». Bah ¿acaso no habían sido tan felices él y Atanasia sin experimentar esas extravagancias?

Encontró, en efecto, el quiosco donde exhibían *Destapes* y tardó en poder acercarse al número de la revista colgado con un par de ganchos del techo del quiosco de periódicos. Había expuestas dos páginas del semanario: la portada y la doble página central. En torno a él se aglomeraba un puñado de gente que contemplaba las escandalosas fotografías; algunos, empinados, trataban de leer las leyendas y la información que ilustraban las fotos. Juan Peineta reconoció la cara de ese gran señor que aparecía aquí calato en todas las poses imaginables, ¡y qué bien acompañado que estaba! No llegó a localizar la foto del 69. Debía estar en alguna de las páginas interiores, qué lástima. Juan Peineta se dijo que tendría que confesarse el haber pasado tanto rato viendo semejantes cochinadas. Reflexionó, asombrado, que Crecilda probablemente tenía razón. Esta vez Rolando Garro había ido demasiado lejos. Ése era un tipo importante, uno de los ricachos del Perú. Sacarlo así, en esas poses, con esas hembras, demasiado. Garro las pagaría, esta vez no se saldría tan fácilmente con la suya como tantas otras en el pasado. Y empezó inmediatamente a urdir de memoria la carta que escribiría apenas llegara al Hotel Mogollón.

Retomó su camino, siempre pasito a pasito, sin poder apartar de su cabeza las imágenes de *Destapes*. O sea que esas cosas no sólo se soñaban, también se vivían en la realidad. Bueno, los ricachos, no los pobres. A él nunca le dio por esos exotismos. ¿O sí, alguna noche que tomó copas? No estaba seguro tampoco de eso. Los olvidos le creaban problemas a la hora de confesarse. El cura se exasperaba: «¿Ya no te acuerdas ni siquiera de tus pecados? ¿Has venido aquí a burlarte de mí?». Tal vez no intentó esas cosas porque fue muy feliz haciendo el amor a la manera normalita nomás con la pobre Atanasia. Recordó cómo su esposa temblaba todita cuando hacían el amor y se le humedecieron los ojos.

Cuando estaba sólo a tres cuadras del Hotel Mogollón, comprobó que silenciosamente Serafín había reaparecido y caminaba pegadito a sus pies. «Hola, compañero», le dijo, alegrándose de verlo. «O sea que hoy por lo menos te libraste de que te secuestraran y te zambulleran en una olla para hacer contigo un "seco de gato". No te preocupes, mientras estés conmigo nadie te va a tocar un pelo, Serafín. Ahora, en el hotel, te daré un poquito de la leche que me estaba guardando en la botella. Ojalá que no se haya cortado, nomás.»

En su cuarto del Hotel Mogollón, tajando primero su lapicito, escribió una carta al «Señor Rolando Garro, director de *Destapes*». Le reprochaba haber transgredido la privacidad de ese minero degenerado que practicaba depravaciones sexuales con prostitutas y haber ofendido el honor y la moral de sus lectores publicando esas inmundicias obscenas que si caían en manos de niños y menores podrían escandalizarlos y pervertirlos. Sin duda existían leyes que habían sido violentadas por esas fotos escandalosas y esperaba que el fiscal de la nación tomara cartas en el asunto y procediera a cerrar la revista de marras y a multar y enjuiciar a su retorcido director.

Releyó la cartita, la firmó y, satisfecho consigo mismo, se dispuso a dormir. Mañana temprano —si se acordaba— la despacharía.

XIII. Una ausencia

La Retaquita se preparaba siempre el desayuno frugal de cada día —un café con leche y una galleta de maicena—, pero hoy, no sabía por qué, tuvo el impulso de tomarlo en un cafetín de Cinco Esquinas situado frente al paradero del ómnibus que, cada mañana, luego de media hora o cuarenta y cinco minutos de zangoloteo y apretones, la llevaba por la larguísima avenida Grau, el Zanjón y la Panamericana hasta Surquillo, en las vecindades de *Destapes*. En el cafetín no tenían galletas de maicena así que pidió, con el café con leche, un bizcocho cualquiera y le trajeron un chancay. Lamentó haber ido allí: el cafetín estaba sucio y tiznado y el mozo que la atendió, un cojito con legañas, tenía las uñas negras y larguísimas.

Pero el buen clima mejoró su ánimo. Pese a ser pleno invierno había una luminosidad esta mañana en Lima que parecía anunciar el sol. «También el cielo celebra nuestro éxito», se dijo. Porque había sido un éxito clamoroso el número de *Destapes* con las fotos del ingeniero Enrique Cárdenas, anunciado en primera página con un gran titular en letras rojas y negras que sobrevolaba la espectacular imagen: «¡Magnate calato haciendo chucherías!». ¡Tres reimpresiones al hilo en un solo día! La noche anterior, eufórico, Rolando Garro negociaba todavía con la imprenta una cuarta, aunque fuera apenas de un millar de ejemplares más.

¿Qué pasaría ahora? Se lo había preguntado a su jefe cuando llegó a la redacción de la revista el desmentido de los abogados del ingeniero Enrique Cárdenas, negando, por supuesto, que fuera él quien aparecía en esas fotos y acusándolos de libelo y calumnia. Por lo visto, habían presentado una acción de amparo pidiendo el secuestro del número con la primicia.

—¿Que qué va a pasar? —se preguntó Rolando Garro, encogiéndose de hombros. Y se respondió a sí mismo, lanzando una de sus risitas sarcásticas—: Nada, Retaquita. ¿Pasa algo alguna vez en Lima cuando estalla un escándalo? Ojalá pasara, ojalá que un juez nos cerrara *Destapes.* Sacaríamos un nuevo semanario llamado, por ejemplo, *Ampay* y venderíamos tantos ejemplares como los de esta semana.

La Retaquita pensó que la tranquilidad de su jefe era fingida. Porque esta vez la materia del escándalo no era una modelo, una bailarina, un actor o alguno de esos pobres tipos de la farándula, como el idiota de Juan Peineta y su inquina contra Rolando Garro, que no podían hacerles mucho daño por más que lo intentaran y que, como el ex chistoso, dedicaran su vida a ese inútil designio. El ingeniero Enrique Cárdenas, empresario importante, rico, poderoso, no se iba a quedar así nomás después de un número en el que aparecía desnudo entre tetas y culos puteriles. Se vengaría y, si se empeñaba, él sí que podía conseguir que les cerraran el semanario. En fin, ya veríamos, a ella no le hacía gracia la idea de quedarse sin chamba de la noche a la mañana. Rolando Garro parecía tan seguro que, a lo mejor, igual que en los otros destapes que habían hecho, tampoco esta vez habría consecuencias. Vaya en lo que habían terminado las fotos del pobre Ceferino Argüello; en vez de hacerlos todopoderosos, como creía Rolando, sólo en un escandalazo más de *Destapes*.

Pagó su magro desayuno y tomó el ómnibus; no iba tan lleno, hasta pudo pescar asiento. Demoró tres cuartos de hora en llegar al paradero de la Panamericana, en Surquillo, a pocas cuadras de la calle Dante. Caminaba hacia su oficina cuando se le acercó Ceferino Argüello, el fotógrafo del semanario. Como de costumbre, su esquelético cuerpecillo estaba embutido en un blue jeans y en un polo sucio, arrugado y abierto en el pecho. Tenía más cara de susto que de costumbre.

—¿Qué pasa, Ceferino? Por qué esa carita, quién se te murió esta vez.

—¿Podemos ir a tomar algo, Julieta? —el fotógrafo, muy alterado, no hizo caso de su pregunta—. Yo te invito.

—Es que tengo cita con el jefe —dijo ella—. Y estoy algo atrasada.

—El señor Garro no ha llegado todavía —insistió él, rogándole—. Sólo un momentito, Julieta. Te lo pido por favor, como colega y amigo de tanto tiempo. No me desprecies esta invitación.

Ella accedió y fueron al barcito vecino a *Destapes,* La Delicia Criolla, donde los redactores de la revista solían tomar café y, los días de cierre, almorzar un sándwich con una Inca Kola. Pidieron dos gaseosas.

—¿Qué te pasa, Ceferino? —le preguntó la Retaquita—. Cuéntame tus penas, pues. No serán de amor, me imagino.

Ceferino Argüello no quería bromear; estaba muy serio y en sus ojos oscuros había mucho miedo.

—Estoy que me cago de aprensión, Julieta —hablaba muy bajito para que nadie lo oyera y era absurdo, nadie lo podía oír porque en ese momento ellos eran los únicos parroquianos de La Delicia Criolla—. Esto está tomando demasiado vuelo, ¿no te parece? Anoche todos los canales abrieron sus informaciones con las fotos de la revista. Hoy en la mañana, radios y televisiones dale que dale con el tema.

—Qué más quieres, tontonazo, te estás volviendo por fin famoso como todos nosotros gracias a este número —se burló ella del fotógrafo—. Hace mucho tiempo que no teníamos tanto éxito con un destape. Ahora sí es seguro que este fin de mes cobraremos el sueldo completo.

—No es para que lo tomes a broma —la reconvino Ceferino. Hizo una pausa, miró alrededor y prosiguió en voz tan baja que era casi un susurro—. Ese Cárdenas es un tipo muy importante y si decide vengarse nos puede joder la vida. No te olvides que tú también firmas ese reportaje, Retaquita.

—En cambio, tu nombre no figura para nada, Ceferino, así que quédate tranquilo —dijo ella, haciendo la intentona de levantarse—. Paga y vámonos de una vez. Y, por favor, no seas tan mariconazo. De todo te asustas.

—Aunque yo no figure en el artículo, yo tomé esas fotos, Julieta —insistió él; su expresión tan angustiada resultaba casi cómica—. Y aparezco como el único fotógrafo en el plantel de la revista. Me puedo meter en un gran lío. El señor Garro debió consultarme antes de hacer lo que ha hecho con mis fotos.

—Sería tu culpa, Ceferino, tú solito te la buscaste —lo atacó la Retaquita. Pero se compadeció del terror que vio en sus ojos y le sonrió—: Nadie va a saber que tú las tomaste. Así que déjate de cojudeces y no pienses más en eso.

—Júrame que no le has contado a nadie que yo las tomé, Julieta. Y que nunca lo harás.

—Te juro todo lo que quieras, Ceferino. Olvídate del asunto. Nadie se va a enterar, nada te va a pasar. No te preocupes.

El fotógrafo, siempre con su cara atormentada, pagó y salieron. Rolando Garro no había llegado todavía a *Destapes.* Mientras lo esperaban, la Retaquita se dedicó a revisar todos los periódicos del día. ¡Caramba, qué revuelo! Había referencias al escándalo en toda la prensa, sin excepción, de los periódicos serios a los diarios chicha. La Retaquita se rio a solas: el ingeniero debía sentirse una charca de escupitajos en este momento. Cuando terminó de revisar la prensa eran ya las once de la mañana. Raro que Rolando Garro no apareciera ni llamara a dar razón de su tardanza. Lo llamó a su celular y estaba apagado. ¿Se habría quedado dormido? Era raro, nunca pasaba que el jefe faltara a una cita sin disculparse, aunque fuera con sus redactores. La Retaquita miró a su alrededor; había un extraño silencio en la redacción; nadie tecleaba la computadora, nadie hablaba. Estrellita Santibáñez miraba su escritorio como hipnotizada; el viejo Pepín Sotillos tenía el puchito del cigarrillo colgado entre los labios como si se hubiera olvidado que estaba fumando; Lizbeth Carnero, distraída de las estrellas, se mordía las uñas sin disimular su inquietud. Allá arriba, en una de las ventanas teatinas, se había parado un gallinazo que parecía observarlos con su torva mirada como bichos raros. Todos esperaban, mirándola a ella, muy serios, sin ocultar su desazón. El pobre Ceferino Argüello parecía a punto de subir al cadalso.

Poco después llegó un mensajero del Juzgado Penal del cercado de Lima, con dos avisos de las acciones judiciales entabladas contra la revista por el número de esta semana. Una procedía del Estudio Luciano Casasbellas, Abogados, representantes del ingeniero Enrique Cárdenas, y la otra de una asociación religiosa, Los Buenos Hábitos, que los denunciaba por «obscenidad y corrupción públicas de la puericia». Julieta depositó las citaciones en el escritorio de Rolando Garro, que, comprobó, estaba como siempre maniáticamente ordenado. Volvió a su mesa de trabajo, a revisar su cuaderno de notas. Hizo una lista de los temas que podían servir para investigar con vistas a un artículo y empezó a tomar apuntes, navegando en la red, sobre un caso de tráfico de niños y niñas en Puno, cerca de la frontera con Bolivia. Había denuncias de que una banda de forajidos secuestraba niños nacidos en comunidades indígenas bolivianas y los vendía a mafiosos peruanos en la frontera, y que éstos, a su vez, los revendían a parejas generalmente extranjeras que no podían tener hijos y no querían esperar los muchos años que tardaban los trámites para las adopciones legales en el Perú. A eso de la una levantó la cabeza de la computadora porque advirtió que, alrededor de su escritorio, se había congregado la redacción entera: los tres periodistas, los dos dateros y, por supuesto, el fotógrafo de *Destapes*. Todos tenían expresiones graves. Ceferino, muy pálido, respiraba jadeando.

—Ya se pasó la hora del reparto de comisiones, que era a las doce —dijo Pepín Sotillos, el más viejo de los periodistas del semanario, mostrándole su reloj—. Y son más de la una.

—Es raro, sí, de acuerdo —asintió la Retaquita—. Yo tenía cita con él a las once. ¿Nadie ha hablado con el jefe esta mañana?

No, nadie. Sotillos lo había llamado varias veces a su celular, pero lo tenía apagado. La Retaquita vio las caras largas, inquietas, de sus compañeros de trabajo. Era rarísimo, en efecto, el jefe podía tener muchos defectos pero no el de la impuntualidad; era maniático de llegar siempre a la hora, incluso antes de la hora. Y, sobre todo, a la reunión que planeaba el trabajo de la semana. Julieta decidió movilizar de inmediato a toda la redacción. Encargó a Sotillos que llamara a los hospitales y clínicas, a ver si no había tenido algún accidente, y a Estrellita Santibáñez y Lizbeth Carnero, redactora de horóscopos y consejera en asuntos sexuales y románticos, que averiguaran en las comisarías si no había ocurrido algo de lo que pudiera ser víctima el señor Rolando Garro. En cuanto a ella, se daría un salto a la dirección de la casita de su jefe que figuraba en la agenda, en Chorrillos.

Salió a la calle e iba a tomar un taxi, pero revisó su cartera y pensó que lo poco que llevaba tal vez no le alcanzaría para ir y volver, así que fue a esperar el ómnibus. Tardó cerca de una hora en llegar a la pequeña casita de la calle José Olaya, donde vivía el director de *Destapes.* Era uno de los viejos ranchos chorrillanos del siglo pasado, una especie de cubo de cemento y madera, con una gran reja que aislaba la puerta de la vereda. Tocó buen rato el timbre pero nadie contestó. Por fin se decidió a averiguar en las casas vecinas si alguien lo había visto. Su búsqueda fue infructuosa. La casita de la izquierda estaba vacía; la derecha demoró muchísimo en abrirle la puerta. La señora que corrió una ventanilla dijo no saber siquiera que su vecino se llamaba Rolando Garro. Cuando la Retaquita regresó a las oficinas de la revista eran ya las dos y media de la tarde. Nadie había conseguido nada. Lo único seguro era que ni en los hospitales o clínicas, ni en las comisarías, había registro alguno de que el jefe hubiera sufrido un accidente.

Estuvieron un buen rato cambiando ideas, confusos, sin saber qué hacer. Por fin decidieron irse a sus casas y volver a reunirse aquí a las cuatro de la tarde, a ver si para entonces ya había alguna noticia del director.

La Retaquita apenas había dado unos pasos hacia el paradero del ómnibus, cuando sintió que la cogían del brazo. Era el fotógrafo. Ceferino estaba tan nervioso que apenas podía hablar:

—Siempre supe que esto era peligroso y que ese destape nos podía traer muchos problemas —dijo, atropellándose—. ¿Qué crees que puede haber pasado, Julieta? ¿Que el jefe esté preso? ¿Que le hayan hecho algo?

—Todavía no sabemos que haya pasado nada —respondió ella, furiosa—. No hay que adelantarse. Puede ser que algo urgente le surgiera de improviso, que le saliera un plancito, una farra, qué sé yo. Un poco de paciencia, Ceferino. Ya veremos esta tarde. A lo mejor aparece y todo se aclara. No te adelantes y, sobre todo, no te atolondres. Ya tendrás tiempo de asustarte después. Ahora, suéltame, por favor. Estoy cansada y quiero irme a mi casa. A pensar con calma y descansar un rato. Mejor estar con la cabeza bien fría por lo que pueda pasar.

El fotógrafo la soltó, pero alcanzó todavía a murmurar cuando ella ya se iba:

—Esto me está oliendo muy mal, Julieta. Su desaparición significa algo grave.

«Cobarde de mierda», pensó ella, sin contestarle. Cuando llegó a su casa, en Cinco Esquinas, una hora después, en vez de prepararse algo de comer se echó en la cama. Estaba alarmada también ella, aunque lo hubiera disimulado ante Ceferino y los redactores del semanario. Rolando Garro no se desaparecía así nomás, sin dar aviso alguno, y menos el día en que se repartían las comisiones de trabajo para la semana y se discutían los materiales del próximo número. ¿Podía tener conexión esta desaparición con el destape del ingeniero Cárdenas? Si se trataba de una desaparición de verdad, más que probable era seguro. Ahora sí se sintió muy cansada. Pero no era el trajín de la mañana, sino la preocupación, el recelo, las sospechas de lo que podía haberle ocurrido al jefe lo que la tenía atontada de fatiga.

Cuando se despertó y miró el reloj eran las cuatro de la tarde. Había dormido cerca de una hora. Primera vez en su vida que hacía una siesta. Se lavó la cara y regresó al local de *Destapes.* Ahí estaban todos sus compañeros, con las caras largas. Ninguno había tenido la menor noticia de Rolando Garro.

—Vamos a la comisaría a sentar una denuncia —decidió la Retaquita—. Algo le ha pasado al jefe, ya no cabe duda. Que lo busque la policía, pues.

La redacción en pleno de *Destapes* se trasladó a la comisaría de Surquillo, que estaba a un paso del local de la revista, en la misma calle Dante. Pidieron hablar con el comisario. Éste los tuvo esperando de pie, en el patiecito de la entrada, junto a una gran estatua de la Virgen, cerca de media hora. Por fin los hizo pasar a su oficina. Fue el viejo Sotillos quien le explicó que estaban muy inquietos porque el señor Rolando Garro, su jefe, no aparecía desde hacía veinticuatro horas; no había precedentes de que desapareciera así, sin decir palabra, justamente el día en que había reunión con todos los redactores para repartir las comisiones de trabajo de la semana. El bigotudo comisario, un coronel de la policía que se daba muchas ínfulas, hizo redactar un parte, que firmaron todos. Les prometió que comenzaría de inmediato las averiguaciones; los tendría al tanto apenas reuniera alguna información.

Al salir de la comisaría, temerosos de que el coronel bigotudo no hiciera nada, decidieron ir a la oficina del abogado de *Destapes.* Tanto Sotillos como la Retaquita conocían al doctor Julius Arispe. Éste, pese a ser ya cerca de las siete de la noche, los recibió en el acto en su despacho, en la avenida España. Era un hombre amable, que le dio la mano a todo el mundo. Se sobaba la nariz de cuando en cuando, como espantando una mosca. Escuchó atentamente las razones de la Retaquita y dijo que sí, el asunto era para alarmarse, sobre todo tratándose de un periodista prestigioso como el señor Garro; alertaría al señor ministro del Interior, que, por lo demás, era amigo suyo personal.

Cuando salieron del bufete, era ya de noche. ¿Qué más podían hacer? A estas horas, nada. Quedaron en encontrarse al día siguiente a las diez de la mañana en el local de *Destapes.* Se despidieron y la Retaquita sintió que Ceferino Argüello se le acercaba para hablarle a solas. Lo paró en seco:

—Ahora no, Ceferino —le dijo, con voz dura—. Ya sé que te mueres de miedo. Ya sé que crees que la desaparición del jefe tiene que ver con tus fotos de la orgía de Chosica. Yo también estoy preocupada y asustada. Pero, por ahora, no hay nada más que hablar del asunto. Ni una palabra hasta que sepamos a qué atenernos sobre el señor Garro. ¿Entendido,

Ceferino? Ando muy nerviosa así que no me jodas más, por favor. Mañana hablamos.

Se alejó de él y, recordando que no había comido nada en todo el día, al llegar a Cinco Esquinas se sentó en el mismo mugriento cafetín donde había desayunado esa mañana. Pero, antes de ordenar nada, se levantó y siguió caminando hasta su casa. ¿Para qué pedir algo si no tenía ni pizca de hambre? Cualquier cosa que se metiera en la boca se le atragantaría. Iba muy de prisa por el jirón Junín porque había oscurecido y ésta era ya la hora de la compra y venta de drogas, prostitución y atracos en el barrio. Al pasar junto a una reja, un perro salió a ladrarle y le dio un buen susto.

En su casa, prendió la televisión y estuvo pasando de canal en canal a ver si en las noticias decían algo sobre su jefe. Ni una palabra. Después de apagar la tele, se quedó sentada en la salita, iluminada por un solo foco de luz rancia, entre los altos de periódicos y revistas que atestaban la habitación. ¿Qué le podía haber pasado? Una plateada telaraña colgaba del techo, sobre su cabeza. ¿Un secuestro? Era difícil. Rolando Garro no tenía ni un centavo, qué plata le podían sacar. ¿Un chantaje de los terroristas? Improbable, *Destapes* no se metía en política, aunque hiciera a veces destapes personales de políticos. ¿Sería verdad que su director los hacía por encargo del Doctor, el jefe del Servicio de Inteligencia de Fujimori? Corría esa bola desde hacía tiempo, pero la Retaquita no se hubiera atrevido nunca a preguntarle una cosa tan delicada a Rolando Garro. Si Sendero Luminoso o el MRTA querían un periodista, hubieran raptado al director de *El Comercio,* de un canal de televisión, de RPP, no al dueño de una publicación tan pequeña como *Destapes.*

Estaba allí, en la penumbra, sin ánimos para ir a acostarse, cuando, un minuto o una hora después —no tenía idea de cuánto tiempo había pasado—, escuchó que golpeaban la puerta de su casa. El susto hizo que diera un brinquito en el asiento y se le mojaran las manos de sudor. Volvieron a tocar, esta vez de manera perentoria.

—¿Quién es? —preguntó, sin abrir.

—Policía —dijo una voz masculina—. Buscamos a la señorita Julieta Leguizamón. ¿Es usted?

—¿Para qué la buscan? —preguntó. Su corazón se había puesto a latir muy rápido.

—Somos del Ministerio del Interior, señorita —replicó la misma voz—. Abra, por favor, y se lo explico. No tiene nada que temer.

Abrió la puerta con mucho miedo y vio, afuera, a un hombre uniformado acompañado de otro, de civil. A lo lejos, al fondo de las casitas del callejón, ya en la calle, había un auto policial con todas las luces prendidas.

—Capitán Félix Madueño, a sus órdenes —dijo el oficial llevándose la mano al quepis—. ¿Es usted la periodista Julieta Leguizamón?

—Sí, soy yo —asintió, tratando de controlar su voz—. ¿Qué se le ofrece?

—Tiene que acompañarnos para hacer un reconocimiento —dijo el capitán—. Sentimos molestarla a esta hora, señorita. Pero es muy urgente.

—¿Un reconocimiento? —preguntó.

—Ustedes presentaron esta tarde una denuncia sobre la desaparición del señor Rolando Garro, director de *Destapes,* en la comisaría de Surquillo. ¿No es así?

—Sí, sí, nuestro jefe —dijo la Retaquita—. ¿Hay noticias de él?

—Podría ser —insinuó el capitán—. Por eso necesitamos hacer este reconocimiento. No le tomará mucho tiempo. Nosotros la traeremos de vuelta a su casa, no se preocupe.

Sólo cuando estuvo sentada en el asiento trasero del auto y éste arrancó rumbo a la avenida Grau, la Retaquita tuvo ánimos para preguntar algo que sospechaba:

—¿Adónde vamos, capitán?

—A la morgue, señorita.

Ella no dijo nada más. Sintió que le faltaba el aire, abrió la boca y trató de llenarse los pulmones con esa brisa fresca que entraba por la ventanilla entreabierta. Hicieron todo el recorrido por calles a oscuras y por fin ella reconoció la avenida Grau, a la altura del Hospital Dos de Mayo. Estaba medio mareada, sentía que se ahogaba, temía que en cualquier momento se fuera a desmayar. A ratos cerraba los ojos y, como hacía cuando estaba desvelada, contaba números. Apenas notó que el auto se detenía; vagamente advirtió que el capitán Félix Madueño la ayudaba a bajar y, cogida del brazo, la guiaba por unos pasadizos húmedos y lúgubres, con unas paredes que olían a creso y a remedios, un olor que le daba náuseas y la obligaba a aguantarse las arcadas. Por fin, entraron a una habitación muy iluminada, donde había muchas personas, todos hombres, algunos con guardapolvos blancos y tapabocas. Le temblaban las piernas y sabía que, si el capitán Madueño la soltaba, rodaría por el suelo.

—Por aquí, por aquí —dijo alguien y ella se sintió llevada, empujada, sostenida por hombres cuyas caras la escrutaban con una mezcla de insolencia, compasión o burla.

—¿Lo reconoce? ¿Es Rolando Garro? —preguntó otra voz, que la Retaquita no había oído hasta ahora.

Era una especie de mesa, o tablón sobre dos caballetes, iluminada por un reflector de luz muy blanca; la silueta del tipo que tenía bajo sus ojos mostraba manchas de sangre y de barro reseco por doquier.

—Ya sabemos que esto es difícil para usted, porque, como verá, le han destrozado la cara a pedradas o a puntapiés. ¿Llega a reconocerlo? ¿Es quien creemos? ¿Es el periodista Rolando Garro?

Ella estaba totalmente paralizada, no podía moverse ni soltar palabra, ni siquiera asentir, los ojos clavados en esa silueta embarrada, sangrienta y pestilente.

—Claro que lo ha reconocido, claro que es él —oyó decir al capitán Félix Madueño—. Pero, doctor, sería bueno que le diera usted un calmante o algo a la señorita. ¿No ve cómo se ha puesto? En cualquier momento se nos va a desmayar.

XIV. Desarreglos y arreglos conyugales

—Déjame volver a la casa, amor —imploró Quique; tenía la voz quebrada y la cara descompuesta. Marisa advirtió que en esos pocos días su marido había perdido varios kilos. Estaba sin corbata, con una camisa mal planchada—. Te lo ruego, Marisa, te lo pido de rodillas.

—Acepté que vinieras para hablar de cosas prácticas —repuso ella, secamente—. Pero, si insistes con ese tema que ya está requetecerrado, mejor te vas.

Estaban en el saloncito junto a la terraza donde, antes, solían tomar los desayunos. Comenzaba a oscurecer. Lima se había vuelto una mancha sombría y una miríada de lucecitas que se perdían a lo lejos, disueltas en la incipiente neblina. Quique tenía delante, sobre la mesita de vidrio, un vaso de agua mineral a medio llenar.

—Claro que vamos a hablar de cosas prácticas, gringuita —asintió él, entre dolido y plañidero—. Pero, yo no puedo seguir viviendo donde mi mamá, teniendo todas mis cosas aquí. Recapacita, por favor, te lo ruego.

—Llévatelas de una vez donde tu mamá, Quique —levantó ella la voz; hablaba con mucha determinación, sin vacilar un segundo, mirándolo fijamente a los ojos, sin pestañar—. A esta casa no vas a volver, por lo menos mientras yo viva aquí. Hazte de una vez a la idea. Porque no te voy a perdonar nunca la canallada que me hiciste. Ya te lo he dicho. Yo quiero separarme de ti. Yo me he separado ya de ti...

—Yo no te he hecho nada, yo no soy el de esas fotos, tienes que creerme —suplicó él—. Soy víctima de una monstruosa calumnia, Marisa. No puede ser que, en vez de ayudarme, tú, mi mujer, apoyes a mis enemigos y les des la razón.

—Eres tú, no seas tan mentiroso ni tan cínico, Quique —lo cortó ella, con una mirada que relampagueaba. Estaba con una blusita muy escotada, con los hombros y un asomo del pecho al aire, su piel muy blanca, los rubios cabellos sueltos, en sandalias caladas que dejaban sus pies al descubierto—. Está bien que, por cuestiones legales, niegues que eres el de las fotos. Pero a mí no me vas a engañar, hijito. ¿Te has olvidado cuántas veces te he visto calato en la vida? Eres tú, haciendo esas porquerías, y, encima, dejándote fotografiar en esas poses horribles con esas rameras asquerosas. Eres el hazmerreír de todo Lima, y yo también lo soy, por tu culpa. La cornuda más famosa del Perú, como dice *Destapes.* ¿Tú sabes cómo se sienten mis padres y mis hermanos con todo lo que me has hecho pasar estos días?

Enrique tomó un sorbito del vaso de agua mineral. Trató de coger la cuidada mano de su mujer, pero ésta se la retiró, haciendo una mueca de disgusto.

—Yo nunca me voy a separar de ti, porque yo te quiero, amor mío —suplicó él, poco menos que lloriqueando—. Yo te he querido siempre, Marisa. Tú eres la única mujer que he querido. Y voy a reconquistar tu amor, haciendo lo que sea, te lo juro. ¿Crees que no siento en el alma que estemos metidos en este escándalo? ¿Crees que...?

Le cortó la voz la campanilla del celular que llevaba en el bolsillo. Lo sacó y vio que era Luciano quien lo llamaba.

—Perdona, gringuita —le dijo a su mujer—. Es Luciano, puede ser algo urgente. ¿Aló? Sí, Luciano, dime, estoy aquí, con Marisa. Sí, claro que puedes hablar. ¿Alguna novedad?

Marisa vio que su marido, a medida que escuchaba lo que le decía Luciano en el teléfono, iba palideciendo más, la cara se le desencajaba, abría la boca y una hebra de saliva se le escapaba por la comisura de los labios sin que se diera cuenta, sin que se la limpiara. ¿Qué había ocurrido para que Quique se pusiera así? Pestañaba sin cesar y tenía una expresión idiota. También Luciano debía notar que algo raro le ocurría a Enrique porque Marisa oyó a su marido murmurar en dos ocasiones «sí, sí, te oigo». Por fin lo oyó despedirse con un hilo de voz: «Sí, Luciano, voy ahora mismo para allá». Pero, en lugar de ponerse de pie, Quique, blanco como el papel, siguió sentado en el sillón, frente a ella, con la mirada perdida, balbuceando: «No puede ser, Dios mío, no puede ser, encima esto».

Marisa se asustó.

—¿Qué pasa, Quique? ¿Qué te ha dicho Luciano? —preguntó—. ¿Más líos todavía?

Enrique la miró como si sólo en este instante la estuviera descubriendo ahí, sentada frente a él, o como si no la reconociera.

—Han asesinado a Rolando Garro —lo oyó decir con una voz de ultratumba. Tenía los ojos alucinados de un loco—. Con un salvajismo horrible, parece. No sé cuántas puñaladas y, además, le han destrozado la cara a pedradas. Acaban de encontrar su cadáver tirado en la calle, por Cinco Esquinas. ¿Te das cuenta lo que esto significa, Marisa?

Intentó ponerse de pie, pero resbaló; trató de sujetarse en el espaldar del asiento, no lo consiguió y se desmoronó, cayendo primero de rodillas y luego cuan largo era en la alfombra de la salita. Cuando Marisa se agachó para ayudarlo vio que Quique tenía los ojos cerrados y estaba con la frente empapada de sudor y la boca llena de espuma. Tiritaba.

—¡Quique, Quique! —gritó, tomándolo de la cara, moviéndolo—. ¿Qué tienes? ¿Qué te pasa?

Hablaba en voz muy alta y Quintanilla, el mayordomo, y la empleada acudieron corriendo a la salita.

—Ayúdenme a levantarlo —les ordenó—. Echémoslo en el sofá. Despacito, que no se golpee. Hay que llamar al doctor Saldaña. Rápido, rápido, búsquenme el número en la libreta de teléfonos, por favor.

Entre los tres lo levantaron y cuando el mayordomo y la empleada le estaban poniendo una toallita fría en la frente y Marisa trataba de localizar por teléfono al doctor Saldaña, Quique entreabrió los ojos, aturdido. «Qué pasa, qué pasa», preguntó, con la voz trabada. Marisa soltó el teléfono, corrió al sofá y abrazó a su marido. Estaba pálida y llorosa.

—Ay, Quique, qué susto —decía—, te desmayaste, creí que te morías, estaba telefoneando al doctor Saldaña. ¿Quieres que llame a una ambulancia?

—No, no, ya estoy mejor —balbuceó él, cogiendo una mano de su mujer y besándosela. La retuvo junto a sus labios mientras añadía—: Ha sido la tensión de todos estos días, amor. Y, además, esta noticia terrible.

—No tiene nada de terrible, es una noticia que hay que celebrar —exclamó Marisa; había abandonado su mano en la de su marido y dejaba que éste continuara besándola—. Qué te puede importar que hayan matado al desgraciado que nos metió en este lío, al director de esa inmunda revista. Bien hecho que lo mataran.

—Yo a ti te quiero, yo a ti te necesito, amor mío —dijo él, alzando la cabeza y buscando la mejilla de Marisa para besarla—. No hay que desearle la muerte a nadie, amor. Ni siquiera a ese bandido. Pero, imagínate lo que ese asesinato significa para mí. Por lo pronto, esto va a hacer que el maldito escándalo vuelva a resucitar.

—¿Cómo te sientes? —dijo ella, tocándole la frente; la furia se había eclipsado de su cara; lo miraba entre preocupada y compasiva—. No, no tienes nada de fiebre.

—Ya estoy mejor —dijo él, incorporándose—. Luciano me espera en su estudio, tengo que ir a verlo.

—Arréglate un poco, Quique —dijo ella, alisándole la camisa con sus dos manos—. Estás todo despeinado con la caída. Y tu camisa y tu terno dan vergüenza, están llenos de arrugas.

—Te asustaste —dijo él, acariciándole el cabello y sacudiéndose un poco el saco, el pantalón—. Sí, no me digas que no, amor. Te asustaste cuando me desmayé. Lo cual quiere decir que todavía me quieres un poquito ¿no, gringuita?

—Claro que me asusté —concedió Marisa, fingiendo una severidad que ya no sentía—. Pero no te quiero ya nada. Me he decepcionado de ti para siempre. Y nunca te voy a perdonar.

Lo decía de una manera tan mecánica, tan poco convincente, que Quique se atrevió a cogerla por la cintura y atraerla hacia él. Marisa no opuso mucha resistencia. Él le acercó la boca al oído. Viendo lo que ocurría, Quintanilla y la empleada, cambiando una mirada, optaron por retirarse.

—Voy a ir donde Luciano para hablar de este endemoniado asunto —le susurró él, besándole y mordisqueándole la oreja—. Y después voy a volver aquí y te voy a hacer el amor. Porque estás muy bella y nunca he tenido tanto deseo de tenerte desnuda en mis brazos como en este momento, gringuita.

Le buscó los labios y su mujer se dejó besar en la boca pero no le devolvió el beso y mantuvo los labios cerrados mientras él la besaba.

—¿Me vas a hacer las mismas porquerías que les hacías a esas putas en las fotos? —dijo Marisa, mientras lo acompañaba hasta la puerta de calle.

—Te voy a hacer el amor toda la noche, porque creo que nunca te he visto tan bella como hoy —susurró él, abriendo la puerta—. Vuelvo ahorita, no te me duermas, por lo que más quieras.

Había ido con el chofer —desde el escándalo de *Destapes* no había vuelto a conducir— y le ordenó que lo llevara al estudio de Luciano. Pensó que, al menos, gracias a esta tragedia podría volver a su departamento del Golf, a su cama, a su casa y a sus cosas. Y a hacerle el amor a Marisa. No era fingido lo que acababa de decirle a su mujer. Era cierto; la gringuita se había embellecido con esta crisis; mientras discutían, de pronto había sentido deseos de ella y ahora, estaba seguro, esta noche volvería a gozar con Marisa como en las mejores épocas. ¿Cuánto tiempo que no hacían el amor? Lo menos tres semanas, desde el espantoso día en que Rolando Garro le llevó esas fotografías a la oficina. Y ahora ese tipejo estaba muerto, asesinado de esa manera atroz en los Barrios Altos. ¿Qué iría a pasar? Fuera lo que fuera, el escándalo volvería a rebrotar y de nuevo estaría en las primeras planas de los periódicos, en las radios y los canales de televisión. Sintió un escalofrío: otra vez ese baño de asquerosa publicidad, de insinuaciones repugnantes, de tener que andar cuidándose de lo que decía, de dónde iba, de a quién veía, para escabullirse de la maldita curiosidad morbosa de la gente.

—¿Te amistaste por fin con Marisa? —le preguntó Luciano, apenas lo recibió en su despacho—. Por lo menos, ya te deja entrar a la casa de nuevo.

—Sí, al menos en eso he hecho progresos —asintió Quique—. ¿Cómo es eso del asesinato de Garro? ¿Se sabe quién ha sido? ¿Por qué lo han matado?

Luciano había recibido una llamada del propio Doctor, con el que había tenido ya hasta dos entrevistas con motivo del escándalo de las fotos y el intento de chantaje de Garro.

—Me llamó para decirme que lo habían encontrado asesinado a cuchillazos y con la cara destrozada en un muladar de Cinco Esquinas, allá en los Barrios Altos, en la puerta de un garito de timberos —le explicó Luciano—. La policía no ha dicho nada todavía. Quería advertirme que, con este motivo, es inevitable que vuelva a recrudecer el asunto que estábamos tratando de enterrar. Lo siento, pero me temo que va a ser así, Quique.

—¿Ya han anunciado el asesinato de Garro?

—Aún no, pero, según el Doctor, la policía iba a hacerlo público ahora mismo, en una conferencia de prensa. La noticia aparecerá en todos los noticiarios de la noche. No debes hacer ninguna declaración sobre este asunto. Y evita por todos los medios que relacionen esta muerte con el escándalo. Aunque, por supuesto, lo harán.

Luciano se calló y estuvo mirando a Quique de una manera que a éste le pareció extraña, escudriñándolo con una cara grave y desconfiada. ¿Le había dicho algo más el jefe del Servicio de Inteligencia y su amigo se lo estaba ocultando?

—¿Qué pasa, Luciano? ¿Se puede saber por qué me examinas de ese modo?

El abogado se le acercó, lo cogió de ambos brazos y lo miró un momento en silencio, muy serio; sus ojitos algo achinados revelaban alarma, dudas.

—Te voy a hacer una pregunta, Quique, y necesito que seas absolutamente franco conmigo —lo palmeó en los brazos, afectuoso—. No te lo pido como tu abogado. Te lo pido por todos los años de amistad que tenemos.

—No puedo creer que me vayas a preguntar lo que estoy pensando, Luciano —murmuró él, espantado.

—Te lo voy a preguntar igual, Quique —insistió Luciano—. ¿Has tenido tú algo que ver con esto?

Quique sintió vértigo y pensó que iba a perder el conocimiento de nuevo. Sentía una fuerte opresión en el pecho, todo a su alrededor había perdido nitidez y comenzaba a vacilar. Se cogió del borde del escritorio.

—¿Se te ocurre? —balbuceó—. No puede ser, Luciano. ¿Me estás preguntando si yo maté a ese gusano? ¿Si yo lo mandé matar? ¿Me estás preguntando eso? ¿Me crees capaz de semejante cosa?

—Respóndeme, Quique —Luciano lo tenía siempre cogido de los hombros—. Dime simplemente que no has tenido nada que ver con el asesinato de Rolando Garro.

—¡Claro que no he tenido absolutamente nada que ver con ese asesinato, Luciano! No puede ser que tú, que me conoces de toda la vida, me creas capaz de matar a alguien, de hacer matar a alguien.

—Está bien, Quique —respiró Luciano, aliviado. Ensayó una sonrisa—. Te creo, por supuesto que te creo. Pero quería oírtelo decir.

Luciano le soltó los brazos y le indicó que se sentaran en uno de los sillones del despacho, al pie de los grabados ingleses y los estantes de libros encuadernados en piel.

—Tengo que saber con lujo de detalles lo que has hecho en estas últimas cuarenta y ocho horas, Quique.

Luciano seguía muy serio, hablaba con mucha calma y tenía en las manos una libretita y un lapicero. Había recuperado su serenidad y su calma acostumbradas; a diferencia de él, tan desarreglado, tenía perfectamente planchada la camisa a rayas rojas y blancas, la corbata color vino, los zapatos lustrados como espejos. Los gemelos de su camisa eran de plata.

—Pero, por qué, Luciano, me quieres decir qué pasa de una vez —ahora Quique estaba muy asustado.

—Pasa, Quique, que tú eres el primer sospechoso de este crimen —dijo su amigo, muy calmado, hablándole de nuevo con la voz afectuosa de siempre, sacándose los anteojos y sosteniéndolos en el aire—. No puedes ser tan tonto de no darte cuenta. Garro te metió en este escándalo mayúsculo, que ha repercutido hasta en el extranjero. Te arruinó la vida, en cierta forma. Destruyó tu matrimonio, tu nombre, tu prestigio, etcétera. Ahora, toda la prensa amarilla y chicha se te va a lanzar encima de nuevo, asegurando que tú pagaste a un sicario para que te vengara. ¿No lo entiendes?

Aturdido, idiotizado, Enrique lo escuchaba y tenía la sensación de que Luciano hablaba de otra persona, no de él.

—Necesito que te sientes ahí, en mi escritorio, ahora mismo, y me hagas una lista, lo más completa posible, de las personas que has visto, de los lugares donde has estado estas últimas cuarenta y ocho horas. Ahora mismo, Quique, sí. Estamos a las puertas de un nuevo escándalo y es mejor estar preparados para enfrentarnos a él. Es indispensable tener todas las coartadas por si ocurre lo que me temo. Anda, siéntate allá y hazme esa lista de una vez.

Obedeció a Luciano dócilmente y, sentado en su escritorio, durante cerca de media hora, trató de poner por escrito todo lo que había hecho los últimos dos días. Creía que sería muy fácil; pero, apenas empezó a escribir, descubrió que se le confundían las horas, sobre todo, y que tenía olvidos. Cuando terminó, le alcanzó la lista a Luciano. Éste la examinó cuidadosamente.

—Puede ser que no pase nada y esto sea por gusto, Quique —lo tranquilizó—. Ojalá. Pero, como nunca se sabe, es preciso prepararse. Si te acuerdas de algo más, aunque sea un detalle insignificante, llámame.

—O sea que toda la maldita pesadilla va a resucitar —suspiró el ingeniero—. Cuando creía que la tempestad comenzaba a amainar, se me viene esto. Bien vengas, mal, si vienes solo, como dice el refrán.

—¿Quieres un whisky? —le preguntó Luciano—. Tal vez te venga bien.

—No, prefiero ir a meterme en la cama —dijo Quique—. Me siento como si acabara de correr la maratón de Nueva York, viejo.

—Está bien, descansa, Quique —lo despidió Luciano—. Y haz las paces de una vez con Marisa. Hablaremos mañana.

Cuando llegó a su departamento, Quique despidió al chofer y subió hasta el penthouse algo inquieto, pensando que a lo mejor Marisa había puesto la alarma y trancado la puerta. Pero, no, pudo entrar a su casa sin dificultad. Los empleados le dijeron que la señora se había acostado y le preguntaron si quería que le prepararan algo de comer. Les dijo que no tenía hambre y les dio las buenas noches. Quintanilla, un ayacuchano que llevaba muchos años en la casa, le susurró al pasar: «Qué bueno que haya vuelto, don Enrique».

El dormitorio estaba a oscuras y él no prendió la luz del velador. Se desvistió en la oscuridad y, sin ponerse el pijama, se metió desnudo bajo las sábanas. La presencia y el olor de Marisa lo excitaron de nuevo y, sin decir palabra, se deslizó hasta donde estaba ella y la abrazó.

—Te amo, te amo —murmuró, besándola, juntando su cuerpo al de ella, abrazándola—. Te pido perdón por los malos ratos que por mi culpa has pasado todos estos días, Marisa, amor mío.

—No creo que pueda perdonarte nunca, desgraciadito —dijo ella, dándose vuelta para estar frente a él, besándolo y abrazándolo también—. Tendrás que hacer muchos méritos para eso.

XV. La Retaquita tiene miedo

¿No la había llamado «Julieta Leguizamón» el capitán Félix Madueño, ese que vino a buscarla a Cinco Esquinas y la llevó a la morgue en el patrullero? Estaba muy bien informado, pues. Sí, Julieta era su nombre, pero muy poca gente sabía que se apellidaba Leguizamón. Le había sonado rarísimo que la nombrara de ese modo, porque a ella todo el mundo la llamaba con su apodo: la Retaquita. O, a lo más, Julieta. Así solía firmar sus artículos, con su apodo o su nombre de pila. El patrullero que la trajo de vuelta a su casa al jirón Teniente Arancibia ya no llevaba al oficial ni al civil, sólo a los dos guardias. Ni el que manejaba ni su compañero le dirigieron la palabra durante el trayecto y a ella no dejó de llamarle la atención que conocieran perfectamente el callejoncito agujereado de los Barrios Altos donde vivía.

Al llegar a su casa, la Retaquita fue a la cocina, se tomó un vaso de agua y se metió a la cama vestida, quitándose sólo los zapatos. Tenía mucho frío. Y entonces le vino la pena, una pena profunda, desgarradora, recordando lo que había visto en la morgue: lo que quedaba de Rolando Garro. No solía llorar, pero ahora sentía que sus ojos estaban mojados y que unos gruesos lagrimones le rodaban por las mejillas. Qué malvados, qué sanguinarios, le habían chancado la cara con una piedra y acribillado el cuerpo a puñaladas. Eso no podía ser obra de un simple pericote, de uno de esos pobres diablos que robaban carteras o arranchaban relojes. Ésa había sido una venganza. Un asesinato bien planeado y, seguramente, muy bien pagado. Un asesinato de sicarios, de profesionales del crimen.

Se estremeció de pies a cabeza. ¿Y quién podía haber planeado aquella venganza sino Enrique Cárdenas, el millonario al que Rolando Garro sacó calato en aquella orgía con fulanas fotografiada por Ceferino Argüello? Concha de su madre, maldito, hijo de la gran puta. Se le pondrían los huevos de corbata al pobre Ceferino cuando supiera lo que le habían hecho al director de *Destapes.* No era para menos, porque si a su jefecito lo habían destrozado así, qué le harían al autor de esas fotos. Mejor avisarle para que desapareciera por un tiempo, segurísimo que lo estaban buscando. Pero ni sabía la dirección de Ceferino ni tenía su celular para prevenirlo. Por lo demás, la Retaquita no pensaba asomar mañana por las oficinas de *Destapes.* Ni loca que estuviera. No pondría los pies allí por un buen tiempo. Además, quién sabía si la revista iba a sobrevivir; claro que no, desaparecería igual que el pobre Garro. ¿Estaría en peligro ella también? Trató de razonar fríamente. Sí, sin la menor duda. Todo el mundo sabía que desde hacía tiempo ella era el brazo derecho de su jefe, que la Retaquita era la redactora estrella de *Destapes.* Y aunque el mismo Rolando había escrito el reportaje que acompañaba las fotos del millonario calato, ella había conseguido buena parte de la información y la firmaba junto al jefe, de modo que estaba también comprometida.

«En qué líos me has metido, jefecito», dijo en voz alta. Tenía miedo. Siempre había pensado que esos enredos en que ella se aventuraba revelando las intimidades sucias de la gente conocida y famosa la iban a poner en peligro alguna vez, acaso hasta en riesgo de cárcel o de muerte. ¿Le había llegado la hora? Su vida había estado día y noche en la cuerda floja: ¿no vivía en Cinco Esquinas, uno de los barrios más violentos de Lima, con asaltos, peleas y palizas por doquier? Muchas veces ella y su jefe habían bromeado sobre lo que arriesgaban con los destapes escandalosos en los que eran expertos. «Algún día nos pegarán un tiro, Retaquita, pero consuélate, seremos dos mártires del periodismo y nos levantarán una estatua.» Y su jefe lanzaba esa risotada que parecía un arrastrar de piedras por su garganta. No se creía lo que decía, por supuesto. Y ahora era un cadáver apestoso.

Pobrecito. El mundo se le quedaba vacío sin Rolando Garro. Su jefe. Su maestro. Su inspirador. Su única familia. Te has quedado sola, Retaquita. Su amor secreto, también. Pero, eso no lo sabía nadie, sólo ella, y lo guardaba muy en el fondo de su corazón. Nunca le había dejado sospechar siquiera que estaba enamorada de él. Una noche le oyó decir: «Dos que trabajan juntos no deben encamarse, el amor y el trabajo son incompatibles, encamarse rima con pelearse. Así que ya sabes, Retaquita. Si notas que te hago algún avance, en vez de hacerme caso rómpeme una botella en la cabeza». «Mejor te clavaré esto en el corazón, jefecito», le respondió la Retaquita mostrándole la pequeña chaveta que llevaba en la cartera, además de la aguja en los cabellos o en el cinturón, para casos de emergencia. Cerró los ojos y recordó una vez más el cadáver sanguinolento y la cara destrozada de Rolando Garro. La pena la congelaba de pies a cabeza. Recordó que, hacía algunos meses, su jefe se había propasado con ella. La única vez. En la inauguración de esa boite que no duró mucho, El Pingüino, en un sótano de la avenida Tacna, a la que habían invitado a Rolando. Y éste la llevó. Había mucha gente cuando llegaron a la boite, pequeña, atestada de olores y humo, chilcanos y pisco sauers, que era lo que daban de beber. Pasaban y pasaban fuentes llenas de copitas y algunas personas estaban ya borrachas. Se apagaron las luces. Comenzó el show. Salieron a bailar unas morenitas semicalatas a los compases de una pequeña orquesta de música tropical. De pronto, la Retaquita advirtió que su jefe, parado detrás de ella, le estaba tocando los pechos. Con cualquier otro hubiera reaccionado con la ferocidad acostumbrada y le habría clavado la aguja que llevaba en el pelo o hinchado la cara de un bofetón. Pero a Rolando Garro, no. Se quedó inmóvil, sintiendo algo extraño, un gusto con disgusto, algo turbio y grato, esas manos menuditas que le palpaban los pechos sin delicadeza la tenían quietecita y dócil. Se volvió a mirarlo y vio en la semioscuridad que su jefe tenía la mirada vidriosa del alcohol, pues ya se había tomado varios chilcanos. Rolando Garro, inmediatamente después que se miraron, la soltó. «Perdón, Retaquita», lo oyó disculparse. «No me di cuenta que eras tú.» Nunca más volvió a hacer una alusión siquiera a ese episodio. Como si jamás hubiera ocurrido. Y, ahora, estaba en la morgue, con la cara destrozada a pedradas y el cuerpo cosido de chavetazos. El policía dijo que lo habían encontrado en Cinco Esquinas. ¿Qué podía haber venido a hacer en este barrio Rolando Garro? ¿A buscarla a ella? Imposible, jamás había puesto los pies en esta casa. Alguna hembrita, tal vez. No a ella en todo caso, pues su jefe no tenía idea de dónde vivía. A pesar de trabajar con él y verlo a diario hacía años, la Retaquita no sabía nada de la vida privada de su jefe. ¿Tenía mujer, hijos? Probablemente no, porque nunca hablaba de ellos. Y estaba todo el día y toda la noche preparando los números de *Destapes.* Andaba siempre tan solo como ella y no tenía otra vida que la de su trabajo.

Durmió muy mal. Caía en el sueño y de inmediato la pesadilla renacía, con un fondo de catástrofes, incendios, terremotos, ella rodaba por un acantilado, un ómnibus la embestía y, paralizada de terror, no conseguía apartarse, cuando el vehículo iba a arrollarla se despertó. Por fin, al asomar la luz grisácea del amanecer por las ventanas, se quedó dormida, descompuesta por la mala noche.

Se había duchado y estaba secándose cuando sintió que tocaban la puerta. Dio un pequeño respingo, sobresaltada. «¿Quién es?», preguntó, alzando mucho la voz. «Ceferino Argüello», dijo el fotógrafo. «¿Te he despertado? Mil perdones, Retaquita. Tenía mucha urgencia de hablar contigo.»

—Espera, me estoy vistiendo —le gritó—. Ahorita te abro.

Se vistió e hizo pasar al fotógrafo. Ceferino tenía la cara devastada por la preocupación y los ojos irritados, enrojecidos, como si se los hubiera frotado con fuerza. Llevaba un pantalón arrugado, zapatillas sin medias y un polo negro iluminado por un relámpago rojizo. Su voz era distinta a la de costumbre, hablaba como si le costara mucho trabajo articular cada palabra.

—Perdona molestarte tan temprano, Retaquita —dijo, de pie en la puerta de la entrada—. Han matado al jefe, no sé si lo sabes.

—Pasa, Ceferino, siéntate —le señaló ella una de las sillas que emergía entre los altos de periódicos de la salita—. Sí, sí, lo sé. Anoche vino a buscarme la policía. Me llevaron a la morgue, a reconocer el cadáver. Algo horrible, Ceferino. Mejor ni te cuento.

Él se había dejado caer en el asiento y la miraba muy pálido, con los ojos fijos y la boca abierta de la que colgaba un hilito de saliva, esperando. La Retaquita sabía muy bien lo que pasaba por la cabeza de Ceferino y volvió a sentir miedo; un miedo tan grande como el que reflejaba la cara del fotógrafo.

—Lo encontraron por aquí, en Cinco Esquinas, parece —le explicó—. Con el cuerpo lleno de chavetazos. Y, además, esos hijos de puta le destrozaron la cara a pedradas.

Vio que Ceferino Argüello asentía. Tenía los pelos parados como un puercoespín. Toda su cara llena de marcas de viruela estaba lívida.

—Es lo que dicen los periódicos y las radios. Que se ensañaron con él.

—Sí, sí, una verdadera carnicería. Una cosa de sádicos, de salvajes, Ceferino.

—Qué nos va a pasar a nosotros ahora, Retaquita —se quebró la voz del fotógrafo. Ella pensó que si se echaba a llorar lo insultaría, lo llamaría «maricón de mierda» y lo echaría de su casa.

Pero Ceferino no lloró, solamente se le cortó la voz y se quedó mirándola como hipnotizado.

—No sé qué nos puede pasar —se encogió de hombros la Retaquita y decidió rematarlo—. Podría ser que nos maten también, Ceferino. Sobre todo a ti, que fuiste el que tomó esas fotos.

El fotógrafo se puso de pie y habló con una solemnidad conmovida, alzando la voz con cada frase que decía:

—Yo sabía que esto era muy peligroso, carajo, y te lo dije a ti, y se lo dije al jefe —ahora gritaba, fuera de sí—. Y nos pueden matar por la angurria de sacarle plata a ese millonario, maldita sea. Tú también eres la culpable, porque yo me confié en ti y tú me traicionaste.

Se dejó caer en el asiento y se tapó la cara con las manos. Sollozó.

La Retaquita, al verlo así, tan indefenso y sumido en el pánico, se compadeció de él.

—Haz un esfuerzo y trata de pensar claro, Ceferino —le dijo, suavemente—. Tú y yo tenemos que tener la cabeza fría si queremos salir sanos y salvos de ésta. No pierdas el tiempo buscando quién tiene la culpa de lo que ha pasado. ¿Sabes quién la tiene? Ni tú ni yo, ni siquiera el jefe. La tiene el trabajo que hacemos. Basta con eso.

Ceferino se quitó las manos de la cara y asintió. No tenía los ojos llorosos sino muy irritados y brillando; una mueca estúpida le deformaba la cara.

—Cuando te dije que yo tenía estas fotos, era sólo para pedirte un consejo, Julieta —dijo él en voz baja—. Eso es lo único que quería recordarte.

—Mientes, Ceferino —replicó ella, también sin levantar la voz, como aconsejándolo—. Me dijiste que las habías guardado dos años porque querías ver si les podías sacar algún provecho. Es decir, para que se publicaran y ganar un poco de platita.

—No, no, te juro que no, Retaquita —protestó Ceferino—. Yo no quería que se publicaran. Sabía que podía pasar algo muy feo, como lo que ha pasado, ni más ni menos. Yo adiviné que podía ocurrir esto, te lo juro.

—Si no querías que se publicaran, las hubieras quemado, Ceferino —se fue enojando la Retaquita—. O sea que déjate de cojudeces, por favor. Yo te dije que la persona que mejor partido podía sacarles era el jefe. Y tú me autorizaste a contarle todo. ¿No le llevaste tú mismo las fotos, para que viera qué podía hacer con ellas? ¿Ya no te acuerdas de eso?

—Está bien, está bien, no discutamos sobre lo que ya no tiene remedio —se ablandó el fotógrafo, poniendo de nuevo esa cara de perro apaleado que acostumbraba—. Ahora hay que decidir qué hacemos. ¿Tú crees que la policía nos llamará a declarar?

—Me temo que sí, Ceferino. Y el juez también. Ha habido un asesinato. Nosotros trabajábamos con la víctima. Es lógico que nos llamen a declarar.

—¿Y qué voy a decirles, Julieta? —de pronto, el fotógrafo parecía otra vez desesperado. Tenía los ojos hundidos, y la voz, ahora enronquecida, le temblaba.

—No vayas a ser tan estúpido de reconocer que tú tomaste esas fotos —dijo la Retaquita—. Sólo faltaría eso.

—¿Y qué les voy a decir, entonces?

—Que tú no sabes nada de nada. Ni tomaste esas fotos ni el jefe te dijo quién las había tomado.

—¿Y qué vas a decir tú cuando te llamen a declarar?

Julieta se encogió de hombros.

—Yo no sé nada, tampoco —afirmó—. Ni estuve en esa orgía, ni me enteré de ella hasta que preparamos la información de *Destapes*. ¿Acaso no es la verdad?

Julieta le recomendó a Ceferino que no apareciera por el local del semanario; ella tampoco lo haría. Si el ingeniero Cárdenas había contratado sicarios, allí es donde primero los buscarían. Y también sería prudente que no fuera por unos días a dormir a su casa.

—Yo tengo mujer y tres hijos, Retaquita. Y ni un centavo en el bolsillo. Porque ni siquiera nos han pagado este mes.

—Ni nos lo pagarán, Ceferino —lo interrumpió ella—. Con la muerte del jefe *Destapes* pasará a mejor vida. De eso puedes estar seguro. Así que ya puedes empezar a buscarte otro trabajo. Yo también, por lo demás.

—¿O sea que crees que ni siquiera este mes cobraremos, Julieta? Esto es una tragedia para mí, no te olvides que yo vivo siempre al día.

—Para mí también lo es, Ceferino. Tampoco tengo plata casi. Pero como no me gusta la idea de que un sicario del ingeniero Cárdenas me mate, no voy a volver a poner los pies en *Destapes.* Te aconsejo que hagas lo mismo. Te lo digo por tu bien. Explícale el problema a tu mujer, ella comprenderá. Escóndete donde alguien de confianza. Por lo menos hasta que se aclare algo el panorama. Ése es el único consejo que puedo darte. Porque es lo que yo voy a hacer también.

Ceferino se quedó todavía un rato en casa de Julieta. A veces se despedía, pero como si una fuerza irresistible le impidiera partir, volvía a sentarse entre las pirámides de periódicos y revistas, se quejaba de nuevo de su mala suerte y maldecía las fotografías de Chosica, cuyos negativos había conservado, pero no para tratar de hacer dinero con ellos —¡lo juraba por Dios!— sino con la esperanza de que el señor que lo contrató para tomarlas reapareciera y le pagara lo pactado. Había sido un estúpido —sí, un estúpido— y toda su vida lo lamentaría.

Por fin, luego de lloriquear un buen rato y quejarse de su suerte, partió. La Retaquita se dejó caer en el sillón, entre los altos de periódicos. Estaba agotada y, lo peor, Ceferino Argüello había terminado por contagiarle su confusión y su pánico.

Se miró las rodillas y vio que le temblaban. Era un pequeño movimiento, de derecha a izquierda y de izquierda a derecha, casi imperceptible, acompasado y frío. Cuando levantaba un pie, el temblor cesaba, pero sólo en esa rodilla, en la otra seguía. Se sintió invadida por el miedo, de la raíz de los cabellos a las plantas de los pies. Se lo había contagiado el mariconazo de Ceferino Argüello. Trató de calmarse, de pensar con objetividad. Tenía que hacer lo mismo que le había recomendado al fotógrafo: salir cuanto antes de su casa, alojarse donde alguien de confianza, hasta que la tormenta amainara. ¿Donde quién? Pasó revista mentalmente a las personas que conocía. Eran muchas, desde luego, pero ninguna lo bastante de confianza como para pedirle que la alojara. Parientes no los tenía o no los veía hacía años. Sus amigos eran periodistas, gentes de la radio y televisión con las que mantenía relaciones muy superficiales y de ocasión. En realidad, la única persona con la que hubiera podido confiarse para un asunto así era Rolando Garro. Este asesinato la había dejado sin el único amigo de verdad que tenía.

Un hotelito o una pensión, entonces. Donde nadie supiera que estaba. ¿Pero, cuánto le costaría? Sacó de una cómoda la libreta donde apuntaba cuidadosamente sus gastos e ingresos. Era ridículo el saldo de que disponía: menos de trescientos soles. Tendría que pedir un préstamo. Ella sabía muy bien que, con la muerte del jefe, sería muy difícil que pudiera cobrar su sueldo este mes en *Destapes.* Probablemente los fondos de la revista los tenía el propio Garro o habrían quedado bajo secuestro judicial con motivo de su muerte. El gerente del semanario decía siempre que éste se hallaba a punto de caer en la insolvencia, lo que tal vez ahora ya era cierto. O sea que, por ahí, no había nada que esperar.

¿Qué vas a hacer, pues, Retaquita? Se sintió deprimida, acorralada, paralizada. Sabía muy bien que era peligroso que siguiera aquí en casa, donde primero la buscarían si querían hacerle daño. Ella sabía que tarde o temprano encontraría un nuevo trabajo sin dificultad, ¿acaso no era buena en su profesión? Claro que sí, pero este momento no era el más indicado para visitar periódicos, radios y canales en busca de chamba. Ésta era hora de esconderse, de salvar el pescuezo, de que nadie supiera dónde estaba. Hasta que las cosas se fueran calmando y volvieran a la normalidad. ¿Dónde, carajo, dónde esconderse?

Y, entonces, de una manera al principio confusa y remota, pero que, poco a poco, fue tomando forma, consistencia, realidad, le vino aquella idea. Era audaz, sin duda, no exenta de riesgos. ¿Pero no era eso algo que le había enseñado su maestro, algo que él había practicado muchas veces en la vida, lo de a grandes males grandes remedios? ¿Y qué peor cosa podía ocurrirle que sentirse amenazada en el ejercicio de su misma vocación? Ésa era la apuesta que había acabado con Rolando Garro, ¿no, Retaquita? Había perdido la vida, de qué manera atroz, por ejercer el periodismo de investigación y sacar a la luz pública las inmundicias que podían permitirse los ricos de este país sin leyes y sin moral.

Era arriesgado, por supuesto. Pero, si le salía bien, no sólo se vería protegida, hasta podría sacarle algún provecho profesional a la cosa.

De pronto, la Retaquita sintió que se le había quitado el temblor de las rodillas. Y estaba sonriendo.

XVI. El latifundista y la chinita

—Ya pasó todo, Quique —dijo Luciano, dando una palmadita en la rodilla a su amigo—. Tienes que olvidarte de ese asunto y dedicarte a engordar. Estás flaco como una espina de pescado.

—¿Tú crees que pasó todo porque asesinaron a ese bellaco y porque desapareció *Destapes*? —Enrique hizo una mueca burlona—. No, Luciano. Me perseguirá hasta el fin de mis días. ¿Te digo lo que más me atormenta de todo esto? No es ni siquiera el daño físico y mental que le ha hecho a mi pobre madre, ni que mi nombre haya quedado enfangado. No, no. Lo que se ha convertido en una tortura son las bromitas vulgares de los amigos, de mis socios, incluso en las reuniones de directorio. «Qué buena orgía, hermano», «Cómo no nos invitaste a esa encamada, compadre», «¿Me puedes decir a cuántas flacas te tiraste en esa farra, viejo?». No soporto más esas estupideces, las guiñadas de ojos de tanto imbécil. Preferiría que me insultaran o que me hubieran quitado el saludo, como han hecho algunos. Por eso, estamos pensando con Marisa en hacer un viajecito.

—¿Una segunda luna de miel? ¿El famoso viajecito por las islas griegas del que hablamos hace años? —se rio Luciano; pero se puso serio de inmediato—:

A propósito de Marisa. No sabes cuánto me alegro que hayan hecho las paces y ella te haya perdonado. La verdad es que los veo por fin reconciliados.

—Es cierto —asintió Quique, bajando la voz y echando una ojeada al interior de la casa de Luciano, por si Marisa y Chabela, que habían ido a ver si las hijitas de los Casasbellas ya dormían, regresaban—. Por lo menos, es lo único bueno que ha resultado de este dramón. No sólo nos hemos amistado; nuestro matrimonio anda ahora mejor que antes. El escándalo y esa separación fugaz nos han unido más que nunca, viejo.

Habían cenado un chifa que mandaron traer del Lung Fung y, como todavía era temprano para el toque de queda, se habían sentado en la terraza de Luciano a tomar un trago y charlar. Las dos niñas habían estado un rato con ellos, pero Nicasia se las había llevado a sus habitaciones. El jardín y la piscina de azulejos estaban iluminados y se veía jugueteando a los dos grandes daneses entre los árboles. El mayordomo había traído los whiskies, el hielo y el agua mineral. Era una noche tranquila, sin viento, y, hasta el momento al menos, sin balaceras ni apagones. Ahí volvían, tomadas del brazo y riéndose, Marisa y Chabela.

—Compartan ese chiste, no sean tan egoístas —las saludó Luciano—. Para que nos riamos los cuatro.

—Ni de vainas, maridito —exageró Chabela, abriendo mucho los ojos y simulando espanto—. Es un chisme de cuernos y palos que te daría un patatús, con lo santito que tú eres.

—No te fíes de los santitos —dijo Marisa, sentándose junto a Quique y cogiéndole la cara como si lo riñera—. Éste parecía otro santurrón y mira las barbaridades que era capaz de hacer.

Lanzó una carcajada, Luciano y Chabela la celebraron, pero Quique palideció e hizo un movimiento extraño con las dos manos.

—Perdón, perdón, ya sé que no quieres que te haga bromas con eso, amor —Marisa le echó los brazos al cuello y lo besó en la mejilla—. Te has tragado un pavo, no te digo cómo estás de colorado, amor.

—Eso es lo peor —terminó por seguirle la broma Quique—. Me han hecho una fama de calavera y de farrista en Lima, a mí, que he sido siempre tan formal.

—Tengo fotos que dicen lo contrario, tampoco vengas ahora a hacerte el niño bueno, Quique —terció Chabela, provocando una carcajada general.

—Un brindis —dijo Luciano, levantando su whisky—. Por la amistad de nosotros cuatro. Cada vez me convenzo más, la amistad es lo único que de veras importa en esta vida.

—Los cuatro tenemos que hacer por fin ese crucero por las islas griegas del que hemos hablado tanto —dijo Quique—. Antes de ponernos viejos. Dos semanas enteras por el mar de Ulises, sin leer una sola noticia del Perú. Dos semanas sin apagones, terrorismo ni prensa amarilla.

—A propósito de lo que dijiste sobre el amor y los santitos, me he acordado de mi abuelo materno —dijo Luciano, de pronto, con una sonrisa nostálgica—. ¿Les conté alguna vez su historia?

—Por lo menos a mí, no —dijo su mujer, sorprendida—. Creo que a mí ni siquiera me has contado nada sobre tus papás. Diez años de casados y no sé nada sobre ti.

—La historia dio origen a toda clase de habladurías, imagino —añadió Luciano—. Esas que les encantan a los limeños, los chismosos más chismosos que ha parido el universo.

—Me lo vas a decir a mí —se animó a hacer una broma Quique—. Porque yo me he doctorado en chismografía, últimamente.

—El padre de mi madre era un hacendado iqueño de los más encopetados, dueño de varias haciendas que nos quitó la Reforma Agraria del general Velasco —prosiguió Luciano—. Y el hombre más beato que se ha visto en este valle del Señor. Me acuerdo muy bien de él, de chiquito. Don Casimiro. Se ponía de negro y chaleco con leontina para ir a la iglesia. Iba a misa diaria en la capillita de la casa-hacienda, y a procesiones, bautizos, adoraciones, rogativas, etcétera, en la iglesita del pueblo. En los almuerzos y comidas, bendecía la mesa cuando estábamos todos sentados.

Luciano se calló. Había puesto, de pronto, una expresión melancólica; los recuerdos de su infancia iqueña parecían haberlo entristecido; era curioso porque las cosas que solía contar sobre la vida en la hacienda de su abuelo no podían ser más felices, paseos a caballo, cacerías, pachamancas, las trampas que ponían él y sus hermanos a los zorros en las que caían atrapadas a veces las iguanas, los paseos de los domingos a bañarse en el mar y las lecturas en voz alta, lecturas piadosas, de libros de aventuras, Salgari, Verne, Dumas, que les hacía el abuelo a él y a sus hermanos en su escritorio, entre vírgenes cusqueñas y viejos anaqueles repletos de libros polvorientos.

—Lo que no entiendo, Luciano —dijo Quique, aprovechando una pausa en el relato de su amigo—, es por qué contando esas cosas tan bonitas de tu infancia te pones tristón.

Hubo un pequeño silencio. No sólo Quique, también Chabela y Marisa miraban a Luciano, esperando su respuesta.

—Lo que me entristece no es recordar a mi abuelo Casimiro, sino a mi abuela Laura —dijo Luciano, por fin, con la voz cambiada. Se había puesto muy serio. Antes de continuar, miró a los tres de manera extraña, entre irónica y burlona—. ¿Saben por qué? Porque mi abuela materna, en realidad, no se llamaba Laura. Y era una china.

Marisa y Quique sonrieron; pero Chabela abrió los ojos, asombrada.

—¿Una china? —preguntó—. ¿Una china china? ¿En serio, Luciano?

—Muy en serio, amor —asintió Luciano—. Nunca lo supiste porque ése fue siempre un tabú, el gran secreto de la familia.

—Vaya, pues, las cosas que vengo a descubrir a los diez años de casada —se rio Chabela—. O sea que tu abuela era una china. ¿Una china de verdad?

—Bueno, tal vez fuera una china chola —precisó Luciano—, pero yo creo que era una china china, sin más. Ahora viene lo más grave. Su padre era el pulpero del pueblito de la hacienda.

Ahora sí que Quique parecía de veras intrigado por la historia:

—¿Y tú me quieres decir, Luciano, cómo es que un señorón latifundista de Ica como don Casimiro, que se creía seguramente un aristócrata de sangre azul, se casó con la hija del pulpero de su hacienda?

Marisa había apoyado la cabeza en el hombro de su marido y él la abrazaba y, de tanto en tanto, le acariciaba los cabellos.

—La explicación es el amor —dijo Marisa—. Cuál va a ser, pues. El señorón se enamoró de la chinita y sanseacabó. ¿No dicen que las orientales son unas fieras en la cama?

—Sí, el abuelo debió enamorarse como un loco de la chinita —asintió Luciano—. Debía ser guapa, atractiva, para que un señorón cargado de prejuicios, racista y déspota sin duda como toda la gente de su clase, diera ese paso increíble: casarse por la Iglesia con la hija de un pulpero que, tal vez, era analfabeto y no se habría puesto zapatos en su vida.

Hizo una larga pausa y la tristeza de su cara fue transformándose en una sonrisa.

—Se casaron como Dios manda, en la iglesita de la hacienda, ni más ni menos —añadió—. Hay fotos de la boda, que la familia trató de destruir, pero he conseguido rescatar algunas. Vinieron muchos invitados de Lima, claro, que se quedarían horrorizados con la locura del gran señorón. Sería el escándalo del siglo, no sólo en Ica, también en el resto del Perú. En las fotos no se ve bien la carita de mi abuela, sólo que era menuda y delgadita. Pero yo apuesto que era bonita, también. Lo seguro es que tenía un carácter formidable. Una verdadera matriarca.

—Probablemente la embarazó y, como era tan beato, sintió la obligación de casarse con ella —Chabela se inclinó hacia su marido, como examinándolo—: Ahora entiendo por qué tienes los ojitos un poco rasgados, Luciano.

—A partir de ahora te diremos el Chinito —añadió Marisa, riéndose.

—Calla, calla, así le dicen a Fujimori —la atajó Luciano, riendo también—. Preferiría el Chinocholo.

—Si te empiezan a decir el Chinocholo, me divorcio —hizo ascos Chabela.

—Sigue contando, Luciano —lo urgió Quique—. La verdad, me fascina la historia de don Casimiro.

—Lo que sigue es todavía mejor que el matrimonio del señorón y la chinita —dijo Luciano. Y consultó su reloj—. Todavía tengo tiempo de llegar hasta el final antes del toque de queda.

Retomó la historia de sus abuelos maternos explicando que nunca había podido averiguar el nombre original de su abuela china, porque, antes de que se casaran, el abuelo la rebautizó con el nombre de Laura, como la llamarían en adelante en la familia. La chinita, apenas casada, se puso a parir hijos —«mi madre y tres tíos, dos de los cuales murieron niños»— y, poco a poco, comenzó a cobrar autoridad. Nada contenta con ser sólo un ama de casa, empezó a ayudar al abuelo en el manejo de la hacienda.

—Cuando yo era pequeño, todavía los viejos peones de la hacienda la recordaban —dijo Luciano—. Con pantalón, botas de montar, sombrero de paja y fuete, recorriendo los campos, vigilando el riego, la siembra, las cosechas, dando órdenes, echando un improperio y hasta un fuetazo a los peones flojos o indóciles.

Pero, lo que más impresionaba a Luciano era que su abuela Laura, en la tradicional celebración de las Fiestas Patrias, el 28 de julio, en medio de la fiesta que ofrecían los abuelos a todos los empleados y peones, con conjuntos musicales y bailarinas y zapateadores traídos de Chincha y El Carmen, se sacaba los zapatos, se quedaba patacala como las cholas de la hacienda, y bailaba una marinera con uno de los peones, generalmente un zambo o un negro, que eran siempre los mejores bailadores de la marinera. Algo extraordinario, en todo caso: que la señora de la casa, la esposa del gran patrón, bailara marinera con un peón, aplaudida y jaleada por decenas de peones, campesinos, parceleros, choferes, tractoristas y empleados domésticos. Era algo que ponía frenéticos a todos los asistentes, por lo visto. La aplaudían a rabiar, pues, parece, la abuela Laura era una gran bailadora de marinera. Ese baile anual, esa marinera en la tierra, como se baila en los pueblos más criollos, era algo que toda la hacienda esperaba, el acontecimiento del año.

—Me hubiera gustado conocer a tu abuela —dijo Quique, mirando el reloj—. Sí, hay tiempo todavía para el toque de queda, a estas horas se circula rápido y llegamos a mi casa en quince minutos a lo más. Doña Laura debió ser una mujer fuera de lo común.

—Murió muy joven, en el parto del último de mis tíos —dijo Luciano—. Te enseñaré algunas fotos de ella, basta verla para adivinar que tenía una personalidad de miedo. Sólo que...

Luciano dejó de sonreír y se puso serio.

—Sólo que qué —lo animó Chabela a que siguiera con la historia—. No te quedes así, tartamudeando.

—Es que esa historia romántica del señorón que se enamora de la hija del pulpero —añadió Luciano, encogiendo los hombros— tiene una parte un poco truculenta.

—¿Cuál? —preguntó Marisa, alargando la cabeza—. Debe ser la más interesante.

—Una vez al año, la abuela Laura hacía un viajecito misterioso. Partía sola, por varios días —contó Luciano, despacio, con pausas, manteniendo la expectación de sus tres oyentes.

—¿Y adónde iba? —preguntó Chabela—. Ay Luciano, hay que sacarte las cosas con cucharón.

—Ahí está la pregunta de imposible respuesta —dijo Luciano—. La versión oficial es que iba a ver a su familia. Porque, cuando mi abuela se casó, toda la familia de ella, empezando por el padre pulpero, y, me imagino, su madre y sus hermanos si los tenía, desaparecieron de la hacienda. Sí, sí, a partir de ahora todo lo que les cuento son suposiciones. Me imagino que la familia de mi abuelo, o él mismo, los expulsó. No le importó casarse con la chinita. Pero que el pulpero y su familia se quedaran aquí, y tuviera que codearse con sus parientes políticos, debió ser demasiado para don Casimiro. Los mandarían al exilio, para que no quedara rastro. La cosa se negoció, tal vez. Mi abuelo les daría dinero para que fueran a instalarse lo más lejos posible de Ica. El viajecito anual de la abuela Laura era para visitar a esos parientes exiliados. ¿Adónde? Nunca lo he sabido. Me imagino que los mandarían al otro extremo del país. A la sierra, a la selva, quién sabe. O sea que, tal vez, yo tenga primos y sobrinos en algún pueblucho perdido de Loreto o Chachapoyas.

—Puestos a imaginar —bromeó Quique—, tal vez tu abuelo o su familia los mandó matar a todos. Algo expeditivo, para que no quedara rastro de esa vergüenza familiar. Tu abuela Laura, en su viaje anual, iría a poner flores en las tumbas de su parentela.

Marisa y Chabela se rieron, pero Luciano, no.

—Tú lo dices en broma, pero yo he llegado a pensar que una cosa así no era imposible en aquella época. Hace medio siglo ¿qué valor podía tener la vida de unos chinos miserables? Tal vez los hicieron matar, sí. Esa gente era muy capaz.

—Supongo que estás bromeando, Luciano —protestó Chabela—. Supongo que no estás diciendo en serio una estupidez tan monstruosa.

—Es un final un poco escabroso para una historia tan romántica —suspiró Marisa—. Creo que deberíamos irnos, Quique. No quiero que se nos pase la hora y alguna patrulla nos detenga. Ya tenemos bastante de líos ¿no?

—Sí, sí, váyanse de una vez —dijo Chabela—. A una amiga mía la paró una de esas patrullas después del toque y los frescos de los policías le sacaron un montón de plata.

—Maldito toque de queda —dijo Quique, poniéndose de pie, siempre de la mano de su mujer—. La verdad, me quedaría toda la noche oyéndote contar la historia de la chinita.

—Me ha hecho bien contársela —dijo Luciano, acompañándolos, a través del vasto jardín, hacia la salida—. La gran vergüenza de mi familia materna me quemaba las entrañas. Siento que he desagraviado a mi abuelita Laura y a su parentela.

En la puerta de calle había una caseta con un guardián armado, que les dio las buenas noches. Quique y Marisa se despidieron de Luciano y Chabela, subieron a su auto y partieron.

—Oye, oye —dijo Quique, con una manerita insinuante—. Al despedirse tú y Chabela poco menos que se besaron en la boca.

—¿Te dio celos? —se rio Marisa. Pero al ver que Quique frenaba el auto de golpe, se alarmó—. ¿Por qué frenas?

—No me dio celos sino envidia, gringuita —dijo él—. He frenado para besarte. Dame tu boquita, corazón.

La besó con fuerza, paseándole la lengua por la boca, sorbiéndole la saliva.

—Basta, Quique —dijo ella, apartándolo—. Es peligroso, nos pueden asaltar. Esto está muy oscuro, arranca de una vez.

—Estoy cada día más enamorado de ti —dijo él, arrancando de nuevo—. Este maldito escándalo ha servido al menos para eso. Para saber que estoy loco por ti. Que tengo la suerte de haberme casado con la mujer más bella del mundo. Y la más rica en la cama, también.

—No me mires a mí, mira la pista, Quique, vamos a chocar. Y no vayas tan rápido, por favor.

—Quiero llegar pronto a la casa para desnudarte yo mismo —dijo él—. Y besarte de los cabellos a los pies, milímetro por milímetro, sí, sí, de la cabeza a los pies. Y, esta noche, nada de apagar la luz. Las prenderé todas, no sólo la del velador.

—Vaya, vaya, no te reconozco. Tú no eras así, Quique. ¿Qué te ha pasado, se puede saber?

—He descubierto que eres la mujer más sensual y excitante del mundo, amor.

—Viniendo de un experto en la materia, es un gran cumplido, mi rey.

—Cuidadito con esas bromas que ahorita paro de nuevo y te hago el amor en el carro, gringuita.

—Uy, qué miedo —se rio Marisa—. No vayas tan rápido, Quique, vamos a chocar.

Él frenó algo la velocidad y así estuvieron, bromeando y jugando el resto del trayecto. Cuando llegaron a San Isidro, frente a la casa del Golf, faltaban diez minutos para que empezara el toque de queda.

—¿Por qué hay tantos policías? —dijo Marisa, sorprendida.

Había dos patrulleros bloqueando la rampa que conducía a los garajes del edificio y ambos llevaban las luces encendidas. Al ver que el carro de Enrique se detenía frente a ellos, se abrieron las puertas de los patrulleros y descendieron varios hombres uniformados y de civil que se acercaron y rodearon el automóvil. Quique bajó la ventanilla y un oficial se inclinó y acercó mucho la cabeza para hablarle. Llevaba una linterna encendida.

—¿El ingeniero Enrique Cárdenas? —preguntó, llevándose la mano al quepis.

—Sí, soy yo —asintió Quique—. ¿Qué pasa, oficial?

—Buenas noches, señor Cárdenas. Tiene que acompañarnos. Pero, puede usted antes parquear su carro. Lo esperamos, no hay ningún problema.

—¿Acompañarlo adónde? —preguntó Quique—. ¿Por qué?

—Se lo explicará el doctor Morante, el fiscal —dijo el oficial, apartándose para hacer sitio a un hombre que vestía de paisano, bajito, canoso, con un bigotito mosca, que hizo una venia a la pareja.

—Lo siento, señor Cárdenas —saludó, con una amabilidad forzada—. Tengo una orden del juez que explica nuestra presencia aquí. Está usted detenido.

—¿Detenido? —dijo Quique, asombrado—. ¿Se puede saber por qué?

—Por el asesinato del periodista Rolando Garro —dijo el doctor Morante—. Hay una acusación formal contra usted y el juez ha dictado orden de detención. Aquí la tiene, puede leerla. Espero que sea un malentendido y todo se aclare. No le aconsejo que oponga resistencia, ingeniero. Podría perjudicarlo.

XVII. Extrañas operaciones en torno a Juan Peineta

Juan Peineta salió muy temprano del Hotel Mogollón, preguntándose una vez más dónde andaría Serafín, pues hacía ya tres días que no aparecía. ¿O eran cuatro? ¿O más de una semana? Basta de olvidos, puta madre. Enrumbó hacia la avenida Abancay. Menos mal que Willy Rodrigo, el Ruletero, vivía ahora en los Barrios Altos. Antes, cuando estaba en el Callao, ir a verlo era toda una aventura. Tenía que caminar hasta la Plaza San Martín, donde tomaba el microbús hacia el Callao. Era el único vehículo al que subía, cada mes o mes y medio, para visitar a su compadre y amigo, el rey de la timba. Nadie adivinaba de dónde venía su apodo, el Ruletero, hasta que un día Willy le contó que de uno de los mambos de Pérez Prado, el inventor de ese ritmo, una música que, en su juventud, andaba cantando y bailoteando todo el día. Pero ni él ni nadie en Lima sabía qué significaba la palabreja cubana *ruletero:* ¿cafiche?, ¿taxista?, ¿vendedor de loterías?

¿Para qué querría verlo Willy con tanta urgencia? Extraña llamada la que le hizo la víspera, al Hotel Mogollón: «Necesito verte urgentísimamente, Juanito. No te puedo decir más por teléfono. ¿Almorzamos juntos mañana? Bacán. Hasta mañana, entonces». ¿De qué se trataría? ¿Por qué Willy no le había dado al menos una pista? Juan Peineta comenzó a remontar la avenida Abancay; a la altura del Congreso voltearía hacia el sinuoso y largo jirón Junín, al cabo del cual llegaría a Cinco Esquinas, donde vivía Willy: por lo menos ese recorrido lo recordaba muy bien. A ratos tenía la sensación de que cada día se evaporaban más cosas de su memoria, que pronto sería un fantasma sin pasado.

Él y Willy eran amigos desde los tiempos en que Juan Peineta practicaba el noble arte de la declamación y el Ruletero administraba un coliseo en el barrio de Cantagallo, en el Rímac; allí solía contratarlo para que recitara sus poemas entre los números de bailes y canciones andinas. El coliseo de Willy ofrecía también veladas de cachascán o lucha libre, pero a estos espectáculos no invitaba a Juan Peineta (lo había hecho una sola vez y la silbatina y los gritos de «¡Rosquete!» y «¡Maricón!» desde las tribunas al pobre Juan lo disuadieron de repetir el plato). Ya hacía tiempo que el Ruletero había vendido el coliseo; ahora regentaba una timba en Cinco Esquinas, no lejos del monumento a Felipe Pinglo, el gran compositor de valses de la guardia vieja. Antes, cuando vivía en el Callao, Willy tenía otro monumento cerquita de su casa: el de Sarita Colonia, la patrona de los ladrones. Nadie era tan distinto de Juan Peineta como Willy, con su vida noctámbula y su tugurio donde iban a buscar suerte los timberos de mala muerte y mala fama, muchos de ellos atracadores, ex convictos, que se codeaban en las noches con borrachines, cafiches y vagos que solían a veces dirimir sus diferencias a chavetazos o puntapiés. También pululaban entre los clientes de Willy los soplones y tombos de la policía que iban allí a sablearle una cerveza y a recoger información.

Y, sin embargo, los unía una amistad por encima de las diferencias abismales de vida que llevaban. Durante mucho tiempo, cuatro o cinco veces al año, Juan hizo ese largo viaje desde el centro de Lima a esa barriada brava del puerto del Callao para pasar el día con su viejo amigo. Ahora, desde que se había mudado al centro de la Lima colonial, era mejor, ya no tenía que hacer ese interminable e incómodo viaje hasta el puerto, sólo esta cansada caminata. Willy lo invitaba a almorzar a alguna chingana donde hubiera choritos frescos y cerveza helada. Mientras se pegaban un atracón, recordaban los tiempos idos, cuando Juan vivía ejercitando su vocación de artista-recitador y tenía un matrimonio feliz con Atanasia, y Willy administraba su coliseo folclórico, lo que le permitía llevarse a la cama a algunas de las artistas que desfilaban por su carpa, pero Juan creía que no se había tirado a tantas como se ufanaba. Porque Willy era también un fanfarrón. Aunque sabía que exageraba y mentía, Juan se divertía mucho escuchándolo. ¿Por qué lo llamaría con tanta urgencia? ¿Por qué no había querido adelantarle nada más por teléfono?

Tardaba cerca de una hora en llegar hasta esa encrucijada laberíntica que era Cinco Esquinas, en el corazón de los Barrios Altos. Cuando Juan era joven, ese barrio estaba lleno de peñas criollas y allí vivían muchos bohemios, artistas, músicos, y hasta los blanquitos de Miraflores y San Isidro amantes de la música criolla venían a oír a los mejores cantantes, guitarristas y cajoneadores, y a bailar con los cholos y los negros. Todavía quedaban huellas de la gran época de los Barrios Altos, la de La Palizada, Felipe Pinglo y todos los grandes compositores y promotores de la música criolla.

Ahora, ese barrio se había degradado y sus calles eran peligrosas. Pero Willy estaba allí en su elemento, presidiendo la timba. Ganaba bien, al parecer, aunque Juan Peineta tenía miedo de que cualquier día lo acuchillaran. Caminaba, con su ritmo cansino y soportando los dolores de sus várices hinchadas, por el largo, serpenteante y siempre atestado jirón Junín. La ciudad se iba empobreciendo y envejeciendo a su paso, entre los puestos de las vendedoras que ofrecían flores, comida, frutas, toda clase de chucherías, las viejas casas coloniales que parecían a punto de desmoronarse, los chiquillos desarrapados, mendigos o vagos que dormían todavía tirados en los zaguanes o bajo los postes de luz. Además de iglesias coloniales, había muchas cofradías y cruces alrededor de las cuales, a veces, una corte de devotos encendían velas al Santo Cristo o a los santos, rezaban de rodillas y tocaban su imagen. Por allí, después de pasar el convento de Las Descalzas y la Quinta Heeren, en un callejón de tierra, estaba la timba de Willy el Ruletero.

Generalmente lo encontraba de buen humor y éste lo recibía con la misma broma: «¡Qué bueno saber que estás vivo y no has estirado la pata todavía, Juanito!». Pero esta vez Willy estaba serio y fruncido; abrazó a su amigo sin decir nada. «Me dejaste preocupado con esa llamada de anoche, viejo», le dijo Juan. «¿Qué ha pasado?» Willy se limitó a taparse los labios e indicarle con la mano que se alejaran de su timba. Tenía la cara marcada por varios lunares y era un hombre canoso y fortachón todavía para sus setenta y pico de años; vestía un overol descolorido, una chompa gris sin mangas y unos mocasines gastados que calzaba sin medias. Semiabrazándolo, empujó a Juan Peineta, alejándolo de la casita de madera y adobes, con techo de calamina, donde funcionaba su timba y donde él vivía, solo o, como solía decir, «con hembritas de ocasión».

—¿Por qué no entramos a tu casa a descansar un ratito, Willy? —le sugirió Juan Peineta—. Andas muy misterioso, compadre, y yo estoy rendido con la caminata.

—Vámonos a conversar lejos de aquí, Juanito —le respondió en voz baja el Ruletero, echando una mirada alrededor. Añadió, pestañando—: Este lugar se ha vuelto peligroso. No sólo para mí. También para ti, compadre. Ya te explicaré.

Callado, enjetado y con un aire de preocupación que inquietó a Juan Peineta mucho más de lo que estaba, Willy lo hizo caminar varias cuadras por el piélago de callecitas sin asfaltar, de casitas a medio hacer de uno o dos pisos y, todas, atestadas de gente pobretona, descalza o con chancletas, los hombres en camiseta y muchas mujeres con pañuelos en la cabeza como solían llevar las devotas de algunas sectas evangélicas.

Juan notó que su amigo cojeaba del pie izquierdo: ¿se había pegado un tropezón?

—Parece que es reumatismo y que eso no se quita con nada —le respondió con una mueca malhumorada el Ruletero—. Una mujer del barrio medio bruja, que cura con yerbas, me está dando unos baños, hasta ahora sin resultados. Será que ya estoy con los achaques de los viejos, Juanito. Así como tú andas jodido de la memoria, yo de mis piernas.

¿Qué le pasaba a Willy? No era el de siempre, el hombre reilón y bromista que Juan conocía desde hacía más de treinta años, al que todo parecía resbalarle y al que nada ni nadie hacía perder el humor. Estaba inquieto, receloso y asustado. Juan vio que dudaba antes de pisar alguna de las chinganas donde se detuvieron para que Willy las olisqueara primero. En varias, decidió no entrar sin dar explicación alguna a Juan Peineta.

—Me preocupa verte así, Willy —le dijo, al fin, mientras proseguían el recorrido en busca de un lugar donde sentarse tranquilos a conversar—. ¿Qué diablos te pasa, hermano, por qué estás tan desconfiado y tan saltón?

En vez de contestarle, Willy, muy serio, se llevó un dedo a la boca indicándole que cerrara el pico: chitón. Ya habría luego tiempo para hablar.

Finalmente, Willy encontró lo que buscaba. Un barcito que, pese a ser de día, tenía prendido un foco de luz tenue, lleno de moscas, con media docena de mesitas vacías. Se sentaron cerca de la puerta y Willy pidió una cerveza bien fría —Pilsen Callao, por supuesto— y dos vasos limpitos.

—¿Me vas a decir por fin qué carajo te pasa, Willy? ¿Por qué demonios estás tan raro, hermano?

Willy le clavó una mirada llena de aprensión en sus ojos grandes y amarillentos.

—Se está cocinando algo que no me gusta nada, hermano —dijo, bajando la voz y echando una de esas ojeadas desconfiadas a su alrededor que Juan tampoco le conocía. Hizo una larga pausa antes de añadir—: Te voy a contar todo, porque me huele que también te han metido a ti en este lío. Se trata de...

Pero se calló porque el hombre sin zapatos que atendía se acercaba con la cerveza y los vasos. Se los llenó, con mucha espuma, y Willy sólo continuó cuando el cantinero estuvo ya lejos, detrás del pequeño mostrador:

—Se trata del periodista que mataron, ese que tú odiabas tanto, Juanito.

—¿Rolando Garro? —Juan Peineta dio un saltito en su silla y se santiguó—. ¿Te cuento una cosa, Willy? Me alegré mucho de que lo mataran, para qué te voy a mentir. Porque a mí me jodió la vida, como sabes. Pero, me he arrepentido. Uno no debe alegrarse de las desgracias ajenas, por más que se trate de un tipo tan malvado como Garro. Me fui a confesar y el padre me jaló las orejas. Ya no lo odio. Lo compadezco, más bien. Ya sabrá Dios allá arriba qué hace con él. Su muerte fue horrible, parece.

Se calló porque Willy el Ruletero no parecía escucharlo. Cuando vio que Juan Peineta se callaba volvió a la realidad de la abstracción o ensueño en que estaba sumido.

—¿Leíste que lo encontraron muerto aquí, por este barrio, no?

Juan Peineta asintió.

—Muy cerquita del monumento a Felipe Pinglo, casi llegando a Cinco Esquinas. Sí, sí. ¿Pero, por qué me preguntas eso, Willy?

—Porque no es verdad —dijo el Ruletero, bajando todavía más la voz—. No lo encontraron. Lo trajeron en un auto que sólo podía ser de la policía. O de la Seguridad del Estado. Son los únicos que se atreven a entrar a este barrio de noche. Sacaron su cadáver del auto, destrozado como estaba, y lo dejaron en la puerta de mi timba. ¿No te parece raro, Juanito? ¿No te parece mucha casualidad que escogieran ese sitio para tirar el cadáver de ese periodista? ¿Se puede saber con qué intención lo hicieron?

—¿Estás seguro de lo que me estás contando, Willy?

—Yo los vi —asintió su amigo, dando un golpecito en la mesa—. A mi calle no entran autos de noche, hermano. Se cagan de miedo de que los atraquen. Los que entraron sólo podían ser tombos o milicos. De la policía o de la Seguridad del Estado. Cuando sentí el motor del carro, me puse a espiar desde la ventana. Y lo vi todo, con estos ojos.

—¿No fue entonces el millonario que está preso el que lo mandó matar, Willy? —se sorprendió el ex recitador.

—No te estoy diciendo nada más que lo que vi —afirmó el Ruletero, tamborileando nervioso en el tablero de la mesa, de la que se elevaron varias moscas—. Yo no sé quién lo mató. Lo único que sé es que no lo encontraron muerto en Cinco Esquinas, sino que lo trajeron muerto en un auto y dejaron su cadáver tirado frente a mi timba. Vaya usted a saber con qué intenciones. Y quienes lo trajeron sólo podían ser tombos o milicos de la Seguridad del Estado, de eso sí que estoy seguro. Los patrulleros se aparecieron por aquí unas dos o tres horas después. Yo no les avisé, por supuesto. Lo único que hice fue despachar a todos los timberos por la puerta falsa, apagar las luces, meterme a mi camita y hacerme el dormido. Esto que te estoy contando no se lo he dicho a nadie. Entenderás que es para preocuparse mucho ¿no, Juanito?

—Pero, por qué, hermano —trató de tranquilizarlo Juan Peineta—. Por qué te vas a preocupar tú de algo que no te concierne.

—¿Por qué crees que eligieron dejar el cadáver de Garro en la puerta de mi timba? ¿Por casualidad? Las casualidades no existen, hermano. Todo lo que pasa tiene su razón de ser y mucho más cuando hay un asesinato de por medio.

—O sea que tú crees que lo hicieron a propósito, para comprometerte con esa muerte. No seas tan aprensivo, Willy. Seguro que lo dejaron ahí sin intenciones, porque sí, como lo hubieran dejado en cualquier otra parte.

—Espera que termine la historia, hermano —dijo Willy, mirándolo de una manera compasiva—. Sólo estamos comenzando. Te aseguro que lo dejaron aquí por una razón que tiene que ver conmigo. Y también contigo, Juanito. Contigo, sí, como lo oyes. Pensé que podía haberme equivocado cuando detuvieron al minero, ese Enrique Cárdenas, acusándolo de ser el autor intelectual del crimen, porque Garro lo chantajeaba con hacer conocer las fotos de la orgía de Chosica. Pero, pero...

Se calló y echó una larga mirada a Juanito como si hubiera ido a su velorio y estuviera contemplando su cadáver. Éste se alarmó.

—¿Qué pasa, Willy? —preguntó—. ¿Por qué te quedaste callado de repente y mirándome así?

—Porque parece que todo este asunto tiene que ver mucho más contigo que conmigo, hermano. Siento tener que darte esta mala noticia. Tal como lo oyes. Contigo, no conmigo. Yo estoy en esto de refilón, se diría. Por ser amigo tuyo, nomás.

A Juan Peineta le pareció que se levantaba la silla en que estaba sentado y caía al suelo de golpe, remeciéndole todos los huesos. Le empezó a doler la cabeza, un escalofrío le corrió por la espalda. ¿Qué significaba todo esto? No entendía nada. ¿Había olvidado algo importante? Buscó en su memoria, sin encontrar nada.

—¿Qué estás diciendo, Willy? —murmuró—. ¿Conmigo?

—Por eso te llamé anoche y te pedí que vinieras a verme con tanta urgencia —susurró Willy, acercando mucho la cara a su amigo—. Estas cosas no se pueden hablar por teléfono. La buena noticia es que ni siquiera saben que vives en el Hotel Mogollón. ¿No es increíble? Pues como lo oyes: no lo saben.

—¿Quiénes? —balbuceó Juan Peineta—. ¿Quiénes son esos de los que estás hablando?

—Quiénes van a ser, pues, Juanito —se burló Willy—. Los tombos de la policía o los militares de la Seguridad del Estado. No hay más que ellos, ya te lo dije.

Se le habían presentado tres o cuatro días después de que aquel auto misterioso vino a dejar de noche el cadáver destrozado de Rolando Garro frente a la timba de Willy el Ruletero. Vestían de civil y tenían el pelo cortado a lo alemán, por lo que, apenas los vio, Willy descubrió en el acto que eran militares. Le extendieron la mano y le sonrieron con esa sonrisa un poquito falsa de los policías y los agentes de seguridad cuando están de servicio. Le mostraron unas credenciales emplasticadas en las que Willy divisó sellos, una banderita peruana y unas fotos minúsculas e indetectables.

—Ésta es una visita informal, Willy —dijo el que parecía el más viejo de los dos visitantes—. Soy el capitán Félix Madueño. No existo, por si acaso. Es decir, no hemos venido, no estamos acá. Tú eres inteligente y me entiendes ¿no es verdad?

Willy se limitó a sonreír, a la vez que se llenaba de aprensión. Esto comenzaba mal. ¿Venían a sacarle plata o a qué?

—Parece una timbita de muertos de hambre —comentó el otro, señalando las paredes desportilladas, los vidrios sucios de las ventanas, las telarañas que colgaban del techo, las mesitas enclenques y el suelo de tierra apisonada—. Y, sin embargo, Willy, es sabido que aquí se juegan millones de soles cada noche.

—No diría que tanto —sonrió Willy, con mucha prudencia—. En todo caso, no hay límite para las apuestas, con tal que el juego sea limpio. Ésa es la regla de la casa.

—No pongas esa cara de preocupado, Willy —dijo el que había hablado antes—. No venimos a preguntarte nada de tu negocio ni de tus clientes, esos timberos que aquí se gastan todo lo que tienen.

—Y lo que no tienen, también —dijo el otro.

—Sino de tu amigo Juan Peineta.

—¿De veras, Willy? —preguntó el ex recitador, cada vez más sorprendido y asustado. No creía lo que estaba oyendo, le parecía que ahorita Willy soltaría la carcajada y le diría: «Era broma, hermano, para ver cómo se te soltaba la diarrea»—. ¿Conocían mi nombre? ¿Venían a hablarte de mí?

—Sí, de él mismo —asintió el más viejo, el que decía llamarse capitán Félix Madueño—. Sabemos muy bien que ustedes son muy amigos ¿no es verdad?

—Claro que es mi amigo —asintió Willy—. Cuando yo tenía el coliseo, en Cantagallo, Juanito venía a recitar sus poesías entre los números de música folclórica. Lo hacía muy bien. Era un artista.

—Y también viene a visitarte aquí y almuerzan juntos de vez en cuando ¿no es cierto? —afirmó el otro.

—Sí, de tanto en tanto se cae por acá a recordar los viejos tiempos —dijo Willy—. Hace ya mucho que no lo veo, por dónde andará. Espero que no se haya muerto.

—Necesitaríamos su dirección y su teléfono —dijo el que había hablado antes, con un tonito ácido—. ¿Nos harías ese favor, Ruletero?

—¿Sabes qué es lo que más me llamó la atención, Juanito? —dijo Willy ante la cara alelada del antiguo recitador—. Que esos agentes de la Seguridad del Estado, que sabían tantas cosas, que éramos amigos, que venías de tanto en tanto a almorzar conmigo, no tuvieran la menor idea de que vives hace años en el Hotel Mogollón. ¿No te parece increíble?

—No, no me lo parece —repuso Juan Peineta, hablando con dificultad, como si algo le trabara la garganta—. Eso es el subdesarrollo, Willy. ¿Y tú qué les dijiste?

—No creo que tenga domicilio conocido, vive de aquí para allá, donde lo alojan los amigos, supongo. O en esos albergues de caridad que tienen algunos conventos. Y, por supuesto, me sorprendería que tenga teléfono.

—¿Nos quieres cojudear a nosotros, Willy? —dijo el más joven, con un tonito agresivo, pero siempre sonriendo—. ¿Nos has visto cara de cojudos, reyecito de la timba?

—Por supuesto que no, jefe —Willy juró con sus dedos en cruz—. Si Juanito tuviera dirección fija, se la daría, no faltaba más. Pero dudo que la haya tenido alguna vez. Y teléfono, menos. Juan Peineta está en las últimas, no tiene en qué caerse muerto ¿no lo sabían? Es como un perro sin dueño. Desde que dejó de ser uno de Los Tres Chistosos su vida ha sido un irse cuesta abajo. Hace rato que llegó al fondo del precipicio. Vive de la caridad, por si no se han enterado. Y, además, está perdiendo la memoria, a ratos no sabe ni quién es.

—Pobre Juan Peineta —dijo con cachita el mayor de los dos, alcanzándole un papelito—. Haznos un favor, Willy. Averíguame su dirección y llámame a este teléfono. Preguntas por el capitán Félix Madueño o por el suboficial Arnilla, un servidor.

—Que esto quede como un secreto entre nosotros, Willy —dijo el más joven—. Y, por supuesto, ahora que nos vayamos no vas a ser tan pendejo de irle a decir a tu amigo que lo andamos buscando.

—Jamás de los jamases —protestó Willy, golpeando la mesa con su puño—. Yo siempre me he llevado bien con la autoridad.

—Claro que sí, Willy, eres un ciudadano ejemplar y todo el mundo lo sabe —dijo el suboficial Arnilla, extendiéndole la mano—. Hasta lueguito, compadre. No te olvides, averíguanos esa dirección de tu amigo. Cuanto antes.

—Y se fueron —dijo Willy—. Por supuesto, yo corrí a llamarte al Hotel Mogollón. Ahora comprenderás por qué no podía dejarte ningún mensaje, por qué tenía que contártelo de viva voz.

El antiguo recitador tenía la extraña sensación de que aquello no estaba ocurriendo, era una pesadilla y en cualquier momento se iba a despertar y a reírse del susto que había pasado ante lo que no había ocurrido y tampoco iba a ocurrir. Pero, ahí estaba su amigo Willy el Ruletero mirándolo apenado. El hombre del barcito vino a preguntar si querían que les preparara un ceviche de corvina.

—¿Está fresquita? —preguntó Willy.

—La trajeron esta madrugada del Callao, recién sacadita del mar.

—Dos ceviches de corvina bien despachados, entonces. Y otra cerveza, pero bien, bien heladita.

—No entiendo nada, Willy —balbuceó Juan, cuando el cantinero se alejó—. ¿Para qué me puede estar buscando a mí esta gente de la policía o del Ejército?

Willy estiró una mano, lo cogió del brazo y se lo apretó en un gesto solidario.

—No tengo la menor idea, hermano —dijo, afligido—. Pero esto no me huele nada bien, Juanito. Mi sospecha es que alguien te ha embarrado o quieren embarrarte en un asunto feo. Sobre todo, que vengan a buscarte sólo unos días después de que esos tipos dejaran el cadáver de ese periodista que te jodió la vida en la puerta de mi timba. Todo el mundo sabe que lo odiabas, que mandas cartas a los periódicos contra él desde hace años. ¿No ves la conexión que podría haber entre todo eso?

—¿Qué quieres decir, Willy? ¿Qué ambas cosas están ligadas? Pero, no tiene pies ni cabeza. Lo que me hizo ese cabrón de Garro ocurrió hace como diez o doce años. Quizás no tantos. Pero más de cinco, por lo menos.

—Ya lo sé, Juanito —dijo Willy; quería tranquilizarlo, pero todo lo que decía a Juan lo alarmaba más—. Las cosas de la policía no suelen tener ninguna lógica. Sólo un asunto está muy claro. Aquí se cocina algo feo contra ti. No sé qué es pero lo seguro es que, si esos tipos te echan mano, algo malo te ocurrirá. Es una gran suerte que no sepan dónde estás. Tienes que largarte y desaparecer por un tiempo, hermano.

—¿Largarme, Willy? —Juan se había quedado boquiabierto—. ¿Adónde? ¿Y con qué? Si yo no tengo donde caerme muerto, hermano. ¿Adónde me podría largar?

Willy asintió y le volvió a dar una palmada fraternal en el brazo.

—Por más que quisiera, yo no podría alojarte, Juanito. En mi timba te echarían mano ahí mismo. Busca, piensa, dale vueltas y algo se te ocurrirá. Eso sí, por favor, no me vayas a decir dónde te vas a esconder, si encuentras un escondite. No querría saberlo, para no tenerles que volver a mentir a esos tombos, o lo que sean, si me interrogan sobre tu paradero.

El ex recitador se quedó mirando a su amigo sin saber qué decir. ¿Le estaba pasando esto a él? ¿Estaba bien despierto? A una persona cuya vida se había reducido a vivir en un miserable cuchitril, que recibía una pensión ridícula, que tenía que ir al comedero de Las Descalzas para no volverse tuberculoso. ¿Le podía todavía ir peor? ¿Buscado por la policía o la Seguridad del Estado, él, Juan Peineta? Era tan absurdo, tan descabellado, que no sabía qué decir, qué hacer.

—Yo no tengo nada que ocultar, Willy —dijo al fin—. Lo mejor será que me presente a esos tipos que vinieron a verte y les pregunte por qué me buscan, qué quieren conmigo. Sólo puede ser una confusión, un malentendido. ¿No te parece, hermano?

—No te aconsejaría que seas tan cojudo, Juanito —dijo Willy, mirándolo con tristeza—. Si te están buscando, el asunto es peligroso para ti. Haya una confusión o un malentendido, para ti o para mí, o para cualquiera que no sea un pez gordo, la cosa puede terminar muy mal. En fin, tú sabrás lo que haces. Te he contado esto porque te estimo, eres un antiguo amigo y ya no me quedan muchos. Creo que tú eres el último. No me gustaría que te enreden en algo feo, o, incluso, que te desaparezcan. Sabes de sobra que aquí desaparecen a la gente y no pasa nada porque la culpa de todo la tienen los terroristas. Tú verás lo que haces, hermano. Lo único que te pido es que, si te echan mano, no les digas que yo te llamé y te conté lo que te he contado.

—Claro que no, Willy —dijo Juan Peineta—. No sabes cuánto te agradezco que me hayas alertado. Por supuesto que nunca les diría que me llamaste para prevenirme. Si me preguntan, les diré que no te veo hace mucho tiempo.

—Eso, eso —dijo Willy el Ruletero—. Y, tal como están las cosas, lo mejor sería que dejáramos de vernos por una temporadita. ¿No te parece?

—Claro que sí —dijo Juan, la cara descompuesta por la preocupación—. Tienes toda la razón del mundo, hermano.

XVIII. La noche más larga del ingeniero Cárdenas

Cuando sus ojos se acostumbraron a la oscuridad de la habitación, entre las figuras silentes que la poblaban divisó en una de las paredes pintarrajeadas una inscripción con tiza, de letras grandes, donde pudo leer:

> *«Y cuando esperaba el bien,*
> *Sobrevino el mal;*
> *Cuando esperaba la luz, vino*
> *La oscuridad»*

¿Era una inscripción bíblica? Estaba encogido de terror, pero, eso sí, muy consciente de que impregnaba aquel recinto una pestilencia que lo mareaba —hedía a muchas cosas, pero, sobre todo, a excremento, sudor y orines— y que hervía de hombres, algunos semidesnudos, unos sentados en el tosco poyo de cemento y otros acuclillados o tumbados en el suelo. Nadie hablaba pero Quique intuía que, desde las sombras que lo rodeaban, decenas de ojos estaban clavados en él, el último recién llegado a ese sótano, calabozo, cuarto de torturas o lo que fuera. Pensó que vivía una incomprensible pesadilla, que no podía estar ocurriéndole a él, y, también, que aunque todo esto se debía a una monstruosa confusión, ya no habría tiempo para que se aclarara. Probablemente moriría o, todavía peor, pasaría el resto de la vida en este ergástulo. Tenía los ojos llenos de lágrimas, sentía una enorme tristeza, se hundía en la desmoralización. En eso advirtió que una de esas figuras sin cara, desnuda de la cintura para arriba, se movía en el suelo muy cerca de sus pies, se izaba hasta él y pegándole la cara le susurraba: «¿Quieres que te la chupe? Cinco soles». Sintió que en la oscuridad la mano del sujeto le exploraba la bragueta.

—¡Suélteme, suélteme, qué le pasa a usted! —gritó, poniéndose de pie y apartando la mano del tipo de un manotón.

Hubo una súbita agitación a su alrededor, cuerpos que se movían y volvían a calmarse casi al instante.

—Peor para ti, blanquiñoso —dijo a su costado una voz empañada por un aliento espeso—. Si no te gusta que te la chupen, te gustará chupar. Arrodíllate entre mis piernas, abre bien la boca y empieza a chupármela. La tengo muertita pero se pondrá dura en un dos por tres si me la chupas con cariño.

Él, tropezando entre los cuerpos tendidos en el suelo, avanzó hacia donde estaba la puerta. La golpeó con los puños, desesperado, gritando: «¡Guardia, guardia!». Escuchó unas risitas burlonas a su espalda. Nadie se había movido y ningún guardia vino a socorrerlo.

En eso sintió junto al suyo, muy pegado a él, un cuerpo grande y fuerte, que con seguridad lo cogió de la cintura y le susurró al oído: «No te asustes, blanquito, yo te cuido». Sentía el aliento espeso del sujeto quemándole la cara.

—No tengo plata —murmuró—. Me quitaron la cartera en la Prevención.

Curiosamente, ese sujeto que lo tenía cogido de la cintura le daba cierta seguridad y atenuaba el miedo que lo agobiaba. «No importa, me pagarás después, tú me inspiras confianza, blanquito. Te doy crédito.» Quique sentía que le temblaban las piernas y estaba seguro de que, si ese tipo lo soltaba, se derramaría por el suelo como un costal de papas. «Ven, vamos a sentarnos allá», dijo a su oído el hombre fuerte que lo sujetaba. Quique se vio empujado despacio y avanzó en la oscuridad, sintiendo que sus pies rozaban cuerpos tendidos en el suelo, algunos roncando, otros balbuciendo incoherencias. Se iba repitiendo como un mantra que esto no estaba pasando, increpándole a Dios por qué lo castigaba así, preguntándose qué podía haber ocurrido en el mundo para que él, un hombre de trabajo, de buena familia, respetado y de éxito, estuviera aquí, en una inmunda guarida de la policía, entre delincuentes, degenerados y locos. A veces chocaba contra el poyo de la pared; el hombre fuerte que lo sujetaba hacía con una orden seca que se abriera un espacio en el poyo para que se sentaran. Debía ser uno de los capos de allí porque en el acto le obedecieron. El hombre fuerte lo hizo sentar y se sentó a su lado, muy pegado a él, teniéndolo siempre de la cintura. Quique sentía junto al suyo el cuerpo aquel y advertía que era muy fuerte. El miedo atroz que lo agobiaba comenzó a amainar. «Está bien, le agradezco —murmuró, bajito—. Ayúdeme, por favor, con estos tipos. Le pagaré después, lo que usted quiera».

Hubo una pausa y Quique sintió que el hombre fuerte le acercaba la cara —le pareció que su vaho hediondo le entraba por la nariz y por la boca, mareándolo— y le dijo muy quedo, como un susurro: «Has tenido suerte, blanquito, que yo me adelantara. Si te cogen los morenos de allá y te llevan a su rincón, ya te habrían bajado el pantalón, te habrían echado un poco de vaselina en el culo y te habrían cachado en fila, a su gusto. Y eso no sería lo peor, sino que por lo menos uno de ellos tiene sida. Pero, no te preocupes. Mientras yo te proteja, nadie te tocará. Aquí, yo soy autoridad, blanquito».

Con un salto en el corazón, Quique notó que una de las manos del tipo fuerte se había apartado de su cintura, pero no era para darle mayor comodidad sino para cogerle la mano derecha y arrastrársela hasta su bragueta. Con horror sintió que la tenía abierta y que sus dedos tocaban una verga dura como una piedra. Hizo un movimiento para apartarse, pero el hombre fuerte lo retuvo, con brutalidad, aplastándolo, ayudado con su propio peso, contra la pared. Ahora, el tono de su voz había cambiado, era amenazador: «Córremela, blanquito. No quiero hacerte daño, pero si no me obedeces, lo haré. Yo te protegeré, te prometo. Ahora córremela, que estoy arrecho». Asqueado, asustado, temblando, Quique obedeció. Segundos después, sintió que el hombre fuerte eyaculaba. Tenía la mano y seguramente también el pantalón manchados de semen. En algún momento se había puesto a llorar. Las lágrimas le corrían por las mejillas, sentía una horrible vergüenza y asco de sí mismo. «Perdón, perdón, por ser tan cobarde», pensaba y ni siquiera sabía a quién estaba pidiendo que lo perdonara. Porque ya no creía en Dios ni en nada, tal vez sólo en el diablo. Todo era preferible a esto que estaba pasando, incluso que lo mataran, incluso matarse.

Cerró los ojos e intentó dormir, pero estaba demasiado tenso y asustado para abandonarse al sueño. Trató de serenarse. Había una confusión, un malentendido. Él, Enrique Cárdenas, no podía ser vejado como esta inmunda fauna de ladronzuelos, cafiches, vagos, maricones que atestaba este local pestilente, de degenerados y monstruos. Él era demasiado conocido e importante para ser maltratado así. Marisa ya habría llamado a Luciano y entre ambos habrían alertado a todos los amigos influyentes, y no sólo en el Perú, sus socios mineros, las instituciones a las que pertenecía, habrían despertado a ministros, diputados, a jueces, al Doctor, al presidente Fujimori, presentado recursos de amparo. Eso, eso. Habría una gran movilización de gentes en la noche y en el día, interesándose por su caso, haciendo gestiones. Vendrían a sacarlo de aquí, a pedirle disculpas. Él les diría que estaba bien. Disculpaba, perdonaba, olvidaba. Pero en su corazón y en su cabeza nunca perdonaría a la canalla que lo había hecho pasar por estas horcas caudinas, haciéndolo vivir estos días y noches asquerosas, entre gente repelente, que lo había ofendido, degradado y vejado, y sufrir el peor miedo y la más terrible vergüenza de su vida. Sentía pegajosa la mano en que se había vaciado el hijo de puta que tenía al lado —parecía haberse dormido— y él no se atrevía a sacar su pañuelo para limpiarse ese semen seco por miedo a que el tipo se despertara y le exigiera otra cosa todavía peor que masturbarlo. Sentía unos irreprimibles deseos de venganza, de hacer pagar a Fujimori y el Doctor esta noche de horror. Porque eran ellos, claro que sí, ellos mismos los que lo habían hecho encarcelar.

Y en eso divisó en la única ventana de la habitación una rayita de luz. ¿Amanecía? Entre los barrotes, aquel resplandor gris blancuzco lo animó, disminuyó su desesperación. Le picaba la cabeza y pensó que se había llenado de piojos en esta pocilga. Al salir tendría que raparse y frotarse el cráneo pelado con alcohol; había oído que así despiojaban en el cuartel a los reclutas. ¿Era posible que le estuviera ocurriendo esto? Sintió que todos los músculos se le ablandaban. «No me estoy quedando dormido», pensó, antes de perder la conciencia. «Me estoy desmayando.» Dormido o desmayado, tuvo pesadillas que luego no conseguiría recordar con precisión, sólo que alrededor era noche cerrada, un mundo de tinieblas, sus pies se hundían en un barro gelatinoso y bichos invisibles le mordisqueaban los tobillos, como durante aquella excursión en la Amazonía, cuando estudiante, en que los jejenes, atravesando el cuero de las botas, le habían llenado los tobillos de llagas. Sentía olor a semen y le venían arcadas pero no conseguía vomitar.

Cuando abrió los ojos entraba la luz por la enrejada ventana de la larga habitación y le pareció estar viendo una película impresionista, porque la veintena de hombres —viejos y jóvenes— que atestaban el lugar eran como caricaturas humanas. Peludos, llenos de cicatrices, de tatuajes, algunos semicalatos y descalzos, otros con sayonaras, tumbados en el suelo o encogidos en el poyo de cemento, durmiendo con la boca abierta, tuertos, desdentados, indiecitos que miraban asustados en torno, zambos fornidos pero sin zapatos y con overoles desgarrados. El hombre fuerte, que se había masturbado sobre él, ya no estaba a su lado. ¿Cuál de estos pobres diablos sería? Advirtió que nadie parecía mirarlo ni prestarle atención. Le dolían los huesos por la incómoda postura. Tenía una sed terrible y su lengua era una lija que le raspaba las encías. Pensó que con una taza de té o de café se sentiría mucho mejor. ¡O si pudiera tomar un baño! ¿Qué pasaría ahora con él?

No sólo le habían quitado la cartera y el reloj en la Prevención. También su anillo de casado. ¿Qué hora podría ser? ¿Cuántas horas llevaba en esta pocilga? ¿Cuánto más seguiría aquí? Pensó que no pasaría otra noche en este antro, expuesto a las aberraciones de estos degenerados. Por lo menos, los dos primeros días, mientras lo interrogaban, lo habían tenido en un cuartito para él solo, con una silla. Se golpearía la cabeza contra la pared hasta abrírsela y desangrarse. Pondría fin a esto aunque fuera suicidándose. Y en eso sintió que lo despertaban remeciéndole el brazo. Se había quedado dormido o desmayado de nuevo.

Vio la cara de un viejo con una barba intrincada que parecía estar chacchando coca. Oyó que le decía, en un español muy masticado: «Lo están llamando, don». Le señalaba la puerta.

Le costó mucho trabajo ponerse de pie y todavía más echar a andar, esquivando los cuerpos de los tipos tirados en el suelo que obstruían el camino. La puerta estaba cerrada pero apenas la golpeó con los nudillos, se abrió con un ruido metálico. Vio la cara de un guardia armado con una metralleta y un casco.

—¿El ingeniero Enrique Cárdenas? —preguntó el guardia.

—Sí, yo soy.

—Sígame con todo —dijo el guardia.

—¿Qué quiere decir con todo? —preguntó.

—Su equipaje.

—Mi equipaje es lo que llevo puesto.

—Está bien.

Le costó mucho esfuerzo subir las escaleras que no recordaba haber bajado la noche anterior, cuando lo metieron al calabozo. Tuvo que detenerse varias veces y subir las diez o quince gradas apoyándose en la pared. Al final de la escalera había otra puerta y luego un pasillo donde vio a varios guardias fumando y conversando. Sentía una fatiga tan grande que no podía levantar los pies, los arrastraba. Su corazón latía muy fuerte y se sentía mareado. «Tengo que resistir, no puedo desmayarme otra vez.»

Por fin se abrió una puerta y allí entraba la luz fuerte de un día soleado. Divisó a través de la niebla que tenía en los ojos la silueta de Marisa, tan bella, de Luciano, tan elegante como siempre, e intentó sonreírles, pero las piernas le flaquearon y su cabeza se ennegreció. «Se ha desmayado», oyó decir. «Llamen al enfermero, rápido.»

XIX. La Retaquita y el poder

La Retaquita sabía que esto podía ocurrir. Pero nunca se imaginó que ocurriría así, y, sobre todo, con quién. Desde que hizo la denuncia de que su jefe, Rolando Garro, el director de *Destapes,* había sido probablemente asesinado por orden del minero Enrique Cárdenas, cuyas fotos en una orgía con prostitutas publicó en su revista, estaba en el centro de la actualidad: fotos, entrevistas en radios, periódicos y canales de televisión, e interminables interrogatorios en la policía, ante el fiscal y el juez de instrucción. Gracias a su audacia y esa gigantesca publicidad generada por su denuncia, se sentía por ahora a salvo. Lo había repetido hasta el cansancio en todas las entrevistas: «Si me atropella un auto o un borracho me chanca la cabeza contra el pavimento, ya saben ustedes qué mano estará detrás de mi muerte: la misma que pagó al sicario que asesinó con tanta crueldad a mi jefe, maestro y amigo, Rolando Garro».

¿Su vida estaba ahora realmente segura con la publicidad que la rodeaba? Por el momento, sin duda. Lo que no impedía que, en las noches, al meterse a la cama de su pequeña casita del jirón Teniente Arancibia, en Cinco Esquinas, tuviera de pronto uno de esos ataques de terror que le hacían sentir hielo en la columna vertebral. ¿Por cuánto tiempo más seguiría estando a salvo gracias a esta denuncia? Cuando dejara de aparecer en la prensa, recomenzaría el peligro. Sobre todo ahora que al ingeniero Enrique Cárdenas, luego de tenerlo preso unos pocos días para interrogarlo, el juez le había concedido la libertad provisional, aunque con orden de arraigo en el país.

Esta vez el auto no llegó de noche sino al amanecer. Ya había una rendija de luz en la pequeña ventana de su dormitorio cuando la Retaquita se despertó al oír el frenazo de un coche en la calle, frente al callejón de su casa. Poco después sintió unos golpes en la puerta. Eran tres hombres, los tres de civil.

—Tiene usted que acompañarnos, señorita Leguizamón —dijo el mayor de ellos, un cholo rollizo, con un diente de oro, abrigado con una bufanda y una chaqueta de cuero; hablaba mostrando una puntita roja de lengua, como las lagartijas.

—¿Adónde? —preguntó ella.

—Ya lo verá —replicó el hombre, con una sonrisa que quería ser tranquilizadora—. No se inquiete. La espera alguien importante. Supongo que es usted demasiado inteligente para rechazar esta invitación ¿no es cierto? Si quiere lavarse y arreglarse un poco, no hay problema. Aquí la esperamos.

Se lavó la cara y los dientes y se vistió de cualquier manera. Un pantalón de dril, sandalias, una blusa azul y la bolsa con sus papeles y lapiceros. ¿Una visita importante? Una trampa, por supuesto. En su celular escribió: «Tres hombres han venido a buscarme. No sé dónde me llevan. Amigos periodistas, pongan atención, cualquier cosa podría ocurrirme». Trataba de controlarse y no hacía visible el miedo que sentía. Algo le decía que éste era uno de esos momentos decisivos que cambian una vida o acaban con ella. ¿Había apostado bien haciendo esa denuncia o se había puesto una cuerda alrededor del cuello? Ahora ibas a saberlo, Retaquita. «No tengo miedo a la muerte», se dijo, temblando de pies a cabeza. Pero sí tenía a que la hicieran sufrir. ¿La torturarían? Recordó que, en alguna parte, había leído que a unos militares que conspiraron contra Fujimori, el Doctor les había hecho inyectar el virus del sida. Sintió que unas gotitas de pis le manchaban el pantalón.

El auto no fue hacia el centro de Lima; dobló por la Plaza Italia, bajó por el jirón Huanta hasta la avenida Grau y luego, ante su sorpresa, tomó la Panamericana, rumbo a las playas. Apenas enfilaron por la autopista del Sur, uno de los hombres entre los que estaba sentada sacó un capuchón de crudo y le dijo que tenía que cubrirse la cabeza. La ayudó a ponerse el capuchón con la mayor delicadeza. No le colocaron esposas ni le ataron las manos. El capuchón estaba acolchado, no le raspaba la cara, era una sensación suave, casi una caricia. Veía todo negro. Le pareció que daban muchas vueltas; por fin oyó voces y, luego de un buen rato, el auto frenó. La ayudaron a bajar y, cogiéndola de ambos brazos, le hicieron subir unas gradas y caminar por lo que debía ser un largo pasillo. Advirtió que la trataban con consideración, cuidando que no fuera a tropezar ni golpearse. Finalmente oyó que abrían y cerraban una puerta.

—Ya puedes quitarte ese trapo de la cabeza —dijo una voz de hombre.

Lo hizo, efectivamente, y la persona que tenía al frente era quien le había parecido por su voz. Él, él mismo. Su sorpresa fue tan grande que, ahora, las rodillas de la Retaquita temblaban más que antes. ¿Seguro que era él? Apretó fuerte los dientes para que el miedo no los hiciera castañetear. Estaban en una habitación sin ventanas, con las luces encendidas, varios cuadros de colores chillones en las paredes, sillas y sofás, mesitas con adornos de miniatura, una gruesa alfombra que silenciaba las pisadas. No muy lejos, se oía el murmullo de un mar bravo. ¿Era éste su famoso refugio secreto de Playa Arica? La Retaquita no salía de su asombro. Era él, sin la menor duda, y la observaba intrigado, inspeccionándola con total desfachatez, como si ella no fuera un ser humano sino un objeto o un animalito. Paseaba sobre ella esos ojos aguanosos de color pardo, algo saltones, de los que emanaba una mirada glacial. Lo había visto en cientos de fotografías, pero ahora le pareció distinto: más viejo, más bajo que alto, unos cabellos que comenzaban a ralear y dejaban divisar fragmentos de su cráneo, los cachetes abultados, una boca abierta en una mueca de hastío o desagrado, un cuerpo que mostraba signos de obesidad en los pechos y en el vientre. Así que éste era el amo y señor del Perú. No vestía de militar sino de civil, un pantalón marrón, unos mocasines sin medias y una camisa amarilla algo arrugada con estrellitas estampadas. Tenía una taza de café en la mano que, de tanto en tanto, se llevaba a la boca y bebía un sorbo, sin detener la minuciosa inspección ocular a que la tenía sometida.

—Julieta Leguizamón —murmuró de pronto, con una voz pastosa, como si estuviera saliendo de una gripe o entrando en ella—. La famosa Retaquita, de la que me hablaba tanto Garro. Siempre bien, por lo demás.

Le señaló una mesa con tazas, fuentes, jugos y cafeteras.

—¿Un jugo de frutas, un café, unas tostadas con mermelada? —añadió, con sequedad—. Éste es mi desayuno. Pero, si prefieres otra cosa, unos huevos pasados, por ejemplo, te los preparan ahora mismo. Eres mi invitada y estás en tu casa, Retaquita.

Ella no dijo nada; se había tranquilizado algo y ahora esperaba, siempre asustada, que el famoso Doctor le dijera por qué la había hecho traer aquí. Pero él seguía bebiendo su café y mordiendo unas tostadas con mermelada como si ella no estuviera ya allí. O sea que éste era su famoso refugio, el búnker que se había construido en una de las playas del sur. Según los rumores, se celebraban aquí grandes orgías.

¿Qué sabía ella de él? No mucho más que el resto de los peruanos, por lo demás. Que había sido un cadete y un oficial oscuro del Ejército, hasta el golpe militar del 3 de octubre del año 1968 del general Velasco Alvarado, cuando pasó a ser ayudante del general Mercado Jarrín, encargado de las Relaciones Exteriores en el gobierno de facto. En ese cargo estaba cuando el Ejército descubrió que espiaba y pasaba secretos militares a la CIA. El régimen de Velasco, que presumía de socialista, había estrechado sus relaciones con la URSS, la que se convirtió en esos años en la primera abastecedora de armamentos para el Perú. El entonces capitán de artillería fue detenido, enjuiciado, condenado, expulsado del Ejército y encerrado en una cárcel militar. Mientras cumplía condena, estudió Derecho y se graduó de abogado. De esa época le venía el apodo de El Doctor. Al salir de la cárcel, con una amnistía, alcanzó cierta notoriedad como abogado de narcotraficantes, a los que sacaba de la prisión o conseguía que les rebajaran las penas, corrompiendo o intimidando a jueces y fiscales. Se decía que había sido el hombre en el Perú de Pablo Escobar, el rey de la droga en Colombia. Al parecer, llegó a conocer el submundo judicial como la palma de su mano y a aprovechar en beneficio propio —y de sus clientes— todo lo que había en los tribunales de desbarajuste y corrupción.

Pero su verdadera fortuna, según la leyenda que circundaba su figura, había ocurrido en las elecciones de 1990 que ganó el ingeniero Alberto Fujimori. Entre la primera y la segunda vuelta de aquellas elecciones la Marina descubrió que Fujimori no era peruano sino japonés. Había llegado al Perú con su familia de inmigrantes y ésta, para asegurar su futuro, como hacían muchas familias de asiáticos a fin de dar seguridad a sus descendientes, le había falsificado (o comprado) una partida de nacimiento, atribuyendo su natalicio al día de la Fiesta Nacional, el 28 de julio. Le habían urdido también un bautismo que en apariencia acreditaba su nacionalidad peruana. Cuando comenzó a correr en la prensa, entre las dos elecciones, que la Marina de Guerra haría pronto público su descubrimiento, Fujimori se aterrorizó. Ser japonés anulaba automáticamente su candidatura, la Constitución era inequívoca a ese respecto. En ese momento surgió, al parecer, el contacto entre el Doctor de marras y el acorralado candidato. El Doctor fue celero y genial. En pocos días, desaparecieron todos los indicios de la falsificación y los jefes de la Marina que la descubrieron fueron sobornados o intimidados para que callaran y destruyeran aquellas pruebas. Éstas nunca salieron a la luz. La partida de bautismo fue arrancada misteriosamente del libro de registros de la parroquia y desapareció para siempre jamás. Desde entonces, el Doctor había sido el brazo derecho de Fujimori, y, como jefe del Servicio de Inteligencia, el presunto autor de las peores fechorías, tráficos, robos y crímenes políticos que se venían cometiendo en el Perú desde hacía casi diez años. Se decía que la fortuna que él y Fujimori tenían en el extranjero era vertiginosa. ¿Qué podía querer este demonio con una pobre periodista de la farándula, redactora en un periodiquito minoritario que, para colmo, acababa de perder trágicamente a su director?

—Jugo y café está muy bien, doctor —articuló la Retaquita, casi sin voz. Ya no estaba asustada sino estupefacta. ¿Por qué la había traído aquí? ¿Por qué estaba ante el hombre más poderoso y más misterioso del Perú? ¿Por qué el jefe del Servicio de Inteligencia la trataba con tanta familiaridad y hablaba de Rolando Garro como si ambos hubieran sido de cama y mesa? Su jefe jamás le había mencionado siquiera que conociera a semejante personaje. Aunque, a veces, hablaba de él con inocultable admiración: «Fujimori será el presidente, pero el que manda y hace y deshace es el Doctor». Resulta que se conocían. ¿Por qué Rolando nunca se lo había dicho?

—No me he acostado todavía, Retaquita —dijo él, bostezando, y ella comprendió que el Doctor tenía los ojos hundidos y enrojecidos por el desvelo—. Demasiado trabajo. Sólo en las noches puedo concentrarme en lo importante, sin que me interrumpan con toda clase de tonterías.

Se calló y la miró de pies a cabeza, despacio, expurgándola de nuevo, como queriendo averiguar las cosas más secretas que ella guardaba en su memoria y en su corazón.

—¿Sabes por qué te miro así, Retaquita? —dijo el Doctor, adivinándole el pensamiento. Hablaba con un acento en el que se traslucía por momentos el cantito arequipeño. Ahora, le sonreía con amabilidad, para tranquilizarla—. Porque me parece mentira que, con lo chiquita que eres, tengas unos huevos tan grandes. Unos ovarios tan grandes, quiero decir, perdona. Y perdón también por la lisura.

Se festejó él mismo con una pequeña risita que le arrugó la cara, pero ella no se rio. Había clavado sus grandes ojos inmóviles en ese poderoso personaje y no agradeció el inesperado elogio que acababa de recibir. Se iba acordando: «Ya debe ser el hombre más rico del Perú y, además, es el que manda a matar sin que le tiemblen la voz y la mano», le había dicho Rolando Garro alguna vez.

—¡Acusar al ingeniero Enrique Cárdenas de asesino! —exclamó él, paladeando despacio lo que decía y con un tonito que quería mostrar respeto y admiración por ella—. ¿Sabes que es uno de los hombres más poderosos del Perú, no, Retaquita? ¿Que, por la maldad que le has hecho, podría desaparecerte en menos de lo que canta un gallo?

—Lo hice para que no me mandara matar a mí también, como mandó matar a Rolando Garro —dijo ella, hablando despacio, sin que le temblara la voz—. Después de mi denuncia, ya no podía hacerme nada; mi muerte habría sido como firmada por él.

—Ya veo, ya veo —dijo él, tomando otro trago de café y alcanzándole la taza en la que acababa de servirle también a ella un café americano con un chorrito de crema—. Sabes muy bien lo que haces y te sobran valor y sesos, Retaquita. Esta vez te equivocaste, pero qué importa. ¿Te cuento algo que te va a sorprender? Te sigo la pista hace tiempo y eres tal cual me imaginaba. Incluso, mejor. ¿Sabes por qué te he hecho llamar?

—Para que retire mi denuncia contra el ingeniero Cárdenas —respondió ella al instante, con absoluta seguridad.

Vio que, luego de un momento de desconcierto, el Doctor se echaba a reír. Con una risa franca, abierta, que a ella, de nuevo, la tranquilizó. Sentía que ya no estaba en peligro, pese a estar aquí y con semejante sujeto. Recordó que Rolando Garro también había dicho, alguna vez: «Dicen que es cruel, pero generoso con los que le ayudan a matar y a robar: los hace ricos a ellos también».

—La verdad, me caes bien, Retaquita —dijo el Doctor, poniéndose serio, y escudriñándola con una mirada amarillenta, inquisitiva pero sin luz, de ojos cansados—. Ya lo sospechaba por lo que me había dicho de ti Rolando, pero ahora estoy seguro: estamos hechos para entendernos. Como lo oyes, mi querida Julieta Leguizamón.

—¿No es por eso que me ha hecho llamar? —preguntó ella.

—No —respondió él en el acto, negando a la vez con la cabeza—. Pero, la verdad, dicho sea de paso, a los dos nos convendría que retires esa denuncia cuanto antes. Deja a ese pobre millonario disfrutar en paz de sus minas y sus millones. No habrá problema. El trámite es sencillo. Le dirás al juez que te sentías ofuscada por la muerte de tu jefe y gran amigo, el director de tu revista. Que no estabas en tus cabales cuando hiciste esa absurda denuncia. No te preocupes, el ingeniero no te hará nada. Te pondré un buen abogado que te ayudará en todos los trámites. No tendrás que pagarle un centavo, por supuesto. Yo me encargaré también de eso. Nos conviene que la retires, Retaquita. Sí, como lo oyes: a ti y a mí. Además, de esa manera, ya habremos comenzado a trabajar juntos. Pero, en fin, no es por ese asunto que estás aquí.

Se quedó callado, observándola mientras tomaba pequeños sorbitos de una segunda taza de café.

La Retaquita oía el ruido del mar; parecía acercarse, parecía que irrumpiría en la habitación, y, luego, se retiraba y apagaba.

—Si no ha sido por eso, a qué debo entonces el honor de estar aquí con usted, Doctor. Y que me haya traído nada menos que a su refugio secreto de la playa del que se habla tanto.

Él asintió, serio ahora, disimulando con su mano un nuevo bostezo. La Retaquita advirtió que en sus ojos fatigados ardía una lucecita amarilla y que su voz era distinta: daba órdenes y ya no había en sus palabras ni asomo de amabilidad.

—Como te imaginarás, no puedo perder el tiempo oyéndote decir mentiras, Retaquita. Así que, te ruego, háblame con franqueza total y ciñéndote a los hechos concretos. ¿Entendido?

La Retaquita asintió. Al ver que cambiaba la entonación del Doctor, volvió a alarmarse. Pero, en el fondo de su corazón, algo le decía que ya no estaba en peligro; que, por el contrario, misteriosamente esta visita abría para ella unas oportunidades que no debía desperdiciar. Su vida podía cambiar para mejor si aprovechaba la ocasión.

—La historia esa de las fotos que Garro publicó en *Destapes* —dijo el Doctor—. Las del ingeniero Cárdenas, calato, refocilándose con prostitutas, en Chosica. Cuéntame esa vaina.

—Sólo puedo contarle lo que sé, Doctor —dijo ella, tomando tiempo.

—Con lujo de detalles y sin irte por las ramas —precisó él, muy serio—. Te repito: hechos concretos y nada de conjeturas.

La Retaquita supo de inmediato que no tenía alternativa. Y, entonces, con todo lujo de detalles le contó la estricta verdad. Desde que, hacía de esto un par de meses, un buen día Ceferino Argüello, el fotógrafo de *Destapes,* con aire de gran misterio se acercó a su escritorio en la redacción de la revista. Quería hablarle a solas: era un asunto confidencial, ninguna persona más del semanario debía enterarse. Ella no imaginó nunca que el pobrecito de Ceferino Argüello, tan poquita cosa, tan respetuoso, tan tímido, tan sufrido que no sólo el director sino cualquier redactor de la revista podía darse el lujo de ningunearlo, gritonearlo y reñirlo con cualquier pretexto, tuviera en sus manos algo tan explosivo.

A eso de las cinco de la tarde, la Retaquita y Ceferino fueron a tomar lonche a La Delicia Criolla, donde la señora Mendieta, en la esquina de la calle Irribarren, no lejos de la comisaría de Surquillo. Pidieron dos cafés con leche y dos sándwich de chicharrón con cebolla y ají. La Retaquita, divertida, vio que, antes de hablar, el fotógrafo se retorcía las manos, palidecía, abría y cerraba la boca, sin atreverse a decirle palabra.

—Si tienes tantas dudas, mejor no me cuentes nada, Ceferino —le susurró—. Nos tomamos el lonche, nos olvidamos del asunto, y tan amigos como siempre.

—Quiero que des una ojeada a estas fotos, Retaquita —balbuceó Ceferino, echando una mirada desconfiada a su alrededor. Le alcanzó un cartapacio sujeto con dos liguillas amarillas—. Cuidado, nadie más las debe ver.

—¿Eran las fotos que Garro publicó en *Destapes*? —la interrumpió el Doctor.

La Retaquita asintió.

—¿Y cómo es que llegaron a manos del tal Ceferino? —preguntó él. Estaba muy atento y su mirada parecía ahora perforarla.

—Él mismo las tomó —dijo la Retaquita—. Lo contrató el tipo que organizó esa orgía. Un extranjero, parece.

—El señor Kosut —susurró Ceferino Argüello, tan despacito que Julieta tuvo que acercarse un poco más para poder oírlo. Estaba todavía con la cara ardiendo por la impresión que le habían causado esas fotos—. Yo ya había hecho otros trabajitos medio escabrosos para él. Le gustaba que lo fotografiara encamado con mujeres. Y quería muchas fotos de esta encerrona, sin que ese tipo se diera cuenta. Un señorón, un tipo importante, de platita, me dijo. Me llevó a la casa de Chosica, a prepararlo todo. Es decir, los escondites desde donde tomar las fotos. Hasta vimos la mejor manera de colocar la luz. Me gasté no sé cuánto en rollos. Habíamos quedado en que me pagaría todo el material y quinientos dólares por mi trabajo. Pero me hizo perro muerto. Vivía en el Hotel Sheraton. Y, de repente, desapareció. Se hizo humo, sí. Dejó el hotel y se esfumó. Nunca más se supo de él. Hasta ahora.

—¿Cuánto tiempo había pasado desde entonces? —preguntó el Doctor.

—Dos años ya, Retaquita —dijo Ceferino—. Dos años, figúrate. Yo ando muy fregado de plata. Pensé que el señor Kosut volvería, pero nunca más apareció. Tal vez se haya muerto, quién sabe qué le pasaría. Tengo mujer y tres hijos, Julieta. ¿Tú crees que se podría hacer algo con estas fotos? Para ganarme unos solcitos, quiero decir. Y, por lo menos, recuperar lo que invertí.

—Esto sí que es un asunto muy feo, Ceferino —dijo la Retaquita, inquieta, bajando la voz—. ¿Tú no sabes quién es ese señor al que fotografiaste haciendo esas cochinadas?

—Lo sé muy bien, Retaquita —dijo Ceferino, en un susurro casi inaudible—. Por eso es que te lo pregunto. Un tipo tan importante ¿no podría acaso pagarme bien por tener estas fotos que lo dejan tan mal parado?

—¿Quieres hacerle un chantaje a ese platudo? —se rio la Retaquita, asombrada—. ¿Tú, Ceferino? ¿Te atreverías, de veras? ¿Sabes a lo que te expones chantajeando a un tipo tan influyente con una cosa así?

—Yo me atrevería si tú me ayudas, Retaquita —balbuceó Ceferino—. Yo no tengo mucho carácter, es verdad. Pero tú sí lo tienes, a ti te sobra. Entre los dos podríamos tal vez ganarnos unos solcitos ¿no te gustaría?

—Muchas gracias, Ceferino, pero la respuesta es no —dijo la Retaquita, de manera tajante—. Yo soy periodista, no chantajista. Además, conozco mis límites. Sé con quién se puede una meter y con quién no. Tengo carácter, cierto, pero no soy masoquista ni suicida.

Tenía una de las fotos de la orgía en la mano; la miraba con disgusto y, al mismo tiempo, con una extraña sensación. ¿Podía ser envidia eso que estaba sintiendo? Estaba segura de que nunca estaría con un hombre haciendo las cosas que hacía esa puta, que nunca participaría en un entrevero semejante donde se la tirarían varios y por todas partes. ¿Lo lamentaba? No: le daba asco, ganas de vomitar.

—En todo caso, Ceferino, si quieres un consejo, lo mejor sería que le consultaras al jefe. Habla con él, cuéntale la historia del tal Kosut. Él sabe de estas cosas más que tú y que yo. Tal vez te ayude a ganarte esos solcitos que te hacen falta.

—Y, entonces, tú y Ceferino fueron a llevarle las fotos y a contarle la historia de Chosica a Rolando Garro —se adelantó el Doctor, muy seguro de lo que afirmaba—. Y a Garro se le ocurrió ir a chantajear al ingeniero Enrique Cárdenas, sin pedirme permiso ni prevenirme del asunto. ¿Sabes cuánto le pidió?

La Retaquita tragó saliva antes de responder. ¿Por qué tenía que pedirle Rolando Garro permiso al jefe del Servicio de Inteligencia para hacer lo que había hecho? ¿Trabajaba Rolando para este sujeto, entonces? ¿Era verdad eso que ella había creído siempre un mero rumor difundido por los enemigos de su jefe? Que éste trabajaba para aquél, que formaba parte de sus perros de presa periodísticos.

—En realidad, no fue un chantaje, Doctor —insinuó la Retaquita, buscando cuidadosamente las palabras, pensando que decir algo indebido podía ponerla en una situación difícil—. Le llevó las fotos para animarlo a que invirtiera en la revista. Era el sueño de Rolando, si usted lo conoció debería saberlo. Convertir *Destapes* en un gran semanario, más famoso y mejor vendido que *Oiga* o *Caretas.* Rolando creía que si el ingeniero Cárdenas pasaba a ser accionista, o, todavía mejor, presidente del directorio de *Destapes,* todas las compañías de publicidad empezarían a darnos avisos, pues la imagen del semanario se prestigiaría.

—Soñar no cuesta nada —murmuró el Doctor, entre dientes—. Lo que demuestra que Rolando Garro era mucho menos inteligente de lo que se creía. Pero, no has contestado mi pregunta. ¿Cuánto le pidió?

—Cien mil dólares para empezar —dijo la Retaquita—. Como una primera inversión. Luego, cuando el ingeniero viera que las cosas iban bien, le pediría que pusiera más. Le dijo, para que viera que le jugaba limpio, que él mismo podía nombrar un gerente, un auditor, para vigilar cómo se gastaba esa inyección nueva de capital.

—Fue la estupidez de Garro —dijo el Doctor, compungido—. No querer chantajearlo, sino pedirle esa suma ridícula. Si en vez de cien, le hubiera pedido medio millón, tal vez estaría vivo. La pequeñez de sus ambiciones lo perdió. ¿Y, entonces, el minero, en vez de atracar, lo echó de su oficina?

—Lo trató muy mal —asintió la Retaquita; no entendía bien el trasfondo de lo que decía el Doctor, pero estaba segura ahora de que entre su jefe y aquél había una complicidad mayor de lo que hubiera sospechado nunca. Y no sólo periodística, algo más sucio, también—. Lo insultó, le dijo que no pondría nunca ni un centavo en ese pasquín asqueroso. Lo botó de su oficina amenazándolo con patearlo si no salía de allí a paso de polca.

—Y entonces, dolido y humillado, el imbécil publicó las fotos de la orgía —concluyó el Doctor, bostezando de nuevo y con un gesto de hastío—. Se dejó ganar por la cólera e hizo la peor estupidez de toda su vida. La pagó caro, ya lo viste. Y eso que yo se lo advertí.

Miró largamente a la Retaquita, en silencio; ella no pestañó ni cerró los ojos. ¿Por qué le decía el Doctor estas cosas a ella? ¿De qué quería exactamente que se enterara? ¿Qué clase de amenaza o advertencia le estaba lanzando con lo que le decía y los secretos que le revelaba? De nuevo, se había puesto a temblar. Oír lo que estaba oyendo la devolvía a una situación de peligro.

—No sé lo que usted me quiere decir, Doctor —murmuró—. No deseo enterarme de nada más, le ruego. Soy sólo una periodista a la que le gustaría vivir y trabajar en paz. No me cuente nada que ponga mi vida en peligro, por favor.

—Rolando hizo cosas que no debió hacer nunca —dijo el Doctor, sin quitarle la vista, como si no la hubiera oído. Hablaba con talante filosófico, a la vez que bebía un nuevo trago de su café—. En primer lugar, tratar de chantajear a ese millonario por la birria de cien mil dólares. En segundo, publicar esas fotos por una estúpida rabieta. Y, sobre todo, actuar de manera irresponsable, sin haberme prevenido de lo que pretendía hacer. Si hubiera actuado con más lealtad hacia mí, con más serenidad, como se deben hacer las cosas, estaría vivo y, acaso, hasta habría hecho un buen negocio.

—Le ruego que no me diga nada más, Doctor —suplicó la Retaquita—. Se lo ruego, no quiero saber ni una palabra más de ese asunto.

El Doctor hizo una curiosa mueca sin quitarle la vista de encima y a la Retaquita le pareció que, de pronto, dudaba.

—Como vas a trabajar para mí, tienes que enterarte de ciertos temas —murmuró, encogiendo los hombros, sin dar importancia a la cosa—. Tienes que comprometerte. Confío en tu discreción. Por tu propio interés, te conviene que todo lo que oigas aquí lo guardes bajo siete llaves. Que seas una tumba.

—Por supuesto, Doctor —asintió la Retaquita. Y, casi sin transición, sabiendo muy bien que no debería hacer esa pregunta, añadió—: ¿Usted cree que Enrique Cárdenas lo mandó a matar?

El Doctor movió la cabeza, negando.

—Ése no tiene agallas para matar a nadie, es un blando, un niño bien —afirmó, encogiendo los hombros de nuevo, con ademán despectivo—. A estas alturas, ya no tiene la menor importancia saber quién lo mató, Retaquita. Rolando jugó mal y la pagó. Bueno, no perdamos tiempo, vamos a lo esencial. ¿Qué va a pasar con *Destapes*?

—Desaparecer —dijo ella—. ¿Qué otra cosa podría pasarle a la revista, sin Rolando?

—Reaparecer contigo como directora, por ejemplo —dijo el Doctor en el acto, mirándola con una lucecita burlona en los ojos—. ¿Eres capaz de hacerlo? Rolando creía que sí. Voy a tomar en serio su buena opinión de ti. Estoy dispuesto a ayudarte y a mantener *Destapes.* Fíjate tú misma cuánto quieres ganar, como directora. Nosotros nos veremos poco. Yo quiero aprobar el número armado antes de que vaya a la imprenta y yo pondré a veces los titulares. Soy un buen cabecero, aunque no te lo creas. Nos veremos sólo en casos excepcionales. Pero tendremos una comunicación semanal, por teléfono, o, si el asunto es delicado, a través de un mensajero. El capitán Félix Madueño, acuérdate bien de ese nombre. Yo te diré a quién hay que investigar, a quién hay que defender y, sobre todo, a quién hay que joder. Otra vez te pido perdón por la lisura. Pero la repito porque será la parte más importante de tus obligaciones conmigo: joder a quienes quieren joder al Perú. Joderlos como sabía hacerlo Rolando Garro. Nada más, por ahora. Ya lo sabes, en adelante te va a ir muy bien. Pero no olvides la lección: yo perdono todo, salvo a los traidores. Exijo una lealtad absoluta a mis colaboradores. ¿Entendido, Retaquita? Hasta pronto, pues, y buena suerte.

Esta vez, en lugar de darle la mano, el Doctor se despidió de ella besándola en la mejilla. Mientras, otra vez encapuchada, desandaba el pasillo, las escaleras y subía al automóvil, la Retaquita sentía que su corazón latía con mucha fuerza. Estaba asustada y exaltada, horrorizada y esperanzada. Se le cruzaban ideas e impulsos contradictorios por la cabeza. Por ejemplo, convocar una conferencia de prensa y, ante una sala repleta de periodistas, conmovida por los flashes de los fotógrafos, pedirle disculpas públicas al ingeniero Enrique Cárdenas y afirmar que el verdadero asesino de Rolando Garro era el Doctor, ese genio del mal. Un segundo después, se veía ocupando el sillón del difunto director del semanario, llamando a los redactores a preparar el número de la semana y pensando cuándo se cambiaría de casa, a qué barrio se mudaría, lo bueno que sería saber que nunca más —nunca más— volvería a poner los pies en los callejones destartalados de Cinco Esquinas.

XX. Un remolino

—Relájate, Quique, por lo que más quieras —dijo Luciano, dándole una palmadita afectuosa a su amigo—. Ya no aguanto más verte con esa cara de perro apaleado.

—Me estás haciendo daño —Marisa trataba de apartar la cara de su amiga, pero Chabela, que era más fuerte, no cejó y siguió mordiéndole los labios y aplastándola con todo el peso de su cuerpo—. ¿Se puede saber qué tienes, loquita, qué te pasa?

—Yo lo único que pido a mis colaboradores es lealtad —repitió el Doctor, por décima vez, golpeando la mesa con la palma de la mano—. Una fidelidad perruna, ya te lo dije y te lo machacaré cuantas veces haga falta, Retaquita.

—Estoy relajado, estoy tranquilo, Luciano, te lo aseguro —afirmó Quique. Pero lo desmentían la amargura de su cara, el rictus de su boca y el tono de su voz—. No tengo ganas de bailar de contento, ni de dar vítores, por supuesto. Pero, ahora que ha pasado lo peor, me voy recuperando. Te lo juro por Dios, Luciano.

—¿Qué me pasa? —Chabela se desprendió por fin de la boca de su amiga y la fulminó con los ojos—. ¿De veras te interesa saberlo? Estoy celosa, Marisa, eso es lo que me pasa. Porque, de repente, te volviste la geisha de Quique. La putita de tu marido. A este paso, en cualquier momento me vas a despedir como se despide a una sirvienta.

—No sé a qué viene eso, Doctor —murmuró la Retaquita, sorprendida—. Yo creo que estoy cumpliendo muy bien con usted. Es lo que más me importa, le aseguro. Que usted esté contento con mi trabajo.

—Viene a que no quisiera nunca que pasara contigo lo que le pasó a Rolando Garro —dulcificó su malhumor el Doctor—. Es una advertencia, no una reprimenda.

Marisa lanzó una carcajada y echó los brazos alrededor del cuello de Chabela, la obligó a bajar la cabeza y la besó con la boca abierta, sorbiéndole la saliva con fruición. Luego, la apartó y, teniéndola siempre del cuello, murmuró, sonriendo:

—Es la primera escena de celos que me haces. No sabes cómo te brillan en este momento esos ojos de azabache que tienes. Negros, negrísimos y, en el fondo, una rayita azul. ¡Los amo!

—¿Estás tratando de comprarme con esos piropos, desgraciadita? —balbuceó Chabela, besándola también.

Estaban las dos desnudas, montada Chabela encima de Marisa, transpirando ambas de pies a cabeza. El sauna ardía. Las maderas del pequeño recinto, humedecidas por el calor, despedían un aroma a eucalipto y había en el ambiente un vaho entre humano y vegetal.

—Brindemos por la felicidad, amigas y amigos —dijo el señor Kosut, levantando su copa—.

Bottoms up! ¡Aquí se dice seco y volteado, ya me lo aprendí! ¡Seco y volteado, pues!

—No es cierto, Quique —lo corrigió Luciano, sonriéndole con afecto—. Ha sido una experiencia terrible para ti, por supuesto, pero tienes que vencerla psicológicamente, arrancarla de tu ánimo. Lo importante es que ya pasó. Quedó atrás, hermano. ¿Quién habla ahora del escándalo, de las fotos de Chosica? Ya se olvidó todo el mundo, hay otras cosas, otros escándalos que han enterrado lo que te ocurrió. Estás libre de polvo y paja. ¿Alguien te quitó el saludo? Dos o tres imbéciles, apenas, y mejor para ti que te libraras de ellos. ¿No tienes los mismos amigos de siempre? Y Rolando Garro, muerto y enterrado. Qué más quieres.

—Estará muerto y enterrado —lo interrumpió Quique—, pero *Destapes* ha vuelto a salir, en mejor papel y con el doble de fotos que antes. Y su directora es nada menos que Julieta Leguizamón, compinche y discípula de Garro cuando me llenaron de mierda y calumnias. ¡La misma que me acusó de haber hecho matar a Garro por un sicario! ¿Te parece poco? ¿Crees que con todo esto puedo estar tranquilo y feliz, Luciano?

—Nunca volverás a ser mencionado en ese pasquín, Quique. El Doctor se ha comprometido a ello y está cumpliendo. Esa mujerzuela se ha retractado y te ha pedido disculpas en la misma revista. El expediente ha sido sobreseído para siempre. Después de un tiempito lo haremos desaparecer y no quedará rastro de este asunto en los archivos judiciales. Todo quedará enterrado. Olvídate. Dedícate a tu trabajo, a tu familia. Eso es lo único que debe importarte ahora, viejo.

—La verdad, clara y dura, es que Rolando Garro se portó mal, fue desleal, me desobedeció —dijo el Doctor, acalorándose de nuevo. Miraba a la Retaquita como si quisiera desaparecerla con sus ojitos pardos y aguanosos—. Le prohibí terminantemente que sacara en *Destapes* las fotos de la orgía de ese ricachón. Yo sé escoger a mis enemigos. No se debe desafiar a quienes son más poderosos que uno mismo. Rolando me engañó, me dijo que las había roto y, de pronto, las publicó. Me pudo meter en un lío del carajo. ¿Entiendes lo que quiero darte a entender con esto, Retaquita?

—Señoritas, sáquense esas ropas incómodas y muéstrennos sus secretos —dijo el señor Kosut, volviendo a llenar él mismo las copas de champagne vacías. Hablaba un buen español, con acento castizo.

—Déjame besarte donde te gusta, amor —susurró Marisa al oído de Chabela—. Me encanta tu escenita de celos, es una prueba de que me amas de verdad. Quiero que goces, tragarme tus juguitos, sentir cómo jadeas cuando te hago venirte.

Chabela accedió, sin responderle. La ayudó a deslizarse bajo su cuerpo, a bajar a la tarima inferior del sauna, a hundir su cabeza entre sus muslos y, a la vez, ella se ladeó y abrió las piernas. Marisa, sentándose al revés en la tarima inferior, hundió la cabeza entre los muslos de su amiga y, sacando la lengua, comenzó a lamerle los labios del sexo; lo hacía despacito, persistente y ansiosa, con amor, demorándose en llegar al clítoris.

—He sentido celos, sí, Marisita —iba diciendo Chabela, mientras sentía ascender el calor por su cuerpo y un temblorcito corría por sus muslos, su vientre y llegaba hasta su cabeza—. Te veo cariñosa con Quique como nunca antes. Te le recuestas encima, lo besuqueas delante de Luciano y de mí, se pasan el rato cogidos de la mano. Estás haciendo que pase del amor al odio, te lo advierto. Ahí, ahí mismo, corazón, sí. Más despacito, por favor. Estoy gozando, amor, no me hagas venirme todavía.

—Usted, señorita, siéntese encima de mi falo, pene o pichula, como dicen los nativos —pidió y ordenó con aparatosa cortesía el señor Kosut—. Y, usted, venga por aquí, rubiecilla, arrodíllese y ofrézcame su sexo. No importa si no lo tiene muy limpio, no me preocupan esas pequeñeces. Si huele a queso parmesano, mejor, ja ja. Le anuncio que le haré a usted eso que los franceses llaman mineta y los españoles, siempre tan vulgares, creo que mamada. ¿Los peruanitos, cómo la llaman?

—Una chupadita —se rio Licia o Ligia—. La cornetita es al revés.

El champagne había empezado a hacer efecto en Enrique Cárdenas. No bebía mucho; no le gustaba y nunca había sido bueno para el alcohol. Además, estaba aturdido por lo que veía. Pero, algo diferente había comenzado a insinuarse en él. Hasta ese momento estuvo desconcertado, confundido, pasmado, sin saber cómo comportarse con lo que ocurría a su alrededor. Ahora sentía un cosquilleo excitado en la bragueta. «¿Quieres que te ayude a sacarte la ropa, amorcito?», dijo una de las gordas entre las que estaba sentado.

—No sé a qué viene todo eso, Doctor —murmuró la Retaquita, simulando guardar su sangre fría de siempre. Pero estaba inquieta. Nada de aquello le parecía normal. ¿Qué error había cometido? ¿A qué venían esas confidencias descabelladas del Doctor? ¿Él había ordenado la muerte de Rolando, entonces? Si era así, estaba de nuevo en peligro. Esas confidencias la volvían una cómplice. Había hecho todos los esfuerzos del mundo para cumplir las instrucciones del Doctor y, hasta ahora, él siempre la había felicitado—. Yo trato de cumplir al detalle con las órdenes de usted, Doctor.

—Viene a que te tengo por una magnífica colaboradora —le sonrió la cansada cara del Doctor y su sonrisa hinchó sus cachetes—. No quisiera desprenderme nunca de tus servicios, Retaquita. Y, todavía mucho menos, tener que castigarte por traidora y desleal. Sí, sí, ya sé qué estás pensando. En efecto, no quisiera nunca que te sucediera a ti lo que a Rolando Garro.

La Retaquita sintió que se le paraba el corazón. Él había dado la orden, él lo había hecho matar. Sabía que se había puesto muy pálida y le entrechocaban los dientes. Sus grandes ojos inmóviles estaban clavados en el Doctor. Éste puso una cara afligida.

—No debí decírtelo así, sé que te apenará, pero era indispensable que supieras lo que está en juego, Retaquita —dijo, despacio y muy serio—. Algo más grande que tú y que yo. El poder. Con el poder no se juega, amiguita. Las cosas son siempre, al final, de vida o muerte cuando está en juego el poder. Haciendo lo que le prohibí, chantajeando a ese millonario, me comprometió. Vio la ramita, no el bosque. Pudo traerse abajo todo lo que he construido, hundirme, acabar conmigo. ¿Te das cuenta? Tuve que hacerlo, con el dolor de mi alma.

—¿Matarlo con ese salvajismo? —roncó la Retaquita, como si de pronto se le hubiera obstruido la garganta—. ¿Despedazarlo así? ¿Sólo porque le desobedeció?

—Se excedieron, cierto, y eso estuvo mal, los reñí y los multé —reconoció el Doctor—. Los que practican esos menesteres no son seres normales como tú y yo. Son salvajes, acostumbrados a matar, bestias desalmadas. A veces, se les pasa la mano. Con Rolando se les pasó. Lo sentí mucho, créeme.

—No sé por qué me cuenta usted estas cosas, Doctor. Estoy muy asustada, la verdad.

—Te las cuento porque confío en ti y porque tú eres ya mi colaboradora estrella, Retaquita. Por eso, ahora ganas más que nunca en tu vida y la gente te teme y respeta —suavizó la voz el Doctor—. Por eso has podido dejar tu cuartucho de Cinco Esquinas y mudarte a Miraflores. Y comprarte vestidos y muebles. Entonces, las cosas entre nosotros deben ser muy claras. Somos amigos y cómplices. Si uno se hunde, el otro también. Si yo me voy arriba, tú también. Así que, ya lo sabes, fidelidad total, eso espero de ti. Y, ahora, a trabajar. ¿Cómo va el asuntito del diputado Arrieta Salomón? Es la primera prioridad.

—Lo que me ha costado limpiar toda esta mugre me importa un pito, Luciano —afirmó Quique—. Pero las heridas que me han dejado en la memoria y el sentimiento no se me borrarán nunca, hermano. Te lo juro por mi pobre madre, que en paz descanse. Mis hermanos creen que la mató la pena y la amargura que le causó este escándalo. Tienen razón, por supuesto. Lo que quiere decir que a mi pobre viejita la maté yo mismo, Luciano. ¿Crees que alguna vez podré perdonarme su muerte?

—Ahí, ahí —jadeó Chabela con la media voz que tenía ahora—. Me estoy viniendo, gringuita.

Y poco después sintió que Marisa se alzaba, abrazada a ella, le buscaba la boca, le pasaba la bocanada de saliva que había retenido para ella. «Trágate esos juguitos deliciosos que te saco cuando te chupo», le ordenó. Y, obediente, Chabela se los tragó. Se abrazaron y besaron todavía una vez más y, luego, Marisa le habló al oído con esa voz espesa que tenía cuando estaba excitada:

—No debes estar celosa, Chabelita, porque cuando yo y Quique hacemos el amor tú estás siempre ahí, en medio de nosotros.

—¡Qué dices, tonta! —Chabela, alarmada, cogió con dos manos la cabeza de Marisa y la apartó unos centímetros de su cara—. No le habrás contado a Quique que...

Marisa le echó los brazos al cuello y le habló pegándole la boca y metiéndole las palabras entre los dientes:

—Sí, se lo he contado todo. Lo excita como un loco y, por eso, cada vez que hacemos el amor tú estás siempre ahí, haciendo cochinaditas con nosotros.

—Te voy a matar, te juro que te voy a matar, Marisa —exclamó su amiga, sin saber si creerle o no, con una mano levantada que, de golpe, dejó caer. Pero, en vez de golpearla, buscó entre las piernas de su amiga, atrapó su sexo y se lo estrujó.

—Más despacito, me estás haciendo daño —protestó Marisa, ronroneando.

—Échele unos tiros de pichicata al pene y échese otro poco a la nariz —dijo el señor Kosut, como un médico que recetara a un enfermo—. Se pondrá como nuevo y podrá usted darles por el culo, el sexo y la boca a esas damiselas que tiene encima, mi señor.

—¿Se irán a pasar toda la mañana en el sauna estas señoras? —se preguntó Luciano, consultando su reloj—. La verdad es que ya tengo hambre. ¿Tú no, viejo?

—Déjalas que se diviertan —le repuso Quique—. Quién como ellas. Todo esto les resbala, se preocupan un momento y luego vuelven a interesarse por los vestidos, los chismes, las compras, qué sé yo. Qué suerte ser tan frívolas.

—No creas, viejo —replicó Luciano—. A Chabela esto del terrorismo no la deja dormir. Vive obsesionada con la idea de que estos malditos me rapten, como a Cachito, o, peor todavía, a nuestras hijas. La pobre tiene ahora que tomar pastillas para no pasarse la noche en vela.

—¿Quieres que te diga lo que a mí me desvela, Luciano? —dijo Quique. Y añadió, bajando la voz, como si alguien más pudiera oírlos en el vasto y desierto jardín donde, a lo lejos, jugueteaban los dos daneses—: Que muchas cosas no han quedado nada claras en este asunto. La primera, que ese pobre diablo, ese viejecito esclerótico de Juan Peineta, fuera el asesino de Rolando Garro. ¿Tú te has tragado ese cuento? Pues yo, no.

—¿No se declaró culpable él mismo? —replicó Luciano, después de vacilar un instante—. ¿No era un tipo que se pasó la vida mandando insultos y amenazas a Rolando Garro? Decenas de esas cartas se exhibieron en el juicio ¿no? No seas más papista que el Papa, Quique.

—Nadie se ha creído esa confesión, Luciano. Quién se va a creer que una ruina humana como ese pobre recitador podría cometer un asesinato tan horrible.

—Sea como sea, hay que ser realistas. Lo que importa son los resultados. A nadie convenía tanto como a ti que encontraran al asesino del periodista, para que te dejaran tranquilo de una vez —dijo Luciano—. Es cierto, no es imposible que todo eso lo tramara el Doctor. Probablemente hay algo sucio detrás de lo que sabemos. Pero qué te puede importar a ti eso, hombre.

—Ni siquiera me acuerdo quién es el tal don Rolando Garro, señores —aseguró Juan Peineta—. Aunque, es verdad, el nombre me suena. No crean que pegándome me van a devolver la memoria. Qué más quisiera yo. Mi cabeza es una mazamorra hace ya mucho tiempo, entérense. Ahora, se lo ruego, se lo pido por Dios: déjenme tranquilo, no me peguen más.

—Lo que el juez te ofrece es sacarte la lotería, huevonazo —insistió el inspector—. Confiesas que tú fuiste, el juez ordena el examen psiquiátrico y los facultativos diagnostican que eres irresponsable, debido a tu demencia precoz.

—Demencia precoz —repitió el fiscal—. En vez de Lurigancho, una casa de reposo. Imagínate. Enfermeras, buena comida, atención médica, visitas libres, televisión diaria y cine una vez por semana.

—Eso en vez del cuchitril espantoso lleno de ratas del Hotel Mogollón que en cualquier momento se vendrá abajo aplastando a todos los inquilinos —explicó el inspector—. Habría que tener caca en los sesos para rechazar una oferta tan espléndida.

—¿Podría llevarme a Serafín a esa casa de reposo? —preguntó de pronto el recitador, súbitamente interesado. Añadió—: Así se llama mi gato, yo lo bauticé con ese bonito nombre. El pobre vive aterrado temiendo que lo cacen esos zambos que preparan guisos de micifuz. Les agradecería mucho que no me peguen más. Estoy perdiendo la vista de tanto golpe en la cabeza. Un poco de caridad cristiana, señores.

—Es que en la cabeza los golpes no dejan huella, Juan Peineta —se rio el inspector. Los otros sujetos que estaban allí también se rieron. Juan Peineta pensó que era una cortesía y trató de imitarlos. A pesar del nuevo golpe que recibió en la nuca con ese garrote forrado en jebe que lo dejó un poco turulato, se rio también, igual que sus torturadores.

—Podrás llevarte a tu gato Serafín, a tu perro y hasta tu puta si la tienes, recitador —insistió el inspector.

—Firma aquí con letra clara —le señaló el fiscal, mostrándole el lugar exacto en el fondo del papel—. Y no vuelvas a abrir la boca nunca más, recitador. La verdad, tú eres un hombre con suerte, Juan Peineta.

—Sólo hay un pequeño problemita, señor fiscal —balbuceó con voz acongojada el declamador—. Y es que, a ese señor, cuyo nombre ya se me ha olvidado, yo no lo maté. Ni siquiera me acuerdo si lo conozco, ni qué hace en la vida, ni quién es.

—Mejor vámonos yendo, Chabelita —dijo Marisa—. Les va a parecer raro que nos demoremos tanto en el sauna. Y, además, con las ojeras que tienes no sé qué pensarán de ti Quique y Luciano.

—Cuando vean las tuyas sabrán que has cometido varios pecados mortales —se rio Chabela—. Está bien, vámonos. Pero antes me vas a decir si es verdad que le has contado a Quique lo nuestro. Y si es verdad que tu maridito se excita pensando en que tú y yo hacemos el amor.

—Claro que se lo he contado —se rio Marisa—. Pero no como si fuera verdad, sólo como una fantasía, para que se anime y ponga en forma. No hay nada que lo excite tanto, te juro. ¿Te excita mucho imaginarnos así a Chabela y a mí, Quique?

—Sí, sí, mi amor —asintió Quique, abrazando a su mujer, acariciándola, atolondrado—. Dime qué más, dime que es cierto, dime que ha pasado de veras, que está pasando, que pasará hoy y volverá a pasar mañana.

—Y ahora, ya saciado —dijo el señor Kosut, bostezando—, como siempre me ha venido el sueño. Supongo que no les importa que me eche una siestecita ¿verdad? Sigan divirtiéndose y olvídense de mí.

—¿Sabes una cosa? A mí también me excita la idea —¿bromeó Chabela?—. ¿Te importaría si me tiro a tu maridito, Marisa?

—Déjame pensarlo —¿bromeó Marisa?—. ¿Te importaría que me masturbara viéndolos hacer el amor?

—¿Cacha rico, Quique? —preguntó Chabela.

—Te ruego que no uses ese verbo, Chabela —protestó Marisa, haciendo ascos—. Me parece lo más vulgar del mundo y me da alergia. Di hacer el amor, tirar, fornicar, lo que sea. Pero nunca cachar: me parece tan sucio como cagar y me da alergia. Contestando a tu pregunta: sí, tira riquísimo. Sobre todo, últimamente.

—Si quieres, te presto a Luciano para que le eches un polvito —¿bromeó Chabela?—. El pobre es tan casto que ni debe saber que existen esas cosas en la vida.

—Estoy convencido que a Juan Peineta lo obligaron a declararse culpable, por plata o por miedo —afirmó Quique—. Pero, si no fue él ni fui yo ¿quién demonios mató a ese hijo de puta de Rolando Garro, Luciano?

—Ni lo sé ni quiero saberlo —dijo Luciano en el acto—. Tampoco debería importarte a ti, Quique. Mejor no meter la nariz en esos misterios pestilentes del poder, donde reinan Fujimori y el Doctor.

Por ahí va la cosa, sin duda. No es asunto nuestro, felizmente. Piensa en eso, Quique. Sea quien fuera, bien muerto está. Él mismo se la buscó ¿no es cierto?

—¿Le pasa a usted algo, señor? —dijo esa mujer que decía llamarse Licia o Ligia—. Se ha puesto usted tan pálido.

—¿No se siente bien, ingeniero? —preguntó el señor Kosut, abriendo los ojos e incorporándose en el sofá en el que se había tendido.

—Creo que tomé más copas de la cuenta —balbuceó el ingeniero Cárdenas. Trataba de levantarse, pero se lo impedía el cuerpo de Licia o Ligia, encaramada encima de él—. ¿No te importaría dejarme salir? ¿Te llamas Licia o Ligia? Creo que voy a vomitar. ¿Hay un bañito por aquí?

—He tenido tanto miedo que me he orinado en los pantalones —confesó finalmente Juan Peineta—. Estoy mojado de pies a cabeza y me puedo resfriar. Lo siento mucho, señores.

—Te conseguiremos un pantalón y un calzoncillo nuevecitos —dijo el que parecía que mandaba—. Firma aquí también, por favor.

—Firmo donde usted prefiera —dijo Juan Peineta y tenía la mano que le temblaba como aquejado de párkinson—. Pero quisiera dejar constancia de que no he matado a nadie. Y mucho menos que a nadie a ese poeta ¿apodado Rolando Garro, no? Ni a una mosca maté nunca, si la memoria no me engaña. Pero, en los últimos tiempos, la verdad es que mi memoria me juega muchas malas pasadas. Me olvido de las cosas y de los nombres todo el tiempo.

—Tengo que irme —anunció el ingeniero Cárdenas, recostándose en una pared para no rodar por el suelo—. Se ha hecho tarde y me siento algo descompuesto.

—Muchos tiros de coca, papacito —dijo Licia o Ligia, riéndose.

—Llámenme un taxi, se lo agradecería —dijo el ingeniero Cárdenas, siempre apoyado en la pared—. No estoy en condiciones de manejar, creo.

—Estás lleno de rouge en la cara y en la camisa, amorcito —dijo Licia o Ligia, sacudiéndole el saco—. Mejor te lavas la cara antes de entrar a tu casa, si no quieres darle a tu esposa un calentón.

—Yo mismo lo llevo, ingeniero —se adelantó el amable señor Kosut—. El carro con chofer que tengo contratado nos espera en la puerta. Hace usted muy bien en no manejar en ese estado.

—No sé por qué sigues aquí todavía en la revista, Ceferino Argüello —dijo la Retaquita, echando una ojeada profundamente despectiva al fotógrafo de *Destapes*. Tenía las fotos en la mano y las miraba con el mismo desprecio que al compungido Ceferino—. Te ordené: «Tienes que hundir en el ridículo a Arrieta Salomón». Y, en vez de desprestigiarlo, tus fotos lo presentan como el señor más normalito y corriente del mundo. Mejor de lo que es en la realidad, incluso.

—Pero se ve que está borracho, Julieta —se defendió Ceferino—. Tiene los ojos vidriosos y en el laboratorio puedo ponérselos peor, si hace falta.

—Por lo menos eso, retócalo, que parezca que se está vomitando en la pechera. Aféalo, degrádalo. Usa tu imaginación, Ceferino. Se trata de que quede como una buitreada por los suelos. ¿Me entiendes lo que te hablo?

—No puedo hacer milagros, Retaquita —imploró Ceferino Argüello, con la voz quebrada—. Yo me esfuerzo por cumplir con todo lo que me pides. Y tú me tratas cada día peor. Peor todavía que como me trataba el señor Garro. No parece que fuéramos amigos.

—Aquí no lo somos —sentenció la Retaquita, muy enérgica—. Aquí, en la revista, yo soy la directora y tú un empleado. Somos amigos en la calle, cuando nos tomamos un café. Pero, aquí, yo doy las órdenes y tú las cumples. Te conviene tenerlo claro, por tu bien, Ceferino. Anda, retoca las fotos y déjalo bastante más perjudicado a ese huevón. Esta semana tenemos que dedicarle el grueso de la revista y debe quedar bien jodidito. Órdenes son órdenes, Ceferino.

—Tendríamos que hacer un viajecito a Miami, otra vez —dijo Chabela, hablando desde la ducha—. ¿Te gustaría?

—Me encantaría —respondió Marisa, que estaba secándose los cabellos con el secador—. Un fin de semana tranquilas y felices. Sin apagones, ni bombas, ni toque de queda. Dedicadas a hacer compras y a bañarnos en el mar.

—Y a hacer algunas locuritas, también —dijo Chabela; el chorro de la ducha apenas la dejaba hablar.

—¿Y? —preguntó el Doctor.

—Todo viento en popa —dijo Julieta Leguizamón—. El diputado Arrieta Salomón podría ser acusado de acoso sexual por su chofer o por su empleada.

—¿Por qué no por los dos? —preguntó el Doctor, equitativo—. Eso demostraría que es un depravado sexual sin atenuantes ¿no es cierto?

—No hay ninguna razón por la que no —convino la directora de *Destapes*—. La cosa quedaría algo barroca, eso sí. Acosaría a su chofer para que se lo tire y a la chola para tirársela. ¿No sería eso?

—Me gustan las personas que entienden las cosas a la primera, sin necesidad de repetirlas, Retaquita. ¿Cuánto costará la broma?

—Bastará con meterles un poco de miedo, para ablandarlos —dijo ella—. Y, entonces, se contentarán con unas buenas propinas.

—Ponlo en marcha —dijo el Doctor—. Maricón y violador al mismo tiempo. ¡Excelente! Quedará peor que un gargajo de tísico. A ver si entiende el aviso y para de joder.

—Lo veo un poco pálido, Doctor —dijo la Retaquita, cambiando de tema—. ¿No será que no está durmiendo lo suficiente?

—Hace tiempo que me olvidé de lo que es dormir, Julieta —dijo el Doctor—. Si no estuviera tan ocupado, me metería a una de esas clínicas donde te hipnotizan y hacen dormir una semana seguida. Parece que despiertas como nuevo. Bueno, hasta luego, Retaquita, cuídate. Y, eso sí, hazle tragar chorros de mierda en este número al diputado Arrieta Salomón.

—«Volverán las oscuras golondrinas en tu balcón sus nidos a colgar» —dijo Juan Peineta, con una mirada plagada de incertidumbre. Y, después de vacilar un momento, preguntó—: ¿Cómo es la música de ese vals criollo?

—Yo creo que no es un vals sino una poesía de Gustavo Adolfo Bécquer —intervino la enfermera con bigotes.

—Perdone, señorita, pero se me está saliendo. ¿Podría llevarme al baño, por favor? —preguntó la ancianita que se había quedado calva.

—¿Una poesía? —se maravilló Juan Peineta—. ¿Se come con helado?

—Si te has hecho la caca en el calzón, haré que te la tragues, vejestorio de porquería —se enfureció la enfermera con bigotes.

—Se come más bien con arroz —se rio a carcajadas el enfermero. E hizo la imitación de un camarero solícito—: ¿Quiere una poesía con helado o con arroz, caballero?

—Échale un poco de kétchup, más bien —ordenó, muy serio, Juan Peineta.

—Vaya, por fin —les dio la bienvenida Luciano—. Ya era hora, señoras.

—Creí que se habían asfixiado en el sauna —dijo Quique.

—Es lo que te hubiera gustado, maridito —bromeó Marisa, despeinándolo—. Quedarte viudo para dedicarte a lo que ya sabemos ¿no?

—Mira qué colorado lo has puesto al pobre Quique —se rio Chabela, alisándole los cabellos—. No seas tan mala, Marisa. No lo tortures con esos malos recuerdos. ¿O acaso no eran tan malos, Quique?

—A Quique le gusta que lo torture de vez en cuando —repuso Marisa, besando a su marido en la frente—. ¿No es cierto, amor?

—Pareces una geisha, Marisa —dijo Chabela—. Si lo sigues acariñando así, se te volverá insoportable, verás.

—Y échale un poquito de mostaza, también, si es posible —ordenó Juan Peineta—. Pero, sobre todo, sírvemelo bien calientito.

—No está chocho sino loco de remate —concluyó el enfermero, llevándose un dedo a la sien—. O nos está cojudeando de lo lindo y divirtiéndose a mares con nosotros.

—Chabela y yo estamos planeando un fin de semana en Miami —dijo Marisa, de pronto, con la más absoluta naturalidad—. Chabela necesita hacer unos arreglos en su departamento de Brickell Avenue y me ha pedido que la acompañe. ¿Qué te parece, amorcito?

—Me parece regio, amor —dijo Quique—. ¡Un fin de semana en Miami, lejos de todo esto! Formidable. ¿Por qué no me llevan, también? Aprovecharía para ver barquitos, a ver si por fin me compro el yate del que hemos hablado tanto, Marisa. ¿Por qué no vienes también tú, Luciano? Iremos a ese restaurante cubano tan bueno, donde se come ese plato tan rico: ¿ropa vieja, no?

—Claro, claro —dijo Chabela, sin demostrar demasiada alegría—. El restaurante se llama el Versalles y el plato «ropa vieja», me acuerdo clarísimo.

«¿Esto lo tenía planeado la loca de Marisa?», pensó. «¿Desde cuándo? Entonces, es seguro, Marisa le ha contado lo nuestro a Quique. Yo la mato, yo la mato. Lo han planeado este par de vivos con toda la mala intención del mundo, por supuesto.» Estaba muy seria, con sus grandes ojos negros saltando de Quique a Marisa, de Marisa a Quique, y sentía que le quemaban las mejillas. «Lo sabe todo», pensaba, «este viajecito lo armaron entre los dos. Le voy a dar un par de cachetadas a esta loca».

—¿Creen que puedo permitirme ese lujo con las montañas de trabajo que tenemos en el estudio? —dijo Luciano—. Vayan ustedes, que son unos ociosos. Eso sí, por lo menos tráiganme un regalito de Miami.

—Una corbata con palmeras y loros de dieciocho colores —dijo Quique—. Y, a propósito, Chabelita, ¿tienes donde alojarme en tu departamento de Brickell Avenue o reservo un hotel?

—Tiene sitio de sobra para ti también —Marisa miraba a los ojos a Chabela con toda la mala intención—. Una cama multifamiliar donde caben por lo menos dos parejas, ja ja. ¿No es cierto, amor?

—Ciertísimo —dijo Chabela. Y se volvió a Quique—: Tengo un cuartito de alojados muy independiente, con bañito propio y un cuadro de Lam en la pared, no te preocupes por eso.

—Y, si no, puedes hacer dormir a Quique en la caseta del perro —bromeó Luciano—. Y si encuentras ese yate, que tenga un camarote para invitados. A ver si así aprendo por fin a pescar. Dicen que es lo más relajante que existe en el mundo para los nervios. Más que el Valium.

«Se lo ha contado todo y tiene que ser cierto que se excita con eso. Estoy segurísima que este viajecito lo han combinado entre los dos», pensaba Chabela una y otra vez, sin dejar de sonreír. «Y han pensado que en Miami nos acostaremos los tres juntos, por supuesto.» Estaba sorprendida, intrigada, curiosa, furiosa, algo asustada y, también, un poquito excitada. «Esta loca, esta loquita de Marisa», pensaba, mirando a su amiga, quien, a su vez, la miraba también con un brillito burlón y desafiante en sus ojitos de un azul claro, casi líquido. «La voy a matar, la voy a matar. Cómo se ha atrevido.»

—Felicitaciones, Retaquita —dijo el Doctor—. El número dedicado al diputado Arrieta Salomón quedó como se pide chumbeque. Se le han bajado los humos y ahora el pobre diablo está pidiendo chepa.

—Pero nos ha metido un pleito, Doctor —dijo la directora de *Destapes*—. Ya recibimos un aviso de comparecencia de un juez instructor.

—Yo me ocupo de eso —dijo el Doctor—. Puedes limpiarle el poto a tu perrita con esa notificación. Mándamela y yo haré que se quede atracada en el maremágnum del Poder Judicial.

—¿Y qué va a pasar con el diputado Arrieta Salomón? —preguntó la Retaquita.

—De la noche a la mañana se le descolgaron los huevos —respondió el Doctor—. Ahora, en vez de atacar al gobierno, anda tratando de convencer a los Padres de la Patria que no es un violador de sirvientas ni un maricón al que se lo tira su chofer. Hablando de perros, Retaquita. ¿Tienes uno? ¿Te gustaría tenerlo? Puedo regalarte un cachorro salchicha. Mi perrita ha tenido varias crías.

—Una conversación a solas, Ceferino, tú y yo —dijo la directora de *Destapes,* cogiendo al fotógrafo del brazo—. Te invito a almorzar. No en Surquillo, sino lejos de aquí. Vámonos a Los Siete Pescados Capitales, en Miraflores. ¿Te gustan los mariscos?

—Me gusta todo, por supuesto —dijo Ceferino, desconcertado—. ¿Invitarme tú a almorzar, Julieta? Vaya sorpresa. Nos conocemos hace mil años y es la primera vez que me haces una invitación así.

—No voy a tratar de seducirte, no eres mi tipo —bromeó la Retaquita, teniéndolo siempre del brazo—. Vamos a tener una conversación muy, muy seria. Se te va a caer la mandíbula cuando oigas lo que voy a decirte. Ven, tomemos un taxi, yo lo pago, Ceferino.

—Qué lindo se ha puesto Miami —dijo Quique, mirando los rascacielos, asombrado—. La última vez que vine fue hace unos diez años. No era nada y ahora es una señora ciudad.

—¿Te sirvo un champancito, Quique? —preguntó Marisa a su marido—. Está rico, heladito.

—Prefiero un whisky a las rocas, con mucho hielo —dijo Quique. Examinaba los cuadros y objetos del departamento de Chabela y reconocía su buen gusto. ¿Por qué estaba tan disforzada la mujer de Luciano?

—Eso es, emborrachémonos —se rio Chabela, alzando su copa—. Olvidémonos de Lima al menos por una noche.

—Se nota que estás en la cumbre, Julieta —sonrió Ceferino—. ¿Es verdad que dejaste tu callejón de Cinco Esquinas y te mudaste a Miraflores? Me imagino que te habrán duplicado o triplicado el sueldo. Y pensar que hace apenas unos mesecitos, cuando mataron a Rolando Garro, se nos había terminado el mundo y parecía que nos moriríamos de hambre.

—Ven, siéntate aquí, amor —le dijo Marisa a su marido—. Hay sitio de sobra entre nosotras, no te vayas tan lejos.

—Ni que nos tuvieras miedo, Quique —se burló Chabela.

—Yo encantado de estar en tan buena compañía —se rio Quique, pasándose al sofá donde estaban Marisa y Chabela. Se sentó en medio de ellas. Al otro lado de la baranda se divisaba un mar plateado, destellando con las últimas luces del atardecer. Había un velero silente allá a lo lejos—. La verdad, se ve lindísimo. Qué maravillosa tranquilidad.

Pidieron una cerveza helada, dos ceviches de corvina, y, Julieta, una carapulcra con arroz, y, Ceferino, un ají de gallina con picante y también con arroz.

—¿Por qué brindamos, Retaquita? —preguntó Ceferino, con su vaso levantado, sonriente, vagamente intrigado por esa inesperada invitación que le hacía su directora—. ¿Por el nuevo *Destapes* y sus éxitos?

—Por Rolando Garro, su fundador —dijo Julieta Leguizamón, chocando su vaso con el del fotógrafo—. Dime con franqueza, Ceferino. ¿Qué pensabas de él? ¿Le tenías aprecio, admiración o en el fondo lo odiabas, como tanta gente?

—Ahora que estamos medio borrachos, te voy a hacer una pregunta, Quique —dijo de buenas a primeras Marisa, encarando a su marido en la penumbra de la amplia terraza—. Contéstamela con franqueza, por favor. ¿A ti te gusta Chabela?

—¡Qué pregunta es ésa, Marisa! —se rio forzada Chabela—. ¿Te has vuelto loca?

—Contéstame si te gusta y si te gustaría besarla —insistió Marisa, sin quitar la vista de su marido y haciéndose la enojada—. Respóndeme con franqueza, no seas maricón.

Antes de contestar, Ceferino probó el ceviche, masticó y tragó el bocado dando muestras de satisfacción. No había mucha gente todavía en Los Siete Pescados Capitales. La mañana era húmeda y gris, algo tristona.

—A quién no le gustaría besar a una mujer tan bella —balbuceó Quique. Se había puesto rojo como un camarón. ¿Se había emborrachado ya Marisa para preguntar estas barbaridades?

—Gracias, Quique —dijo Chabela—. Esta conversación se está poniendo peligrosa. Hay que taparle la boca a tu mujercita.

—Claro que es bella y, además, tiene la boca más rica del mundo, Quique —dijo Marisa. Y, alargando los dos brazos por sobre su marido, cogió a su amiga de las mejillas y la atrajo hacia ella—. Mira y muérete de envidia, maridito.

Chabela trató de apartarle la cara, pero sin mucha convicción y, al final, dejó que Marisa la besara en la mejilla y le fuera acercando la boca hasta alcanzar sus labios.

—No lo odiaba, aunque a veces me trataba muy mal, sobre todo cuando le venían las rabietas —dijo por fin Ceferino Argüello—. Pero el señor Garro me dio la primera oportunidad de ser lo que quería: fotógrafo profesional, reportero gráfico. Claro que lo admiraba como periodista. Sabía su oficio y tenía gran coraje. ¿Por qué me preguntas eso, Retaquita?

—Suelta, loca, qué haces —dijo al fin Chabela, ruborizada y confusa, apartando su cara de Marisa—. Qué va a decir Quique de estos juegos.

—No va a decir nada ¿no es cierto, Quique? —Marisa le hizo una caricia con su mano a su marido en la cara, que la miraba boquiabierto—. Él es un experto en orgías, acuérdate. Te aseguro que se está muriendo de envidia. Anda, maridito, date gusto, bésala. Te doy permiso.

En vez de contestarle, Julieta Leguizamón, que no había probado aún su ceviche, le hizo una nueva pregunta:

—¿Te apenó su muerte, Ceferino? ¿Te dejó enfermo la manera tan terrible, tan brutal, como lo mataron?

Quique no sabía qué hacer ni qué decir. ¿Hablaba en serio su mujer? ¿De veras estaba diciendo lo que acababa de oír? Tenía media sonrisa congelada en la cara y se sentía un idiota.

—Qué cobarde eres, Quique —dijo Marisa, por fin—. Sé que te mueres de ganas de besarla, me lo has dicho tantas veces en la intimidad y, ahora que se te presenta la ocasión, no te atreves. Dale tú el ejemplo, amor. Bésalo tú.

—¿De veras me das permiso? —se rio Chabela, ya más dueña de sí misma—. Pues, sí, claro que me atrevo.

Se levantó, pasó junto a Marisa, se dejó caer sentada sobre las rodillas de Quique y le ofreció la boca; él echó una mirada rápida, de soslayo, a su mujer, y finalmente la besó. Aturdido, con los ojos cerrados, sintió que la boca de Chabela forcejeaba por abrirle los labios y los abrió. Sus lenguas se confundieron en un fogoso entrevero. Como a lo lejos, le pareció sentir que Marisa se reía.

Ceferino retuvo en el aire su tenedor con el segundo bocado de ceviche, que había preparado cuidadosamente, añadiéndole pedacitos de corvina, cebolla, lechuga y ají. Ahora sí muy serio, asintió:

—Por supuesto que me dejó espantado, Retaquita. Claro que sí. ¿Se puede saber a cuento de qué viene todo esto? Estás muy misteriosa esta mañana, caramba. Por qué no me dices de una vez la razón de este almuerzo. A calzón quitado, Retaquita.

—Aquí estamos muy incómodos y no hay ninguna razón para estarlo —oyó decir Quique a su mujer. La cara de Chabela se apartó de la suya y él vio que ella estaba arrebatada, con los ojos muy brillantes y su boca de labios gruesos húmeda con su saliva. Pero ya Marisa la había cogido de la mano, ambas se habían levantado y él las veía alejarse hacia el dormitorio—. Ven, ven, amor, vamos a ponernos más cómodas.

Quique no las siguió. Había oscurecido y la poca luz de la terraza venía de la calle. Se sentía estupefacto. ¿Estaba ocurriendo realmente todo esto? ¿No era una alucinación? ¿Se habían besado en la boca Marisa y Chabela? ¿Había dicho su mujer lo que dijo? ¿Se había sentado la mujer de Luciano en sus rodillas y él y ella se habían besado con tanta furia? Empezaba a sentir una excitación que lo hacía estremecerse de pies a cabeza, pero no tenía suficientes ánimos para levantarse e ir a ver lo que estaría pasando en ese dormitorio.

Julieta asintió: «Tienes razón, Ceferino». Tuvo que bajar la voz, porque el mozo acababa de sentar en la mesa del lado a una parejita que podía oírla. Ambos eran muy jóvenes, más bien pituquitos; estudiaban el menú tomados de la mano, intercambiando miradas románticas.

Pero, finalmente, apoyándose en el sofá con las dos manos, Quique se puso de pie. Estaba asustado y feliz. Había soñado con esto pero nunca imaginó que llegaría a ser posible, que pudiera pasar del sueño a la realidad. Caminando en puntas de pie, como si fuera a sorprenderlas, avanzó por el pasillo a oscuras, despacito. En el dormitorio acababa de encenderse una luz tenue, seguramente la lamparilla del velador.

—Bueno, sí, te lo diré a calzón quitado, Ceferino —afirmó la Retaquita—. Maldita la hora en que aceptaste tomar las fotos de esa orgía de Chosica para ganarte unos pesos. Todo comenzó ahí. Si no fuera por esas malditas fotos, Rolando estaría vivo, esta conversación no tendría lugar y probablemente nunca te habría invitado a almorzar, ni te diría lo que te voy a decir.

Desde el umbral del dormitorio, Quique las vio: estaban desnudas, tendidas en la cama, entrelazadas sus piernas, abrazadas y besándose. «La una morena y la otra rubia», pensó. Pensó: «A cual más bella». En la media luz circular de la lamparilla sus cuerpos brillaban como aceitados. Ninguna de las dos se volvió a mirarlo; parecían entregadas a su placer, olvidadas de que él estaba allí, observándolas, de que él también existía. Sus manos, como independientes de su voluntad, habían comenzado ya a desabrocharle la camisa, a bajarle el pantalón, a quitarle los zapatos y las medias.

—Bueno, bueno, Retaquita, esto se pone cada vez más intrigante —el fotógrafo hablaba mientras comía, de prisa, como si alguien fuera a arrebatarle el ceviche—. Sigue, sigue, perdona la interrupción.

Ya desnudo, avanzó, siempre en puntas de pie, y se sentó en una esquina de la amplia cama, muy cerca de ellas, sin tocarlas.

—Están muy bellas así, esto es lo más hermoso que he visto en mi vida —murmuró su boca, de una manera maquinal, sin que él tuviera conciencia de que estaba hablando—. Gracias por hacerme sentir en este momento el hombre más feliz de la tierra.

Tenía el falo tieso y, en medio de la dicha que sentía, lo aterraba la idea de que no pudiera aguantarse y eyaculara antes de tiempo.

—El extranjero ese que te contrató para que tomaras las fotos debía ser un gánster —los grandes ojos inmóviles de la Retaquita miraban con asco la manera como Ceferino comía: masticando con la boca abierta, haciendo ruido, despidiendo fragmentos de comida sobre el mantel—. Si desapareció de repente, sería porque tuvo que escapar de golpe o porque sus compinches o enemigos lo mataron. Esas fotos te las hizo tomar porque pensaba hacerle un gran chantaje al millonario, por supuesto.

Quique vio que Marisa había apartado la cabeza de Chabela y lo miraba. Pero no le habló a él sino a su amiga, en voz bajita y espesa, que él alcanzaba a oír muy bien: «Déjame chuparte, amor. Quiero tragarme tus juguitos». Vio que los cuerpos de ambas se separaban, que Marisa se encogía y acuclillada hundía la cabeza entre las piernas de Chabela y que ésta, de espaldas, con un brazo tapándole los ojos, comenzaba a suspirar y a jadear. Muy despacito, tomando infinitas precauciones, se tendió también en la cama y con movimientos mínimos, sinuosos, de reptil, se fue acercando a la pareja.

—Eso lo supe yo desde siempre, Retaquita —la interrumpió Ceferino—. Nunca creí que me hiciera tomar esas fotos para que el señor Kosut se corriera una paja con ellas.

—Cuando te aconsejé que le consultaras a Rolando qué hacer con las fotos, pensando que las utilizaría para hacer un buen destape en la revista, cometí una terrible equivocación, Ceferino —dijo la Retaquita, compungida—. Yo misma, sin quererlo, puse en marcha el mecanismo que terminó en el asesinato de nuestro jefe.

Quique apartó el brazo que Chabela tenía sobre sus ojos y, ahora sí vencida su timidez y su pudor, la besó con furia, mientras sus manos le acariciaban los pechos y luego acariñaban los cabellos de Marisa, y todo su cuerpo pugnaba por encaramarse sobre ellas, frotarse contra sus pieles, temblando de pies a cabeza, ciego de deseo, feliz como no lo había estado nunca antes en toda su vida.

Ceferino, terminado el ceviche, se limpió la boca con la servilleta de papel. La parejita de enamorados ya había ordenado el almuerzo y ahora él le besaba la mano a ella, dedito por dedito, mirándola embobado.

—¿Por qué, Julieta? —preguntó Ceferino—. ¿Qué quieres decir? ¿Cómo así?

—Rolando trabajaba para el Doctor y fue a consultarle a él qué hacer con tus fotografías —explicó la Retaquita.

—¿Para el Doctor? —puso cara de sorpresa Ceferino—. Lo oí decir alguna vez y siempre lo desmentí, nunca me lo quise creer. ¿De veras trabajaba para él?

—Como trabajamos ahora para él tú y yo y toda la redacción de *Destapes,* Ceferino —dijo Julieta, ligeramente brava—. Lo sabes muy bien, no te hagas el cojudo. Y sabes también que, si no fuera por el Doctor, ni tú ni yo cobraríamos los buenos sueldos que ahora cobramos, y la revista ni siquiera saldría. Lo mejor es que no me distraigas con cojudeces y vayamos a lo que de veras importa, Ceferino.

Sintió que eyaculaba y permaneció con los ojos cerrados, pensando que era una vergüenza que no hubiera podido aguantarse más y penetrar a Chabela, a quien tenía enlazada por la cintura y acariciaba uno de sus pechos. Sintió que por su espalda reptaba su mujer y llegaba hasta su cara y le mordisqueaba la oreja y le decía: «Ya está, Quique, ya tuviste lo que tanto soñabas, vernos a Chabela y a mí haciendo el amor». Él, siempre con los ojos cerrados, se volvió, buscó la boca de su mujer y la besó, murmurando: «Gracias, amor mío. Te amo, te amo». Y oyó que Chabela, debajo de él, se reía: «Qué bonita escena de amor. ¿Me retiro y los dejo solos, tortolitos?». «No, no», murmuró Quique. «Es que no me pude aguantar y he terminado. Pero no te vayas, Chabelita, espera un poquito, tengo que hacerte el amor.» Y oyó que Marisa se reía: «¿No te lo dije, mi vida? Parece muy machito, se excita y cuando va a comenzar lo bueno, juácate, se me marchita». «No te preocupes», le contestó Chabela, «yo me encargo de que ese pajarito vuelva a cantar».

La Retaquita tuvo que hacer una pausa porque el mozo vino a llevarse el plato de Ceferino. Preguntó si a la señora no le había gustado el ceviche y ella le dijo que sí, pero no tenía hambre. Que se lo llevara, nomás. Y continuó:

—Pero el Doctor le prohibió terminantemente al jefe que publicase las fotos del millonario en la revista o tratara de chantajearlo para sacarle plata. No me preguntes por qué, estoy segura que tu cabecita es capaz de adivinarlo. El Doctor no quería enemistarse con uno de los dueños del Perú, alguien que, si se lo proponía, le podía hacer mucho daño. O, tal vez, porque, quién sabe, ya le sacaba dinero por otro lado. Rolando cometió la locura de desobedecer al Doctor. Y fue a chantajear a Cárdenas para que metiera plata en *Destapes.* Soñaba con que la revista mejorara, creciera, fuera la primera del Perú. Y, también, tal vez, quería independizarse del Doctor. Tendría su dignidad, no querría seguir siendo el desaguadero del régimen de Fujimori, el excusado por el que pasaba toda la caca del gobierno.

—¿Es eso lo que somos, Retaquita? —preguntó Ceferino. Había cambiado de voz y la euforia que antes le provocaba la comida desapareció. No había probado siquiera el ají de gallina que le acababan de traer—. ¿La mierda con que el gobierno ensucia a sus enemigos?

—Eso y peores cosas, Ceferino, algo que también sabes muy bien —asintió la Retaquita—. Los vómitos, la diarrea del gobierno, su muladar. Le servimos para tapar de mugre la boca de sus críticos, y, sobre todo, la de los enemigos del Doctor. Para convertirlos en «basuras humanas», como él dice.

—Mejor termina la historia, antes de seguir deprimiéndome más, Julieta —la atajó Ceferino; estaba pálido y asustado—. Y, entonces, a Rolando Garro...

—Lo mandó matar —murmuró la Retaquita. El fotógrafo vio que había un brillo terrible en los ojos redondos e inmóviles de la Retaquita—. Por miedo al millonario. Por arrogancia, porque a él nadie le desobedecía sin pagarlo caro. O por miedo a que Rolando, en una de sus rabietas, denunciara a la opinión pública que *Destapes,* en vez de ser independiente, era nada más que un instrumento del gobierno para tapar la jeta de sus críticos o chantajear a los que quería robar y estafar. ¿Lo tienes claro ahora, Ceferino?

Quique pensó que no volvería a excitarse pero, pasado un momento en esta postura —él echado de espaldas, Marisa acuclillada sobre su cara, ofreciéndole un sexo rojizo que él lamía concienzudamente, y Chabela arrodillada entre sus piernas y con su pene en la boca—, sintió de pronto que su sexo comenzaba a endurecerse otra vez y ese delicioso cosquilleo en los testículos, síntoma seguro de la excitación. Con las dos manos, apretando la cintura de Chabela, la izó y la sentó encima de él. Pudo penetrarla, al fin. Por unos instantes, antes de eyacular de nuevo, pasó por su cabeza la idea de que era tan dichoso en este momento que toda esa horrible experiencia de las últimas semanas, los últimos meses, quedaba justificada por el placer que estaba viviendo gracias a Marisa y a la mujer de Luciano. Los chantajes, el miedo al escándalo, su paso por la cárcel, los humillantes interrogatorios, el dinero gastado con jueces y abogados, todo quedaba olvidado mientras sentía que su cuerpo era una llama que lo abrasaba de la cabeza a los pies, que hacía que ardieran a la vez su cuerpo y su alma en un fuego feliz.

—Lo tengo todo claro, salvo que no sé todavía lo principal —dijo Ceferino Argüello tragando saliva—. Ya sé que me está temblando la voz y que, de nuevo, estoy muerto de miedo, Retaquita. Porque yo no tengo los huevos que tú te gastas en la vida. Yo soy un cobarde y a mucha honra. No quiero ser héroe ni mártir, sino vivir hasta el fin, con mi mujer y mis tres hijos, sin que me maten antes de tiempo. ¿Para qué mierda me cuentas estas cosas? ¿No ves que me embarras? Ahora que por fin me sentía seguro, vuelves a mandarme al paredón. ¿Se puede saber qué quieres de mí, Retaquita?

—Come tu ají de gallina y tómate la cerveza primero, Ceferino —la Retaquita había dulcificado la voz y hasta sus ojos se habían descongelado, lo miraban ahora con una mezcla de cariño y compasión—. Lo que has oído no es nada comparado con lo que te voy a pedir.

—Lo siento, pero he comenzado a cagarme de miedo, Julieta —dijo la temblorosa voz de Ceferino—. Y, aunque te llame la atención, se me ha quitado el apetito y tampoco tengo ganas de acabarme esa cerveza.

—Muy bien —dijo Julieta—. Estamos iguales. Conversemos, entonces, Ceferino. Mejor dicho, escúchame con mucha atención. No me interrumpas, hasta que termine. Después, podrás hacerme todas las preguntas y comentarios que quieras. O pararte y romperme esa botella de cerveza en la cabeza. O denunciarme a la policía. Pero, primero, déjame hablar y vuélvete todo oídos. Trata de comprender bien, muy bien, lo que tengo que decirte. ¿Entendido?

—Entendido —balbuceó, asintiendo, Ceferino Argüello.

—Conste que me debes un polvito, amor —se rio Marisa, sin moverse—. Vaya, vaya, Quique, quién hubiera dicho que ibas a tirarte a mi mejor amiga y delante de mí.

—Con tu consentimiento —dijo Quique—. Ahora te amo más que antes, gracias a ti he pasado unos momentos maravillosos, Marisa.

—¿Y yo no puse mi granito de arena, pedazo de ingrato? —se rio Chabela, también sin moverse.

—Claro que sí, Chabelita —se apresuró a decir Quique—. Te estaré eternamente agradecido a ti también, por supuesto. Ustedes han hecho que se materializara el sueño de mi vida. Soñaba con esto hacía años de años. Pero nunca creí que pudiera hacerse realidad.

—Durmamos un poquito, para rehacer las fuerzas —dijo Marisa—. Y estar mañana en forma para aprovechar Miami como es debido.

—La cama está toda enmelada con las gracias de este señor —dijo Chabela—. ¿Quieren que cambie las sábanas?

—No te molestes, Chabela —dijo Quique—. A mí, por lo menos, no me importa que estén mojaditas. Ya se irán secando solas. Para serles franco, lo cierto es que me gusta este olorcito.

—¿No te dije que mi marido era un tantito pervertido, Chabela? —se rio Marisa.

—¿Cómo les fue en ese viaje, qué tal Miami? —preguntó Luciano, que había ido a recogerlos al aeropuerto en persona—. ¿Se divirtieron? ¿Muchas compras? ¿Comieron esa ropa vieja en el Versalles?

—Y te traje tu corbata con palmeras y colorines, hermano —dijo Quique.

Julieta Leguizamón comenzó a hablar, en voz bajita primero, preocupada por la parejita de la mesa del costado, pero subiendo de tono al darse cuenta que aquélla estaba más interesada en acariciarse y en decirse sin duda cosas tontas y bonitas al oído que en escuchar lo que decían en la mesa vecina. Habló mucho rato, sin vacilaciones, con sus grandes ojos fríos y como congelados en la cara de Ceferino, al que vio enrojecer o ponerse lívido, abriendo los ojos de sorpresa o encogiéndolos arrebatado de pánico, o mirarla con total incredulidad, entre espantado y maravillado de lo que ella estaba diciéndole. A veces, abría la boca como si fuera a interrumpirla, pero la cerraba de inmediato, recordando tal vez que había hecho la promesa de no decir nada hasta que ella se callara. ¿Cuánto rato habló la Retaquita? Mucho, porque mientras hablaba llegó mucha gente a degustar los manjares criollos y marineros de Los Siete Pescados Capitales, y luego partió y el restaurante se fue vaciando. Un sorprendido camarero vino a llevarse los platos intactos de la Retaquita y Ceferino —después de inquirir si algo no les había gustado a los señores— y les preguntó si no querían postre y café y ellos con las cabezas dijeron que no.

Cuando la Retaquita calló y pidió la cuenta, le dijo a Ceferino que ahora él podía hacerle todas las preguntas que quisiera. Pero Ceferino le respondió, a media voz, con la cabeza caída, que por el momento no, pues se sentía demolido, como la única vez que había tratado de correr una maratón y había tenido que abandonar en el kilómetro diecisiete porque las piernas le temblaban y sentía que se iba a desplomar. Ya le haría preguntas más tarde, o tal vez mañana, cuando digiriera todo lo que acababa de oírle decir y se ordenara un poco esa cabeza que se le había convertido en un laberinto, en una olla de grillos, en un volcán. La Retaquita pagó la cuenta, salieron y tomaron un taxi que los devolvió a la redacción de *Destapes.* Ambos sabían que a partir de ese momento sus vidas nunca más volverían a ser lo que habían sido.

XXI. Edición extraordinaria de *Destapes*

DESTAPE POLÍTICO-CRIMINAL

Por primera vez, nuestro semanario abandona en este número la farándula —el mundo del plasma, el escenario, el acetato y la pantalla que es el suyo—, y consagra todas sus páginas a la crónica roja y la política, a fin de denunciar en todos sus escabrosos detalles la verdad sobre el monstruoso crimen que abatió a su fundador, el llorado y egregio periodista Rolando Garro.

Editorial

SABEMOS PERO LO HACEMOS

Por nuestra directora, Julieta Leguizamón

Sabemos que éste puede ser el último número de nuestra querida revista. Sabemos el riesgo que corremos publicando esta edición extraordinaria de *Destapes* que denuncia como asesino y corruptor de la prensa peruana al hombre que, tal vez, haya acumulado más poder, multiplicado más la corrupción y causado más estragos en la historia de nuestra querida Patria, el Perú: el jefe del Servicio de

Inteligencia, conocido por tirios y troyanos con su consabido seudónimo: el Doctor.

Sabemos que yo misma podría perder la vida, como la perdió el recordado Rolando Garro, preclaro periodista fundador de este semanario, y que, al igual que yo, todos los redactores, empleados y fotógrafos de *Destapes* podrían perder sus trabajos, sus salarios y ser víctimas, ellos y sus familias, de un acoso inmisericordioso y salvaje de parte del poder sanguinario del Doctor y su amo y cómplice, el presidente Fujimori.

Lo sabemos y, sin embargo, sin vacilaciones, lo hacemos: sacamos este número incendiario de *Destapes* demostrando, de manera explícita, contundente y rotunda, que con el asesinato de Rolando Garro —uno de Dios sabe cuántos más— el gobierno de turno cometió uno de los más atroces liberticidios de la historia del Perú (acaso del ancho mundo) y una de las violaciones más crueles de la libertad de expresión contra un periodista, polémico, es verdad, pero respetado aun por sus peores enemigos, que le reconocían su talento, sus agallas, su testosterona, su profesionalismo y su amor a nuestro antiguo país.

¿Por qué lo hacemos, jugándonos el todo por el todo?

Antes que nada y sobre todo, por nuestro amor a la libertad. Porque sin la libertad de expresión y de crítica, el poder puede cometer todos los desafueros, crímenes y robos, como los que han ensombrecido nuestra historia reciente. Y por nuestro amor a la verdad y a la justicia, valores por los que un periodista debe estar dispuesto a sacrificarlo todo, incluso la vida.

Y porque si hechos como el cobarde y vil asesinato de Rolando Garro y la igualmente vil y grotesca falsificación de la justicia que ha significado atribuir su asesinato a un pobre anciano privado de sus facultades —nos referimos al veterano y apreciado recitador Juan Peineta— quedaran impunes, el Perú se hundiría aún más en el abismo infernal en que ha caído por culpa del régimen autoritario, cleptómano, manipulador y criminoso que nos domina.

Y lo hacemos porque, exponiendo estas verdades urticantes, contribuimos a impedir —aunque sea con un pequeño granito de arena— que el Perú se convierta por culpa del Doctor y su amo, el presidente Fujimori, en una republiqueta bananera, una de esas caricaturas que agravian a nuestra América. Los dados están corriendo. *Alea jacta est.*

Julieta Leguizamón
(Directora)

El comienzo de la historia

UN FORASTERO PERVERTIDO, UN MILLONARIO EMBOSCADO Y LA ORGÍA DE CHOSICA

(Confesiones de Ceferino Argüello, nuestro valiente reportero gráfico)

Por Estrellita Santibáñez

La historia del asesinato del periodista Rolando Garro, ordenada por el hombre fuerte del régimen del ingeniero Fujimori conocido como el Doctor, comienza hace dos años y pico, cuando un misterioso extranjero llamado Kosut (nombre sin duda falso), del que el Servicio de Inmigraciones no conserva datos de entrada ni salida del país, lo que podría indicar que se trata de un gánster miembro de una mafia internacional, contrata a nuestro compañero de trabajo en la redacción de *Destapes,* el apreciado fotógrafo Ceferino Argüello, para tomar fotos de una supuesta reunión social que tendría lugar en una casa de Chosica.

«Fui miserablemente engañado por este sujeto, que parecía un respetable hombre de negocios y era en realidad un mentiroso, un estafador y probablemente un agente de los cárteles internacionales», nos dice Ceferino. «Me contrató para que fotografiara un supuesto ágape social que, en puridad de verdad, era una orgía con prostitutas.»

¿Cuántas meretrices asistieron a esa orgía, Ceferino?

Unas cuatro, me parece recordar. O, tal vez, cinco. Yo no tenía una visión buena del conjunto, pues tomaba las fotos desde escondites, de modo que mi visión se veía algo recortada. Pero mis cámaras sí tenían una amplia perspectiva y disparaban bien.

¿Nos podrías describir las características de la orgía que fotografiaste, Ceferino?

Bueno, todos terminaron calateándose, y practicando el coito o acto sexual, a veces de manera correcta y a veces por la retaguardia. Como lo muestran las fotografías respectivas que tomé.

¿Quieres decir, Ceferino, que las meretrices, el forastero misterioso y el señor ingeniero don Enrique Cárdenas se despojaron de sus vestimentas y fornicaron ahí mismo, como los animales, mezclándose los unos con los otros?

No sólo fornicaron, si con ese verbo quieres decir que hicieron el amor, Estrellita. Porque hubo también otros conchabamientos, vulgarmente conocidos como minetas y cornetas, y, creo, hasta un intento del señor Kosut de sodomizar, si me permites este cultismo, a una de las meretrices; pero, al parecer, funcionó sólo a medias porque a ella le dolió, gritó y el señor Kosut se asustó y desistió. Mis fotos dan testimonio de todo eso, salvo de sus gritos, aunque yo los oí muy bien.

¿Cuál era la actitud del ingeniero Enrique Cárdenas al principio de la orgía?

De sorpresa. Claramente, había sido engañado él también. No sabía que se trataba de una bacanal. Era evidente que creía haber sido invitado a un ágape social. Se encontró con algo muy distinto. Pero, al final, rompiendo su reserva primera, participó. Y, luego, se sintió algo descompuesto, acaso por las numerosas libaciones de alcohol y los jalones de pichicata a que lo indujo el señor Kosut. No parecía familiarizado con esas prácticas.

En todo caso, aquél tuvo que traérselo a Lima en el auto con chofer que tenía contratado, porque el ingeniero no estaba en condiciones de manejar su propio carro.

¿Por qué reincides en llamar estafador al señor Kosut, Ceferino?

Porque nunca me pagó los 500 dólares que debía pagarme por mis fotos. De hecho, nunca más lo volví a ver después de ese día. En su hotel, el Sheraton, me dijeron que había abandonado su cuarto sin decir adónde partía.

¿Y tú qué hiciste entonces, Ceferino, con las fotos de la orgía?

Las guardé cuidadosamente pensando que el estafador aparecería algún día y me pagaría el trabajo para el que me contrató.

¿Y por qué dos años y pico después, Ceferino, decidiste revelar al director de Destapes *que tenías esas fotos?*

Obligado por la necesidad económica. Soy casado y tengo tres hijos y vivo a tres dobles y un repique, como dice la expresión criolla. Uno de mis hijos, el más chiquito, contrajo la escarlatina. Necesitaba urgentemente unos ingresos económicos porque mis ahorros bancarios estaban a cero. Como lo oyes: no me quedaba ni un puto centavo. Entonces, llevé esas fotos al señor Rolando Garro, director de nuestro semanario. Y le conté toda la historia. El señor Garro me dijo que estudiaría el asunto, que ya vería qué se podía hacer con esas fotos. Y sólo un mes y medio después decidió publicarlas y sacar ese número extraordinario de *Destapes,* «Las fotos de la orgía de Chosica», que tanto éxito tuvo. Por desgracia, para él y para nosotros. Y para el periodismo nacional. Pues ahora sabemos que fue salvajemente asesinado por orden del Doctor por haber publicado esas fotos que ponían en una situación comprometida al señor ingeniero don Enrique Cárdenas.

(Siga la continuación de la historia del asesinato en el artículo de nuestra directora, Julieta Leguizamón, en la página siguiente: «La mano que mueve a los asesinos y la muerte heroica del fundador de Destapes*».)*

EL ASESINATO DE UN PERIODISTA Y LA AMENAZADA LIBERTAD DE EXPRESIÓN EN EL PERÚ

Por Julieta Leguizamón
(Directora de Destapes)

Hay verdades que duelen, que preferiríamos que fueran mentiras, pero, en este caso gravísimo se trata de presentar a nuestro público la verdad pura, cruda y dura. Las verdades hay que decirlas, apretando los puños y los dientes. Y lo hacemos.

Ni yo ni nadie en la redacción de *Destapes* sabíamos que nuestro fundador, Rolando Garro —mi maestro y mi amigo—, trabajaba para el Doctor y su siniestro Servicio de Inteligencia. Y que, por lo mismo, muchos de los destapes y campañas de nuestro querido semanario no nacían espontáneamente, del instinto periodístico y talento investigativo de nuestros redactores, sino que eran ordenados y tutelados por el propio Doctor, de quien Rolando recibía directas instrucciones verbales. Todo esto está confirmado por las grabaciones secretas que hemos puesto en manos de la Fiscalía de la Nación y del Poder Judicial, ante quienes hemos hecho la denuncia del asesinato de Rolando Garro por instigación y órdenes del Doctor.

¿Por qué aceptó Rolando Garro, como tantos otros colegas periodistas, recibir estipendios de las manos manchadas de sangre del hombre fuerte del régimen de Fujimori? Por una razón evidente y tan clarísima como dolorosa: la necesidad de la supervivencia. Sin la ayuda económica del régimen, a través de su Servicio de Inteligencia, al igual que *Destapes* muchas otras publicaciones periodísticas hubieran desaparecido por la absoluta falta de avisos, pese a contar algunas de ellas, como la nuestra, con el favor del público. La necesidad, el deseo de seguir existiendo, cumpliendo su misión periodística y cívica, llevaron a Rolando sin duda a ponerse a merced del siniestro hombre fuerte del régimen de Fujimori, sin sospechar que con este sacrificio, que le salvaba la vida al semanario, él sacrificaría la suya.

¿A qué viene todo esto? A que, cuando nuestro colega, el reportero gráfico Ceferino Argüello, me confesó (y mostró) las escandalosas fotografías de Chosica, yo le aconsejé naturalmente llevárselas a nuestro jefe y director, y explicarle toda la historia del fementido Kosut. Es lo que hizo Ceferino, siguiendo mi consejo. Sólo después supimos (esto también está documentado en una de las grabaciones entregadas por mí a la justicia) que Rolando Garro se apresuró a ir a mostrarle las fotos al Doctor y a pedirle instrucciones al respecto. El susodicho Doctor le prohibió terminantemente que las publicara e hiciera el ampay correspondiente en *Destapes* o intentara con dichas fotos ejercer alguna forma de coacción o chantaje al señor ingeniero don Enrique Cárdenas, protagonista de aquella orgía. El Doctor me explicaría después, de viva voz (véase la transcripción de la grabación correspondiente entregada por mí a la Justicia), que había prohibido eso a Rolando porque él sabía que no debía meterse con quienes eran más poderosos que él, los ricos del Perú, entre los que se cuenta el destacado y probo minero ingeniero don Enrique Cárdenas.

Pero Rolando Garro no obedeció las instrucciones y trató de coaccionar (chantaje) al señor Cárdenas, llevándole las fotos y pidiéndole que invirtiera su dinero y prestigio en *Destapes,* de modo que la revista pudiera mejorar sus contenidos y presentación y que las agencias de publicidad, gracias al buen nombre del ingeniero Cárdenas en el directorio, le concedieran avisos que le asegurarían la supervivencia. Como el ingeniero Cárdenas se negó a ser coaccionado e, incluso, botó de mala manera y con amenazas de pateadura a Rolando de su oficina, nuestro fundador, presa de una de esas cóleras que solían arrebatarlo y cegarlo, publicó aquel número especial de *Destapes.* El Doctor decidió entonces castigarlo y lo hizo matar.

(Véase la transcripción de la grabación secreta hecha por mí de aquella confesión que hizo el Doctor a la autora de este artículo, a manera de amenaza preventiva, para que ella —yo misma— supiera las consecuencias que podía tener el desobedecer sus órdenes.)

Ésta es la triste historia de la trágica muerte de Rolando Garro, motivo de nuestra pública denuncia que cubre las páginas de *Destapes* esta semana y que audazmente hemos puesto ante los ojos de nuestros lectores, a la vez que presentábamos la acusación correspondiente a la Justicia, confiados en que nuestros justos jueces dictaminarán que el asesino de Rolando Garro sea juzgado y sentenciado merecidamente por su luctuoso proceder.

(Véase, aparte, la manera como la autora de este artículo se las arregló, derrochando audacia y valentía, para grabar las comprometedoras confesiones del jefe del Servicio de Inteligencia, cuando éste la citaba en su despacho, o en su casita secreta de las playas del sur, para darle instrucciones sobre las operaciones de descrédito de los críticos o adversarios del régimen que era el precio de la ayuda económica necesaria que nos daba para la existencia de esta revista.)

El resto de la historia ya no podemos probarlo, pero sí deducirlo y adivinarlo. Para inventar una coartada del brutal asesinato de nuestro fundador, sus autores —el Doctor y sus maleantes— buscaron a un pobre anciano arterioesclerótico, el recordado recitador Juan Peineta, muy conocido por su antiguo rencor y odio a Rolando Garro, documentado con las cartas y llamadas repetidas e insistentes contra él que hacía a diarios, radios y televisiones, pues creía que a las críticas de Rolando se debía el que perdiera su puesto en el conocido programa *Los tres chistosos,* de América Televisión, en el que antaño trabajó. El Doctor pretendió ocultar el crimen con una acusación calumniosa contra el veterano cultor del arte antiguo de la recitación. Ésta es la verdadera historia de la muerte de Rolando Garro.

Julieta Leguizamón
(Directora de *Destapes*)

LAS GRABACIONES SECRETAS

(Corriendo riesgos para servir a la Verdad y a la Justicia)

Escribe: Estrellita Santibáñez

Antes de comenzar la entrevista, advierto a nuestra directora, Julieta Leguizamón, que no la voy a entrevistar como a mi jefa en el semanario que trabajo, sino con la libertad y el desparpajo con que trataría a cualquier desconocida que fuera importante para la actualidad informativa. Y ella me responde: «Claro que sí, Estrellita. Has aprendido la lección. Cumple con tu deber de periodista». Sin más preámbulos, le formulo la primera pregunta:

¿Desde cuándo tuvo usted la idea de llevar escondida una pequeña grabadora entre las ropas para registrar las conversaciones con ese importante personaje conocido como el Doctor?

Desde la segunda vez que lo vi. En la primera, para mi gran sorpresa, me confesó que Rolando Garro había trabajado para él y que quería que *Destapes* sobreviviera a la muerte de su fundador y que yo fuera la nueva directora. Desde entonces, decidí arriesgarme y grabar todas nuestras conversaciones.

¿Sabía usted a lo que se exponía con esa decisión?

Lo sabía muy bien. Sabía que si él descubría que llevaba en el escote, entre los pechos, la pequeña grabadora, me podía hacer matar, como a Rolando. Pero decidí correr el riesgo, porque nunca me fie de él. Y, gracias a ello, descubrí lo que sé y que ahora sabe todo el Perú, gracias al valeroso apoyo que me han dado todos los redactores de este semanario y la denuncia que hemos hecho ante la Justicia: que fue el Doctor quien mandó asesinar a Rolando Garro por haberle desobedecido, publicando las fotos de la orgía de Chosica. Di gracias a Dios el día que él mismo, motu proprio, sin que yo le jalara la lengua, me dijo lo que había hecho con nuestro amigo y maestro, el fundador de *Destapes*.

¿Y por qué cree usted que el jefe del Servicio de Inteligencia le hizo a usted una confidencia tan estúpida, quiero decir tan grave, con la que usted podía mandarlo a la cárcel por muchos años? El Doctor tiene fama de muchas cosas, menos de estúpido ¿no es cierto?

Me lo he preguntado muchas veces, Estrellita. Creo que las razones fueron varias. Como yo ya había comenzado a trabajar para él, de manera muy eficaz, haciendo los destapes y las campañas de descrédito que él me ordenaba, me tenía confianza. Pero, de todos modos, quería asegurarse de que nunca me atrevería a traicionarlo. Fue una manera de prevenirme, para que yo supiera la venganza que él podía tomar contra mí si lo traicionaba. También he pensado que lo hizo por una vanidad satánica. Para que yo supiera que él tenía poderes supremos, incluido el derecho de quitar la vida a quienes se le insubordinaban. ¿No dicen que el poder llega a cegar a quienes lo detentan?

¿Qué sintió cuando le oyó decir al Doctor que él había ordenado matar a Rolando Garro, tan querido por usted?

Terror pánico. Como se dice en vulgar, me cagué de miedo, Estrellita, y perdona la palabrota. Me temblaron las rodillas, mi corazón se aceleró. Y, al mismo tiempo, aunque no te lo creas, me embargó una secreta felicidad. Ya había encontrado al verdadero asesino de Rolando Garro. Estaba ahí, delante de mí. Rogué a Dios, a la Virgen y a todos los santos que la grabadora hubiera funcionado bien ese día. Pues, a veces, porque las cintas estaban gastadas o eran bambas, no funcionaba bien, y se oía muy mal, y a veces simplemente no se había grabado nada. Pero el cielo me oyó, ese día la grabación salió perfecta.

¿Cuántas cintas grabadas ha entregado usted a la Fiscalía y al juez de instrucción?

Treinta y siete. Todas las que grabé, incluso aquellas donde la grabación es mala, casi inaudible. Por supuesto, antes me encargué de sacar una copia cuidadosa de esas treinta y siete cintas, por si se fueran a extraviar las que he entregado en los depósitos del Poder Judicial.

¿Cree usted que los jueces se atreverán a dar el uso debido a esas grabaciones? ¿No teme que podrían alegar que un testimonio grabado a escondidas, es decir, de manera ilícita, no puede ser válido para acusar al jefe del Servicio de Inteligencia de asesinato?

Ése será, por supuesto, el argumento que usará el Doctor en su defensa, para impedir ser imputado y sentenciado por el asesinato de Rolando Garro. Pero no tendría ninguna base para hacerlo. He consultado a connotados abogados al respecto y todos me han dicho que no hay base jurídica, ni moral, para utilizar semejante estratagema tinterillesca. Habría un enorme escándalo de opinión pública y el país no lo permitiría. En todo caso, si algo así ocurriera, quedaría demostrado que no existe la independencia del Poder Judicial y que los jueces son también, como tantos periodistas, nada más que instrumentos de los dueños de los cuerpos y las conciencias del Perú en que se han convertido Fujimori y el Doctor.

Cuando iba usted a verlo ¿no le hacían un registro previo los soldados o policías que protegían al Doctor?

Sólo me revisaron, muy por encima, la primera vez. Pero sin tocarme los pechos, que era donde escondía la pequeña grabadora. Las otras veces, me dejaban pasar sin ningún chequeo. Por lo demás, yo estaba prohibida de ir a verlo si él no me llamaba. Todas las veces que fui a verlo, salvo la primera, en ese búnker que se había construido en las playas del sur, fue en su oficina del Servicio de Inteligencia.

¿No tiene usted temor de sufrir un oportuno accidente, por ejemplo ser arrollada por un auto o un camión, que le envenenen la comida o le busquen un pleito en la calle y la acuchillen, etcétera?

Tomo todas las precauciones que puedo, por supuesto. Pero no hay que olvidar que, en estos momentos, el régimen de Fujimori y el Doctor ya no tiene al Perú entero de rodillas. La oposición a la dictadura ha cobrado fuerzas, todos los días hay mítines contra el empeño de Fujimori de hacerse elegir por tercera vez y es obvio que sólo lo conseguiría mediante un fraude monstruoso. Los defensores de derechos humanos van a lavar a diario la bandera peruana a las puertas del Palacio de Gobierno. Los medios de comunicación en general, por estas nuevas circunstancias, son menos serviles y sometidos, y algunos se atreven a hacer críticas abiertas al régimen. A Fujimori y sobre todo al jefe de las represiones, censuras y asesinatos. Esperemos que ese contexto de oposición aumente y lleve al banquillo y luego a la cárcel al Doctor. Para mí, el gran peligro es que éste huya antes al extranjero, donde él y Fujimori tienen todos los millones que han robado.

¿Cree usted que Destapes *sobrevivirá a este último escándalo o el Doctor se encargará de cerrarlo para siempre?*

Espero que siga viviendo, ahora por su cuenta y riesgo, sin las dádivas del régimen. Yo haré lo imposible, con la ayuda de mis valientes colaboradores, para que los asesinos de Rolando Garro no asesinen también nuestro semanario. Contamos, para defendernos, con la opinión pública, sedienta de Justicia y Libertad. Tenemos confianza en nuestros lectores.

(Véanse en las páginas interiores las fotos que Ceferino Argüello, el fotógrafo de Destapes, *fue tomando de nuestra directora Julieta Leguizamón con la grabadora oculta entre los pechos, ayudándose a sujetarla con el sostén, que testifica el crimen ordenado por el Servicio de Inteligencia.)*

(Véanse en las páginas interiores la biografía de ese notable periodista que fue Rolando Garro, todo lo que se sabe de la vida aventurera y criminosa del Doctor,

el jefe del Servicio de Inteligencia y la oprobiosa dictadura que padece el Perú.)

(Véase asimismo, en las páginas centrales, un resumen del «Escándalo de las fotos de la orgía de Chosica» y la triste historia del reputado vate y recitador Juan Peineta, a quien los autores del crimen de Rolando Garro obligaron a declararse culpable, y luego enviaron a un asilo de ancianos donde todo este tiempo ha podido vivir sin siquiera darse cuenta, por su demencia senil, del drama del que ha sido víctima inocente e inconsciente. Véase finalmente la encuesta llevada a cabo por nuestro semanario en la que el 90% de las personas consultadas creen que Juan Peineta debería ser indultado, porque ponen en tela de juicio que en su estado físico y mental pudiera ser el autor del crimen por el que se le condenó.)

XXII. ¿Happy end?

—No puedo quitarme de la cabeza que Luciano sabe, amor —dijo de pronto Quique y Marisa, que estaba a su lado en la cama hojeando el *Caretas* de la semana, dio un pequeño respingo.

—No lo sabe, Quique —afirmó, enderezándose sobre las almohadas y volviéndose hacia su marido—. Quítate esa maldita idea de la cabeza de una vez.

Quique, que había estado leyendo un libro de Antony Beevor sobre la Segunda Guerra Mundial, depositó el grueso volumen en el velador y miró a su mujer con una cara de preocupación que no había tenido hasta ese instante.

Era una soleada mañana de domingo y el verano había comenzado de verdad en Lima, por fin. Se habían despertado temprano con la idea de ir a pasar el día en la casita de playa que tenían en La Honda y almorzar allí con amigos, pero, después de desayunar, decidieron súbitamente volver a la cama a leer y pasar una mañana tranquilos. Tal vez irían a almorzar luego a un buen restaurante.

—Es que no es el mismo de siempre, Marisa —insistió Quique—. Yo lo vengo observando desde hace algún tiempo. Ha cambiado, te aseguro. Guarda las apariencias, por supuesto, como corresponde a un *gentleman.* Porque él es así. ¿Quieres saber cuánto hace que no almorzamos ni comemos juntos? Dos meses. ¿Alguna vez en la vida ha pasado tanto tiempo sin que salgamos los cuatro a comer o a almorzar?

—Si Luciano supiera, nos habría quitado el saludo, Quique. Siendo tan conservador como es, capaz te retaba a duelo —dijo Marisa—. Y se hubiera separado de Chabela en el acto. ¿Se te ocurre que seguiría con ella después de saber que su mujer ha hecho el amor contigo y conmigo?

A Marisa le vino un ataque de risa, se ruborizó como una niña y, ladeándose, se acurrucó contra su marido. Las manos de éste le acariciaron el cuerpo desnudo, metiéndose debajo de su ligero camisón de seda.

—Sí, sí, es lo que yo me digo también, para tranquilizarme, amor —le susurró Quique al oído, mordisqueándole despacito la oreja—. Que, con su manera de ser, Luciano se habría peleado a muerte con nosotros y, sin duda, se hubiera divorciado de Chabela. Y le quitaba a las niñas, además.

Quique sintió de pronto que Marisa le había cogido el pene. Pero no con cariño; se lo estrujaba, como queriendo hacerle daño.

—Oye, oye, me duele, amor.

—Si supiera que te ves a solas con Chabela, que te la tiras a escondidas de mí, te juro que te corto esto como Lorena Bobbitt se la cortó a su marido —dijo Marisa, simulando estar furiosa; sus ojitos azules relampagueaban—. ¿Te acuerdas de la historia de Lorena Bobbitt, no? Esa ecuatoriana que castró a su marido gringo con un cuchillo y se volvió una heroína de los hispanos en los Estados Unidos.

—¿Se te ocurre eso, de veras? —se rio Quique, cogiéndole la mano, apartándola—. ¿Que me podría estar viendo a tus espaldas con Chabela? Estás loca, amor. A mí, lo que me gusta es lo que hacemos los tres juntos. Lo que me excita es verlas a ustedes hacer el amor. Y, después, caerles encima como un chaparrón.

—Pues la última vez le caíste sólo a Chabela, desgraciadito, y a mí me dejaste tirando cintura.

Quique se ladeó y abrazó a Marisa. La besó largo en la boca, apretándola contra su cuerpo:

—¿Me estás haciendo una escena de celos con Chabela? —murmuró, feliz, tratando de sacarle el camisón—. Me has excitado, gringuita.

Ella lo apartó, riéndose también. Tenía los rubios cabellos alborotados y su cuello alargado le pareció a Quique todavía más suave y níveo que sus mejillas y su frente.

—No sé si son celos, Quique —dijo, acurrucándose de nuevo contra él—. Es una sensación muy rara. Cuando los veo haciendo el amor, y te veo a ti tan apasionado, tan excitado, y a ella lo mismo, enredados, tocándose, apretándose, me da como cólera. Y, a la vez, me excito y me mojo toditita, viéndolos. ¿No te pasa a ti lo mismo?

—Sí, sí, igualito —dijo Quique, pasándole el brazo sobre los hombros a Marisa—. Sobre todo, cuando las veo enredadas, chupándose la una a la otra. Siento como si de repente ustedes me hubieran expulsado de allí y me quedara huérfano. Me da cólera, también. Pero, la verdad, Marisa, desde que empezó esta historia, nuestra vida íntima se ha enriquecido mucho ¿no? ¿No te parece?

—La pura verdad —asintió Marisa—. Prontito hará tres años, desde aquella primera vez los tres juntos, allá en Miami. ¿Te acuerdas? Tenemos que celebrarlo. El otro día estuvimos hablando de eso con Chabela. Ella insistía en que lo festejáramos allá mismo, en su departamento de Brickell Avenue.

—Tres años —rememoró Quique, conmovido—. Todo lo que ha pasado desde entonces, ¿no, amor? De todas las cosas que nos han ocurrido ¿sabes cuál es la única que me importa? Que, desde entonces, te quiero más que antes. Ahora sí, nuestro matrimonio se ha vuelto irrompible. Gracias a todo eso que pasamos, ahora vivo enloquecido de amor por la maravillosa mujercita con la que tuve la suerte de casarme.

Se ladeó y besó a Marisa en los labios.

—Es increíble —dijo ella—. Quién se hubiera podido imaginar que el terrorismo desapareciera, que Fujimori y el Doctor estuvieran en la cárcel, que Abimael Guzmán y ese otro, el del otro grupo, ¿cómo se llama ese tipo?

—Víctor Polay, del MRTA —dijo Quique—. Ésos fueron los que secuestraron y mataron al pobre Cachito. Espero que esa pandilla se pudra en la cárcel por esa crueldad tan salvaje. A propósito, no seas tan optimista. El terrorismo no ha desaparecido del todo. Quedan grupos sueltos, en la selva. Y el Ejército no consigue acabar con ellos.

—¿Y si Chabela le hubiera contado todo a Luciano y se excitara con esa historia él también? —Marisa se rio viendo cómo lo que había dicho hacía palidecer a Quique y llenaba sus ojos de miedo—. Estoy bromeando, tonto, no te asustes.

—Es que a veces se me pasa eso mismo por la cabeza —dijo Quique—. Es imposible ¿no? Tratándose de Luciano, absolutamente imposible. Pero siempre, ahí, en el fondo, me queda la duda. A veces me mira de una manera que me pongo a temblar, Marisa. Y me digo: «Sabe. Seguro que lo sabe».

—Chabela me ha jurado que ni siquiera tiene la menor sospecha —dijo Marisa—. Luciano es tan puro, tan caballero, no se le pasa por la cabeza que alguien pudiera hacer lo que hacemos tú y yo con Chabela.

Los interrumpió el teléfono, vibrando en el velador de Marisa. Ella levantó el auricular. «¿Aló, aló?» Quique la vio sonreír de oreja a oreja. «¡Hola, Luciano! Qué sorpresa. Bien, bien, pero extrañándote, hace tanto que no te vemos, Lucianito. Sí, claro, siempre tan ocupado, igual que Quique. La vida no puede ser sólo trabajo, Luciano. También hay que divertirse un poco ¿no? ¿A almorzar juntos? ¿Hoy día?» (Quique le hizo señas afirmativas.) «¿Nosotros cuatro? Gran idea, Luciano. Quique está acá a mi lado, dice que encantado. Formidable, pues. Vamos para allá, entonces. ¿A eso de las dos, te parece? Fantástico. Y, después, podríamos ver una película en ese cinemita privado que te has hecho. ¿De acuerdo? ¡Regio! Besos a Chabela y hasta ahoritita.»

Marisa colgó el teléfono y se volvió hacia su marido con una expresión de triunfo; sus ojos celestes chisporroteaban.

—Ya ves, son puras aprensiones tuyas, Quique —exclamó—. Luciano ha estado cariñosísimo. Que se le ocurrió lo de almorzar juntos porque les han llevado unas corvinas fresquísimas y van a hacer un ceviche. Que no nos vemos nunca y eso no puede ser...

—Menos mal, menos mal —se alegró Quique—. Puras ideas mías, entonces. Debo tener mala conciencia de lo que hacemos, ésa es la explicación. Qué buena noticia, amor. Yo lo quiero mucho a Luciano. Es mi mejor amigo y siempre lo he admirado, ya lo sabes. Lo que ha pasado con Chabela no ha disminuido una pizca el cariño que le tengo.

—¿Sabes lo que eres tú, Quique? —se rio Marisa—. Un cínico de cuatro suelas, maridito. Un conchudo como no se ha visto otro en el mundo. Le tienes un gran cariño y es tu mejor amigo pero no vacilas un segundo en sacarle la vuelta con su mujer.

—Es culpa tuya, no mía —dijo él, abrazándola y echándose encima de Marisa. Le hablaba al oído, mientras le acariciaba el cuerpo y se frotaba contra ella—. Tú me corrompiste, amor. ¿Acaso no fuiste la invencionera de todo esto?

—Yo no estuve nunca en una *partouze,* como esa de Chosica —le contestó ella al oído—. Así que habría que saber quién corrompió a quién.

—Te he pedido tanto que no hables más de la historia de Chosica —Quique, con la voz cambiada, se apartó de su mujer y se volvió a echar de espaldas—. Ya ves, estaba excitado, te iba a hacer el amor y con esa broma sobre Chosica me dejaste congelado como un témpano. Una puñalada trapera, Marisita.

—Bromeaba, tonto, no te pongas triste, esta mañana estabas más simpático que otros días.

—Te lo ruego, Marisa —insistió él, muy serio—. Una vez más. No hablemos nunca más de esa maldita historia. Te lo suplico.

—Está bien, amor, perdona. Nunca más, te lo juro —Marisa le acercó la cara y lo besó en la mejilla. Le revolvió los cabellos, jugando—. ¿Sabes que eres la persona más contradictoria del mundo, Quique?

—¿Por qué? —preguntó él—. ¿En qué soy contradictorio?

—No quieres que te recuerde ni en broma la historia de Chosica y todas las noches ves el programa tan ridículo de esa mujerzuela.

Quique se echó a reír.

—Supongo que no me vas a decir que tienes celos de Julieta Leguizamón y *La hora de la Retaquita.*

—¿Celos de esa enana horrible? Claro que no —protestó Marisa—. Pero, a ella, tú deberías odiarla. ¿No te acusó de haber hecho asesinar a Rolando Garro? ¿No fue por ella que tuviste que pasar esos días horribles en la cárcel, entre bandidos y degenerados? ¿Cómo puedes verla y oír cada noche todas sus chismografías asquerosas? Debería darte vergüenza, Quique.

—*La hora de la Retaquita* es el programa más popular de la televisión peruana —se encogió de hombros su marido—. Sí, sí, ya sé, son chismografías y huachaferías, tienes razón. No sabría explicártelo, yo mismo no tengo una respuesta que me convenza. Hay para mí algo fascinante en esa mujercita, por más que me hiciera lo que me hizo.

—¿Fascinante esa enana fea como un cuco? —se burló Marisa.

—Fascinante, sí, gringuita —dijo Quique—. Me acusó porque creía que yo hice matar a Rolando Garro por el escándalo en que me metió, como lo creyó medio mundo. Pero, después, cuando supo que el verdadero asesino fue el brazo derecho de Fujimori, lo denunció también, jugándose la vida. Y esa denuncia, no te olvides, fue clave para la caída de la dictadura. Fujimori, el Doctor y compañía se pudrirán en la cárcel vaya usted a saber cuántos años por culpa de esa mujer. No la hicieron matar, como muchos pensamos. Y ahí sigue. No era nadie y ahora es todo un personaje de la televisión peruana. Debe estar ganando fortunas, pese a ser, como tú dices, enanita y feúcha. ¿No te parece una historia fascinante?

—Nunca he podido aguantar ni cinco minutos las huachaferías de su programa —hizo un gesto de asco Marisa—. Todos esos chismes sobre la pobre gente. ¿Te imaginas si se enterara de lo nuestro? Nos dedicaría todo un programa: «El trío feliz y perverso», lo estoy viendo. Se me ponen los pelos de punta de sólo pensarlo. Bueno, que no se nos haga muy tarde. Voy a ducharme y a vestirme para el almuerzo.

Quique la vio saltar de la cama y meterse en el baño. Paseó la vista por el cuadro de Szyszlo: ¿qué querían decir ese aposento, ese tótem, que a ciertas horas parecían echar llamas? A ratos, le daba un poco de miedo contemplarlo. El desierto con serpiente de Tilsa, en cambio, lo serenaba. No había misterio alguno allí; o, tal vez, sí, esa mirada legañosa del ofidio. Se quedó pensando. Sí, claro, era rara la fascinación que Julieta Leguizamón ejercía sobre él y lo llevaba a ver *La hora de la Retaquita* todas las noches que podía. Esa mujercita había hecho historia, sin proponérselo, sin sospecharlo. Con su audacia provocó acontecimientos que cambiaron la vida del Perú. ¿No era extraordinario que una muchacha del montón, que no era nadie, a base de puro coraje, hubiera provocado semejante terremoto como la caída del todopoderoso Doctor? Hubiera querido conocerla, conversar con ella, saber cómo hablaba cuando no estaba representando en la pantalla su papel de hurgadora de intimidades. Bah, qué tontería. Levantarse, afeitarse y ducharse de una vez. Qué buena noticia que Luciano los invitara a almorzar y a ver una película en el cinema que se había construido en su casa de La Rinconada. No sabía nada y seguirían siendo los buenos amigos de siempre, qué alivio.

Quique se lavó los dientes, se afeitó y se duchó. Cuando, luego de jabonarse, estaba enjuagándose bajo el chorro de la ducha, se dio cuenta que tarareaba una canción de John Lennon. Recordó: esa canción estaba muy de moda cuando él estudiaba en Cambridge, Massachusetts, en el MIT. «¿Tú, cantando en la ducha?», se preguntó. «De cuándo acá, Enrique Cárdenas.» Estaba contento. Esa llamada y la invitación de Luciano lo habían puesto de buen humor. Lo quería mucho, de veras, siempre había tenido gran afecto por él. Y, verdad, en estos tres años muchas veces había tenido remordimientos cada vez que él y Marisa se acostaban con Chabela. Pese a ello, nunca se le había pasado por la cabeza cortar esa relación. Gozaba inmensamente cuando hacían el amor juntos. «¡Curiosa historia!», seguía pensando, mientras elegía en el amplio clóset la ropa de sport con que iría a casa de Luciano: mocasines, un pantalón de hilo, la camisita tejana a cuadros rojos y blancos que le había traído Marisa de su último viaje a Estados Unidos y una ligera casaca.

La verdad era que hasta el maldito chantaje que intentó infligirle Rolando Garro, su vida sexual con Marisa se había ido marchitando, convirtiendo en una gimnasia sin fuego. Y, de pronto, en los días de la separación que siguieron al escándalo de las fotos en *Destapes,* y durante la reconciliación, había experimentado ese renacer de las relaciones con su mujer, una segunda luna de miel. A ella le había pasado lo mismo. Y no se diga después, cuando se enteró de lo de Chabela y Marisa, finalmente. Haría pronto tres años que habían iniciado ese triángulo que les había devuelto un ímpetu de adolescentes, una nueva vitalidad. Qué maravilla que Luciano no se hubiera enterado. Romper esa amistad hubiera sido para él una desgracia.

Cuando salió, Marisa estaba ya lista, esperándolo. Se había puesto muy guapa con esa blusita escotada que dejaba sus hombros blancos y perfectos al aire, pantalón de color naranja muy ceñido que destacaba su delicada cintura y su trasero respingado. Se inclinó a besarla en el cuello: «Qué linda está usted esta mañana, señora».

Cuando iban en el auto hacia La Rinconada, Quique al volante, Marisa dijo:

—Me encanta la idea de ver una película en el cinemita que se han construido Luciano y Chabela. ¿No te parece fantástico tener un cine en casa y ver las películas que quieras, a cualquier hora, con quien quieras, en esos sillones tan cómodos?

—En nuestro departamento no cabría un cine —dijo Quique—. Pero, si quieres, lo vendemos y nos hacemos una casa con jardín y piscina, como Luciano. Y allí te construyo el cine más moderno del Perú, mi vida.

—Qué galante —se rio Marisa—. Pero, no, gracias. No quiero tener que ocuparme de una gran casa con todas sus complicaciones, ni tener que ir a vivir al fin del mundo, como ellos. Estoy feliz con mi departamento del Golf, cerca de todo. Oye, te veo muy contento, Quique.

—Me tranquiliza enormemente que no se haya enterado de nada —dijo él—. Me apenaría mucho pelearme con alguien que ha sido como mi hermano, desde niños.

Luciano y Chabela los recibieron en ropa de baño. Estaban en la piscina con las dos niñas, porque hacía calor. La mañana lucía espléndida, con un sol vertical en un cielo sin nubes. Ellos no quisieron bañarse y se sentaron en los sillones, bajo sombrillas, alrededor de la piscina, a tomar unos camparis y a comer unas yuquitas con salsa de ocopa que les había preparado la cocinera sabiendo que eran los bocaditos preferidos de Marisa.

Luciano estaba de buen humor y más afectuoso que otras veces. Piropeó a Marisa diciéndole que estaba sospechosamente guapa últimamente —«¿no te habrás echado un amante al hombro, no, Marisita?»— y a Quique lo felicitó porque sabía que acababa de adquirir otra mina, en Huancavelica, asociado con una compañía canadiense. «O sea que quieres seguir haciéndote más rico. ¿Nunca cesará tu ambición de Rey Midas, el que lo convertía todo en oro?» Hablaron de política y reconocieron que, mal que mal, a pesar de los ataques feroces que recibía, el nuevo presidente, el cholo Toledo, lo estaba haciendo bastante bien. Las cosas mejoraban, la economía crecía, había estabilidad y, gracias a Dios, habían cesado los secuestros y atentados.

Luciano les contó que su estudio era ahora el asesor legal de la principal cadena distribuidora cinematográfica del Perú y estaba feliz, gracias a esa relación le enviaban todas las nuevas películas para que él y Chabela las vieran en el flamante cinema del jardín. Su mujer y él se quedaban a veces los viernes o sábados viendo los futuros estrenos hasta la madrugada. Marisa y Quique estaban invitados a esas noches cinematográficas cuando quisieran.

Se sentaron a la mesa cerca de las tres de la tarde. En efecto, el ceviche y las corvinas a la plancha estaban frescos y sabrosos, sobre todo acompañados con el vino blanco francés, un Chablis bien heladito.

La tarde transcurría relajada, divertida y risueña —las niñas se habían apartado para jugar con los perros y acababan de servir una torta de limón con helado de coco— cuando Luciano, con el mismo tono casual y despreocupado con que había hablado y bromeado todo el almuerzo, exclamó de pronto:

—Y ahora les voy a dar la gran sorpresa: ¡he decidido acompañarlos a Miami a celebrar yo también ese tercer aniversario! —sonriendo, añadió, luego de una breve pausa—: Ya es hora de que me tome algunas vacaciones, en efecto.

Quique, a la vez que advertía cómo la morena cara de Chabela enrojecía, sintió que una placa solar incendiaba de pronto su cerebro. ¿Había oído bien? Miró a Marisa, su mujer se había ruborizado también y en su mirada asomaba un brillo de pánico. Ahora, Chabela bajó la cabeza, sin poder disimular su turbación. Seguía llevándose a la boca, mecánicamente, la cucharita con helado que devolvía al plato sin probar un bocado. La atmósfera parecía de plomo. Quique no sabía qué debía decir, ni Marisa tampoco. El único tranquilo, inmutable y risueño era Luciano.

—Creí que les iba a dar un gran gusto acompañándolos y me ponen caras de entierro —bromeó, con su copa de vino en la mano, lanzando una carcajada—. No se preocupen. Si no soy bienvenido a esa celebración, me quedaré en Lima, triste y abandonado.

Volvió a soltar una carcajada y se llevó la copa a la boca y bebió un sorbo de vino, con una expresión muy satisfecha.

A Quique le temblaban las manos y las piernas y sólo atinaba a observar, frente a él, los cabellos negros de Chabela, que seguía con la cabeza baja. Y en eso oyó a Marisa, pasablemente natural, pese a la lentitud con que pronunciaba cada sílaba:

—Qué buena idea que vengas tú también a Miami, Lucianito. Cierto, ya era hora de que te tomaras unas vacaciones, como todo el mundo.

—Menos mal, menos mal que alguien me quiere en este grupo —le agradeció Luciano, cogiendo la mano de Marisa y besándosela—. Seguro que pasaremos unos lindos días allá en Miami.

Índice